死に戻ったモブはラスボスの最愛でした

Haru Sakura

佐倉 温

Ruby collection

Contents

登場人物紹介
ジークフリート
クライスの敬愛する主にして、幼馴染。物語の中ではラスボスとして断罪される。
クライス
侯爵家の嫡男。日本で小説家として活動していたが、自分で書いた物語のモブに転生してしまう。
教授
神獣。死に戻った際に、前世の記憶が蘇ったクライスの元に現れる。クライスを見守る。

リステア
ジークフリートの婚約者。国一番の美人と名高く、人柄も穏やかで非の打ち所がない令嬢。
クロード
ジークフリートの弟で、王太子。物語では主人公であるジルと相愛の関係となる。
ジル
クライスの弟。天使のような容貌だが腹黒い性格をしている。物語の主人公で、クライスたちを断罪する。
テオドール
物語では暗殺者としてジークフリートを狙うが、クライスに助けられ執事として仕えるようになる。

死に戻ったモブはラスボスの最愛でした

全て、すべて、何もかも、自分さえ我慢すればよいのだと思っていた。

両親に愛されないことも、何でも弟に譲らなければならないことも、家僕達に蔑《さげす》まれることも何もかも、自分にはどうすることもできなくて、ただ受け入れるしかないのだと。

けれどそのせいで、俺は大事なものを失った。たった一つの大事なもの。何もかも我慢できた自分が、唯一受け入れられないこと。

「ジーク、フリ……」

生涯仕えたいと望んだ人の胸に、鮮血が広がっていく。身体《からだ》が崩れ落ち、おびただしい血が床に流れ落ちていくのを、止める術《すべ》がない。触れることすら叶《かな》わない。

――何故《なぜ》なら。

「ク、ライス……」

血に塗《まみ》れたその手が伸ばされた先にいる自分もまた、血だらけで床に倒れていたから。

ああ、どうして。

どうして助けられない。

力が欲しい。圧倒的な力。彼のためなら何でも差し出す。家族に愛されなくとも構わない。何もかも譲っていい。喜んで蔑まれよう。

それなのに、こちらを見つめて必死に手を伸ばしてくるその指先にすら、どうしても手が届かない。

「ああ、ようやく！　これで世界が平和になる！」

弟の芝居がかった声がホールに木霊《こだま》する。耳障りな声を放つあの喉《のど》を、掻《か》き切ってやりたい。あれほど悲痛な顔をしているあの人に、これ以上不快な言葉を聞かせたくなかった。

自分の中に初めて生まれた暴力的な衝動。ああ、殺したい。殺してやりたい。どうして、もっと早く殺してしまわなかったのか。そうすれば、あの人は今ここで床に這《は》いつくばらずに済んだ。

これは全て、自分の弱さが招いたこと。

「ああ、神、さま……っ」

ごぷり、と喉の奥からこみあげてくるものを吐き出す。鉄臭いそれを見たジークフリートの顔が、切なげに歪《ゆが》んだ。

心配などしないで。あなたがこうなったのは俺のせいだ。俺がもっと強く、狡猾《こうかつ》に生きられていたらよかった。

もしやり直せるなら。そうしたら、ここにいる全員に後悔させてやるのに。

そうだ。やり直したい。今すぐに。

もしそうできるなら、悪魔に魂を売っても構わない。

だから、誰か。俺に手を貸して。

——復讐《ふくしゅう》の機会を。

「……っ！」

がくりと身体が沈みこむような感覚に、唐突に意識が覚醒《かくせい》する。

「はぁ、はぁ、はぁ……っ」

ばくばくと主張する心臓が、今の自分の生を感じさせる。開いたままの目から、つうっと一筋涙が流れた。掻き毟《むし》るように心臓の辺りを摑《つか》む。

生きている、生きている、生きている！

「何て……何て胸糞《むなくそ》の悪い物語だ！」

吐き捨てて起き上がり、今度は頭を掻き毟った。

最低の物語に最低の結末！　あまりにもひどい。悪夢だ。

「ああもう！　何てことをしたんだよ、俺は！」

ぎしぎしと軋《きし》む古臭いベッドの上でひとしきりのたうち回り、ようやくクライスは顔を上げる。

すぐそばにある窓から零《こぼ》れる朝日に、自分の前髪がきらきらと照らされるのが目の端に映った。

他国から嫁いできたという曾祖母《そうそぼ》から受け継いだ銀髪に翠眼《すいがん》は、この国では珍しい。だがせっかくのそれも、痩《や》せこけた身体では宝の持ち腐れとなる。

クライス・フォン・ルブタン。それが今の自分の名だ。クラン王国においては王族に次ぐ権力を持つルブタン侯爵家の長男。実際は長男どころか、家僕にも程遠い扱いを受けているのが現在の自分である。

ところどころ擦り切れている弟のおさがりの絹の寝間着は、背丈は合わないのに幅が少し余っているし、滅多に風呂《ふろ》に入れないためかあちこちが痒《かゆ》く、服で見えない部分は掻き痕《あと》だらけだ。せめてもと身体を拭《ふ》いてはいるが、湯を使わせてもらえないから冬場は風邪を引きやすくなる。もしかしたら、町で暮らす子供達のほうがクライスよりよほどましな生活をしているかもしれなかった。

かび臭い部屋を見回す。侯爵家の中でも一番狭くて日当たりの悪い部屋。それがクライスの唯一の居場所だ。

窓が一つだけしかない部屋が明るいのは朝だけで、ベッドを置くのがやっとの狭さ。けれどここが、ここだけが、クライスにとっては自由に息ができる場所だった。

……いや、元のクライスにとっては、か。

まだ頭が混乱している。これが現実だと受け入れがたい。けれど目に見える全てが、受け入れるしかないのだと訴えてくる。

――ここが、物語の中の世界であることを。

頭が割れるように痛む。一気に蘇《よみがえ》った記憶に混乱させられながらも、冷静になれ、と自分に言い聞かせた。

パニックを起こしても、いいことなど一つもない。誰かが助けてくれる訳でもないし、状況が好転することもない。必要なのは状況把握。落ち着け、落ち着け俺。

自分はこの物語を、誰よりよく知っている。

本来の内容はこうだ。

病弱な主人公は父の愛情溢《あふ》れる看病も虚《むな》しく日に日に弱っていくが、ある日神のお告げでそれがこの国の穢《けが》れをその身に受けているためだということが分かる。

そうして主人公は神子《みこ》として国に崇《あが》められる存在になり、城へ呼ばれることに。そこで知り合ったクラン王国の王子と親しくなり、いつしか二人は互いを思い合うようになる。だが、二人の間には様々な問題が横たわっていた。

主人公の何が気に入らないのか、現国王である王子の兄は何かと主人公を冷遇し、国王と王子が対立。怒った国王は主人公を軟禁しようとするが、辛くも王子に助け出される主人公。そこで二人は互いの思いを確かめ合い、主人公の活躍もあって国王が国の穢れの原因となっていることを突き止める。

国王は悪事に手を染めており、それを告発することで貴族達の信任を得て王子が国王になり、主人公はその隣で優しく微笑《ほほえ》むのでした、めでたしめでたし。

「何がめでたしめでたしだ！」

ちっともめでたくない。少なくとも、今ここにいる自分にとっては。

クライスは物語の中では主要人物ですらない男だ。それが今の自分だなんて信じられない。

この世界に来る時に教えられていたら、ふざけるなと憤っただろう。けれど今は……物語には書かれていなかった彼の真実を知ってしまっていた。

狭い室内の隅に置かれた古ぼけた机が目に入る。ニスも剝《は》げてぼろぼろのそれには不似合いな、高価で希少な本が山積みとなっていた。

学びは宝だ。それは唯一クライスに許された未来への投資でもあった。そのお陰で、今の自分の頭には様々な知識がある。

地獄の中にあっても、クライスは学び続けていた。それは父に強要されていたことではあったが、クライス自身、学ぶことが生き甲斐《がい》でもあった。

ジークフリートに仕えたい。

その宿願を叶えるために。

けれど、そのクライスは死んだ。

そう、死んだのだ。

両親にないがしろにされても、家僕達に虐げられても耐え忍んだクライス。そんなクライスの唯一の願いも虚しく、ジークフリートの足手まといになり目の前で死んだ。

最低の物語。三流以下だ。あれほどまでに苦労に苦労を重ねた男が、ゴミ屑《くず》のように殺されるなんて。あまりにも惨《むご》い物語だ。

誰がこんな糞《くそ》みたいな物語を書いたのか。……俺だ。俺である。最悪なことに俺だった。

クライス・フォン・ルブタンは死んだ。もうその魂はこの世界のどこにもいない。では、ここにいる自分は誰なのか。

日本のボロアパートで、売れない物語を書いては酷評されていた小説家。

今ここにいる自分こそが、この物語の原作者である。

いや、この世界に転生した挙句に一度死んで死に戻った、死に戻りの原作者である、というのが正しい。

そのことを思い出したのは、ついさっきだ。

前世、と言えばいいのか、この場合すでに前々世と言うべきなのか分からないが、とにかくこの物語の原作者である自分は日本のボロアパートで突然死を迎えた。そうしたら、いきなり神様ぶった偉そうな男が現れて言ったのだ。『お前には転生をしてもらうことになる』と。

今死んだばかりで、おまけに転生しろなどと言われても、まったく理解ができない。だが理解ができないこちらを置いてけぼりに、神様ぶった男は尚《なお》も言った。

『お前に願いを叶えてもらいたい者がいるのだ』

『願いを叶える……？　俺にそんな力がある訳がないだろ。そもそも、どうして俺がそんなことをしなくちゃいけないんだ。願いを叶えて欲しいのはこっちのほうだよ』

生きている間、何度も神に祈ったことがある。けれどその願いはただの一つも叶わなかったというのに、どうして自分が誰かの願いを叶えなければならないのか。憤る自分に男は言った。

『願いを叶えられなければ、死ぬことになる』

『は？　理不尽すぎるだろ、勝手に人を転生させた挙句に、願いを叶えないなら殺すって？』

『私が殺す訳ではない。死ぬことになるのだ』

『どっちだって一緒だろ！　やだよ、俺は絶対行かないからな！』

『そういえば小説を書いていたのだったな。読ませてもらった。けれど、お前の物語は少しばかり……ふむ、そうだ。やはり体験は大事だから、本格的に転生する前に一度追体験させてやる。自分の書いた小説の世界を体験できるなんて幸せだろう』

『おい、人の話を聞けよ！　俺は行かないって言ってるだろ！』

人の話をまったく聞かない勝手な男にそう決められ、次の瞬間には無断で転生させられていたのだ。

しかもあのふざけた男は『自分の書いた小説の世界を体験できるなんて幸せだろう』なんて言っていたのに、転生したのは主人公ではなかった。

まさかのラスボスの配下。

もうここまで来ればお分かりだろう。ラスボス、それこそが、クライスの敬愛するジークフリートだったのだ。

そして自分が転生したキャラがクライスである。物語のクライマックスで主人公達に殺される悪役。そう、我こそがクライス。ラスボスに仕えし雑魚キャラ。

誰がこんなふざけた話を書いたのか。もう一度言う、俺だ。

ＢＬ小説を書いたのは軽い気持ちだった。ネットで知り合った作家仲間が書いたＢＬ小説が大当たりし、それまでずっとライトノベルを書いていた自分も書いてみようと思い立った時、頭に浮かんできた物語。それをただネットに載せただけのものだ。

もちろんそんな邪《よこしま》な気持ちで書いたものが人気になる訳もなく、それどころか酷評されて散々だった。だが今なら読者の気持ちが痛いほど分かる。

こんな話が人気になってたまるものか。あまりにもひどすぎる。本来の記憶を消された状態でクライスの人生を追体験することになったから何の疑問も抱かずにクライスとして生きて死んだが、そうでなければ自分をぶん殴りたくなっていたはずだ。

最低の世界、最低の物語。自分がこんなひどい物語にしたのだと思えば、今すぐ壁に頭を打ちつけたくなった。

この世界には、自分が書いた物語との相違点も数多くある。その理由はまだ分からないが、分かっていることが一つだけあった。

転生する前に、あの神様ぶった偉そうな男が言った言葉。

『お前に願いを叶《かな》えてもらいたい者がいるのだ』

あれはこの身体の持ち主のことだ。

元のクライスが死ぬ直前に願っていたことがある。

『――復讐の機会を』

復讐。どうやらそれが今の自分に課せられた使命らしい。

まだ頭の中が混乱している。これが本当に現実なのか測りかねている。けれどまだ死の感触が生々しく残る身体が、忘れるなと訴えてくる。

――俺は殺されたんだ、あいつらに。

ベッドの枕元にある台の引き出しを開け、そこに入れられた日記を確認する。クライスには日々の記録を付ける習慣があった。

「やっぱり」

ぱらぱらとページを確認して、自分の考えが正しいことを確かめる。

今はまだ物語が始まる直前だ。要するに、ここからならまだ、物語を変えることができる。

そう、今ここにいるのがクライス本人ではなく自分であることが重要なのだ。クライスの人生を追体験し、物語を作り出した張本人である自分がここにいることが。今ならまだ全てをひっくり返すことができる、この場所に。

どうして俺が、と思う気持ちはある。だが、あの偉そうな男は『願いを叶えられなければ、死ぬことになる』と言った。

どちらにしろ、この物語でのクライスは死ぬ運命だ。行動しなければ、死ぬ未来がすでに見えている。

勝手に己の進む道を決められているような不快感はある。だが、このまま黙って殺されるのを待つのも嫌だ。

やるしかないのか。そう思った時のことだった。

ギイッ！

ノックもなく部屋の扉が開いた。

「いつまで寝てるんだ、このグズ！」

入ってきたのは、ルブタン家に仕える侍女のエリィだ。痩《や》せぎすで背が高く、当主であるクライスの父の前ではいつもにこにこと調子がいいが、陰では悪口を言いたい放題。クライスにそれを聞かせるのは、クライスと父の関係を理解しているからだ。

傷んだ赤毛をみつあみにしているのは、クライスの弟のジルに気に入られたいから。あの弟が、侍女になど本気になるはずがないのに。

エリィの顔には、その性悪な性格が滲《にじ》み出《で》ていた。性格の悪さを絵にしたらこういう顔になった、と言われれば信じる。人間というものは大人になれば性格が顔に出ると言うが、まさにそれだ。

じっとエリィの顔を見ていると、バシンッ！　と枕が飛んでくる。

「私の顔をじろじろ眺めるなんて、何様のつもりだい！」

エリィのその問いに堪《こら》え切れず、腹を抱えて笑い出してしまった。

「何様のつもりだって？　あははは！」

「何がおかしいの!?　とうとう気でも狂ったか！」

これを笑わずに何を笑おう。クライスは侯爵家の長男、いわば跡取りであるというのに、侍女にすら嘗《な》められているのだ。

だがこれは、クライスのこれまでを考えれば仕方がない。

クライスという男は、どこまでも可哀想《かわいそう》な男だった。

生まれた時から不仲だった両親。そして、突然現れた母親違いの弟。父が外で作った子だというその弟は、引き取られた五歳の頃から身体が弱く、そのせいか父は弟にすこぶる甘かった。

弟が願えば、それがどんなことでも叶えてしまう。たとえクライスへの誕生日の贈り物だって弟が欲しいと言えば譲れと言うし、部屋だって食事だって友達だって、弟が望めば何でもクライスから取り上げた。

加えて、父はクライスには冷たかった。それは母も同じだが、自分と弟に平等に冷たい母よりも、自分だけに冷たい父を見ているほうがクライスには辛《つら》かった。母はそんな父に愛想を尽かし、両親の住む王都の屋敷へと居を移し、跡取りであるからとここに残されたクライスは家僕達にまで嘗められる始末。

跡取りとして完璧《かんぺき》を求められ、ミスをすれば激しく叱責《しっせき》される。その一方で家僕達には仕事を押しつけられ、クライスはどんどんルブタン邸の中で居場所をなくしていった。

「さっさと起きて支度をしな！」

エリィの言う支度とは、本来は家僕達の仕事である。朝は誰より早く起きて厨房《ちゅうぼう》で使う水を汲《く》むのが、いつしかクライスの仕事の一つとなっていた。

今の寒い時期、水を運ぶのは簡単ではない。氷のように冷え切った水を桶《おけ》に汲んで運ぶだけで、手はあかぎれだらけになる。それどころか、かじかんだ手をそのままにすれば凍傷になることだって考えられた。

自分の手に視線を落とす。どう見たって貴族の手ではない。あかぎれと胼胝《たこ》だらけの醜い手だ。家僕達の誰よりも傷だらけで、それを隠すためにクライスは外では常に手袋を身につけていた。

「いつまで無視するつもりだ！　鞭《むち》で打たれたいのかい！」

キィキィと耳障りな声で喚《わめ》くエリィに、以前のクライスならすぐに従っただろう。

『すみません、すぐにやります！』

きっとそう言って、ベッドから飛び上がる勢いで部屋を飛び出したはずだ。

弟がここにやってきた七歳の頃から、クライスのこんな生活が始まった。二十歳を過ぎたこの頃にはもう色々なことを諦《あきら》めて受け入れて、我慢することにも慣れていた。

けれど。

「鞭で打つ？　それこそ何様のつもりだ」

それは、過去のクライスの話だ。

ぼさぼさの髪をかき上げ、エリィを睨《にら》みつける。目が合ったエリィはその眼差《まなざ》しの鋭さに気圧《けお》されて後ずさったが、すぐにそのことを恥じるかのように大声で怒鳴った。

「そ、そうかい！　そんなに鞭で打たれたいのかい！　だったらそこへ跪《ひざまず》きな！」

エリィが近くに立てかけていた鞭を手に取った。そもそもこの部屋に鞭が置いてあるのは、いつでもこうして家僕達がクライスを鞭打ち、憂さ晴らしをするためである。

クライスの背には生々しい鞭打ちの痕跡《こんせき》が多くある。そのようなことをされても尚、唯々諾々と従ってきた。……これまでは。

ベッドから降りるのを待ち構えていたように、エリィが鞭をひらめかせる。いつもなら空気を切り裂く音と共にクライスの肌に振り下ろされるはずのそれは、空中で止まって震えた。クライスの手が、それを受け止めたからだ。

「な、何を……っ！」

「今までずっと抵抗しなかったから忘れていたか？　貴族であるなら剣技や体術を習うのは当たり前のことだ。今までお前が俺を鞭打つことができていたのは、俺が鞭打たせてやっていたからで、お前自身には何の力もないということを」

「……っ！」

エリィが信じられないものを見る目をこちらに向ける。それはそうだろう。昨日までは鞭をちらつかせれば震えていた男が、突然自分より強者であるということを見せつけてきたのだから。

「い、一体どういうつもりで――」

「どういうつもり？　それはこちらが聞きたい。エリィ、お前は一体全体どういうつもりで、このルブタン家の長男である俺に鞭を打てる立場だと勘違いしたんだ？」

鞭でぺちぺちとエリィの頰を叩《たた》く。痛さはないはずだが、エリィは「ひぃっ」と涙目で悲鳴を上げて震え出した。いつでも踏みつぶせる鼠《ねずみ》だと思っていたものが、実は肉食獣であると今更気づいたのだろう。

「だ、旦那《だんな》様に言いつけてやる！」

「何て言いつけるつもりだ。私が鞭で打とうとしたら抵抗しました？　父上がたとえ俺のことを嫌っていたとしても、侯爵家の人間が家僕に鞭打たれるなんてことを許すと思うか？」

「お、お前と私、どちらが旦那様に信頼されているか――」

「俺の背中の鞭打ちの痕《あと》を見ても、果たして父上はお前の言うことを信じるかな？」

「わ、私だけがした訳では……！」

「そうだな、これは大問題だよなあ、エリィ。このことが公になれば、父上から罰を受けるのはお前だけではない。ここに仕える家僕達全員が同罪だ。きっと皆に恨まれることになるだろうな」

暗に、もうここにお前の居場所はどこにもなくなる、と突きつけてやる。途端にエリィは恐怖でがたがたと震え出した。今度皆に鞭打たれるのは自分であるということに、ようやく気づいたのだ。

「た、助けてくださいっ、お願いします……！」

先ほどまでの高慢さはどこへやら、ころりと態度を変えて懇願してくる様はいっそ清々《すがすが》しいほどに醜い。

同情する気持ちは湧かなかった。クライスにあれだけのことをしておいて今更何を、と鼻白む。あまりにも張り合いがない。どうせならもっと抵抗してくれればいいのに、これではまるでこちらが悪者ではないか。

……いや、考えてみたら自分はすでに悪役だった。だったらもっと悪役らしく生きてやってもいいのかもしれない。

「お前が横領していることも知っている。バラされたくなければ、二度と俺に偉そうな態度を取らないことだ。分かったらさっさと出ていけ」

「は、はいっ」

慌てふためき部屋から転がり出ていくエリィの姿を見送って、パタンと扉が閉まったのを確認してから鞭を放り捨て、「はあ」とため息を吐《つ》いてベッドに腰を下ろした。

たったこれだけのことで、鞭打ちから解放される。これ以上、この手にあかぎれを作る必要もなくなった。

「は、はは」

乾いた笑いが漏れる。

「まずは、一歩、か」

まだまだ、これからやらねばならないことがある。そのための第一歩。

腹が決まった。

やってやる。無駄死になんてするものか。

「クライス……お前の望みは、俺が叶えてやる」

どうせこのままでいたら死ぬだけだ。だったらやるしかない。

復讐《ふくしゅう》のためにはジークフリートが必要だ。この世界で自分が生きていくためには、どのみちジークフリートという存在は不可欠だった。ジークフリートが討たれてしまえば、クライスの居場所もなくなる。

ジークフリートを助ける。そして、クライスの復讐を果たす。それがこの物語を生き抜く上で最優先すべきことだ。

こうなったら、徹底的に足掻《あが》いてやる。何せ、この物語を作ったのは自分だ。言わばこの世界の創造主。その自分がこの物語をぶち壊して何が悪い。

「復讐、か」

クライスの声が脳裏に蘇《よみがえ》る。

『ああ、神、さま……っ』

あの時の慟哭《どうこく》は、元のクライスだけではなく自分のものでもある。追体験したことで、クライスの人生が自分のものとして心と身体に染みついていた。

悪役？　上等じゃないか。悪役らしく、どんな手を使ってでもあの男達に復讐してやる。

「全部ぶち壊してやる」

それは独り言のはずだった。そのはずだったのに、それに答えるのんびりとした声が一つ。

（それは困るなあ）

「誰だ!?」

この狭い部屋には、自分以外には誰もいなかったはずだ。立ち上がって慌てて辺りを見回すと、ベッドの上掛けがごそごそと動いて、中からひょこりと何かが顔を出す。

（目覚めた途端に物騒な子だよねえ。まあ、それぐらいじゃないと困るけど）

「狼《おおかみ》!?」

最初に現れたのは濡《ぬ》れた鼻先。そうして上掛けから抜け出してきたのは、もふっとした白い毛の大型獣だった。

（狼如《ごと》きと僕を一緒にするなんて失礼だな！　僕は……そうだね、神獣とでも思ってもらえばいいよ。まあ、これは仮初の姿で、本当はもっと――）

「神獣!?　この可愛《かわい》らしいのが!?」

この世界で神獣と言えば、神の遣いであると尊ばれている存在だ。人間に特別な能力を授けたりすることもあれば、逆にその能力を奪うこともあると、追体験したクライスの人生の中で聞いたことがあったが、この目で見るのは初めてだ。現在は伝承でしか知る者はおらず、ただのお伽噺《とぎばなし》のようなものだと思っていたのに、俄《にわ》かには信じられない。

（ふふん、確かに僕は可愛いよね。この愛らしさで皆を骨抜きにして、頭を撫《な》でてもらうためにこの姿にしたんだ）

ベッドの上でお座りをした神獣（仮）が、えへんと胸を張る。どう見ても神獣には見えない。口調も子供のようだし、神に仕える存在としての威厳も足りない気がする。

そもそも、死に戻る前にこの世界でクライスの人生を追体験していた間、一度としてこのような生き物には会っていないのに、何故我が物顔でここにいるのか。

胡散臭《うさんくさ》いと思った気持ちを視線に込めると、神獣（仮）は大きく頷《うなず》いた。

（うんうん、疑い深く生きるのはいいことだね。そんな君に教えてあげよう。僕は死に戻った君のお助けキャラだ）

「お助けキャラ？」

（そう。君が以前にいた外の世界では、ゲームというものがあったでしょ？　あれは面白かった。君の人生を覗《のぞ》き見《み》している間、何度もやってみたんだけど――）

「覗き見している間？」

（こほん。まあ、それはいいとして）

「よくない、まったくよくない。人の人生を覗き見するなんて、ストーカーより性質《たち》が悪いぞ！」

（まあそう怒らないで。これも君のためなんだよ？　何せ、僕は君のお助けキャラなんだから）

やたら胸を張ってくるが、その言葉が免罪符になると思ったら大間違いだ。

「とにかく、死に戻ったことを知っているということは、あの時会った偉そうな男の仲間ってことか……？」

（偉そうな男じゃないよ、実際に偉いんだってば！　まったく！　近頃の人間ときたら、信仰心というものが足りない！）

神獣（仮）はぐわっと牙《きば》を剝《む》いたが、どうも迫力が足りない。狼っぽい見た目と大きな体躯《たいく》は見る者に畏怖《いふ》を与えそうなものだが、可愛いと恰好《かっこ》いいでは、どうも可愛いのほうに比重が傾きすぎているように思える。

（僕が直々にそばにいることをありがたく思うべきだ！）

「えっと、じゃあお前……こほん、貴方《あなた》はお助けキャラとして俺に何かすごい力を授けてくれるということですか？」

お前、と言った瞬間、鼻に皺《しわ》を寄せて唸《うな》り声を上げられたので言い直したが、返ってきた言葉にそのことを後悔した。

（力は授けない）

「……じゃあ、この先に何が起こるか教えてくれるとか？」

（そんなズルはできないよね）

「……代わりに戦ってくれたりは？」

（しないね）

「じゃあ、何をするんですか？」

（君を見てる）

「は？」

（君のことを見守るのが僕の役目）

それって要するに、何の役にも立たないってことですよね？

お助けキャラが聞いて呆《あき》れる。それではただの見張りではないか。

「見張るってことは、俺の邪魔をするってことですか？　たとえば、俺が未来を変えようとしたらそれを修正されたり」

（しない）

「では逆に、俺のために未来を変える手伝いをしてくれたり――」

（しないねえ。あ、でも、君が本当に辛い時に呼んでくれれば、どこにいても君のもとに駆けつけるよ？）

「でも、見てるだけ？」

（いるだけでありがたいってこともあるじゃない？）

「…………」

できれば今すぐ殴りたい。この神獣（仮）がこんな可愛い姿でいるのは、もしかしたら殴られないためじゃないのか？

（そもそも殴られる理由が分からないな！）

「……もしかして、俺の心を読んでるんですか？」

（ふふん、すごいでしょ。だって僕、神獣だからね）

えへん、と胸を張る姿は可愛いが、言っていることはちっとも可愛くない。勝手に脳内を覗き見るなんてひどい人権侵害だ。

「やっぱり俺を見張ってるだけじゃないですか」

（分かってないなあ。見守るのと見張るのは全然違うでしょー？）

ここに自分を送ったのは、あの偉そうな男だ。あいつ、一体何がしたいんだ。人のことをほとんど無理やりに小説の中に送り込んで、挙句にこんなよく分からない生き物を押しつけて、それで復讐を達成できると本気で思ってるのか？

「他の神獣とチェンジってできます？」

（失礼な！　僕の代わりができる子なんている訳がないでしょ!?）

なるほど、神獣とは皆役立たずか。

神獣＝役立たずというレッテルをクライスが貼ったところで、神獣（仮）が尻尾《しっぽ》でぺしぺしとベッドを叩いた。

（失礼な子だな！　……まあいいか。僕の素晴らしさ尊さは追々分かるとして）

「分かるかなあ、本当に」

神獣（仮）はまたぐわっと牙を剝いたが、今回はすぐに表情を戻して（いけないいけない）と呟《つぶや》いた。

（君といるとどうもペースを乱されちゃう。……とにかく、これから僕は君のお助けキャラとして常にそばにいることになる。特別に名前をつけることを許してあげよう）

「名前？」

（そう。神獣様、と呼ばれると、他の子にまで僕が神獣であることが露見しちゃうからね）

当たり前に自分が様付けで呼ばれる想定なのか。思ったが口には出さず、クライスは代わりの疑問を口にした。

「神獣であるということは秘密ですか？」

（当然だよ。他の子には僕はただの愛玩《あいがん》動物にしか見えないようにしてある）

それはもう、本当にただの愛玩動物なのでは？　存在意義は何なんだと思ったが、可愛いことだ、なんてきりっとした顔で言われたら腹が立つので聞かないことにする。

（とにかく名前。名前をつけて）

「名前、か……」

小説家として生きている頃から、キャラクターに名前をつけるのは苦手だった。しばらくうんうん唸っていると、（いつまで待たせる気だよ！）と叱責が飛んでくる。神獣とはこんなにもせっかちな生き物なのか。

「……では、教授、とか……？」

真っ白な毛が、ボロアパートで隣に住んでいた偏屈なお爺《じい》さんを思い出させた。いつもみすぼらしい恰好をしていたが、偉そうにするだけあって知識は幅広く、アパートの住人達に親しみを込めて『教授』と呼ばれていた男だ。

それを懐かしく思い出してぽろりと零したけれど、すぐにはっと我に返る。これでは名前というよりあだ名だ。しかもよく考えたら全然似てない。

あのお爺さんは時々役に立つことを教えてくれたりしたが、この神獣(仮)はただ見ているだけの役立たずなのだ。

「い、今のはなしで！　ちゃんともっといいのを——」

(教授……教授、か！　うんうん、いいな！　僕の名は今から教授だ！)

いいんだ？　尻尾がぶんぶん振られているから、本気で喜んでいるらしい。まあ、本人が気に入ったのなら構わないだろう。

何だか一気に気が抜けて、クライスはとすんとベッドに腰を下ろした。

(ねえ君、僕の名を呼んでみて)

「……？　教授」

するとどうだろう。途端に身体がカッと熱くなり、頭の中が真っ白になる。気がついた時には、視界に部屋の天井が広がっていた。

「一体何をしたんですか！」

慌てて起き上がると、優雅に隣に寝そべっていた教授は、悪びれる様子もなく鼻を鳴らす。

（契約だよ。これで君と僕の繋《つな》がりはより強固なものになって、僕は何があっても君の味方で居続ける。その代わり、君は契約の対価を僕に捧《ささ》げることになる）

「は？　契約？　対価？　まったく聞いてないんですけど？　ちなみに対価って何のことですか？」

（ふむ、そうだねえ。対価として望むものは神獣によって違う。命を望むものもいれば、魔力を奪うものもいる。だけど僕は優しいからね。食と住で構わないよ）

「……要するに、食べ物と寝る場所を与えろと？」

（その程度で済ませるなんて、僕って本当に優しいよね）

「は、はは」

あまりのふてぶてしさに沸々と怒りが湧いてくる。何がお助けキャラだ、何が見守るだ、ただの足手まといもいいところじゃないか。

「よし分かった。要するにお前は俺の飼い犬ということだな？」

役には立たず、面倒はかける。そんな神獣などいてたまるか。

飼い犬に敬語など最早必要ない。仁王立ちしたクライスがそう言い放つと、教授も立ち上がって牙を剝いた。

（か、飼い犬!?　僕は神獣だぞ!?　そんなのと一緒にされるなんて――）

「お座り！」

「がうっ！」

ペットを飼うなら、最初の躾《しつけ》が肝心である。クライスが大声で命令を出すと、抵抗すると思った教授は即座に見事なお座りをしてみせた。

「何だ、ちゃんとお座りはできるんだな。いい子いい子」

（違う！　これはこの身体の中に残った記憶が勝手に……おい！　あ、そんなことをしたら……はにゃ……はふ……）

わしわしと頭を撫でて褒めると、牙を剝き出しにしていた教授の顔から力が抜けていく。どうやら、頭を撫でられることにすこぶる弱いらしい。

「とにかく、俺は色々することがあって忙しいんだから、邪魔だけはするなよ？」

（ぼ、僕を何だと……、は、はふ……あ、そこ……そこをもっと……はう……）

動物は好きだったが、ボロアパートに住んでいた頃は飼うことができなかった。これから茨《いばら》の道を行くことを思えば、そばにこういう癒しがいたって構わないだろう。

但し、ここの主《あるじ》にペットを飼うことを認めさせるのは骨が折れそうだ。


とにかく、飼うと決まった以上は飼い主としての責任がある。そう腹を決めてこのルブタン邸の主に会いに行こうとしたところで、怯《おび》え切った顔で部屋に戻ってきたエリィによって、別の場所に足を向けざるを得なくなった。

すでに追体験したはずの人生だが、そもそもとして、日常の全てを記憶するなんていうのは無理だ。何か劇的なことが起こった日ならともかく。

だから今日、訪ねてくる人がいるなんていうことも、すっかり失念してしまっていた。

「我が王国を照らす尊き太陽、お待たせして申し訳ございません」

貴賓を持て成す際にしか使われない特別な応接間に入るなり、まずは礼の姿勢を取った。慌ててやってきたせいで上がった呼吸を、無理やりに呑《の》み込んで落ち着けようとする。そうして頭を上げて飛び込んできた光景に、今度は感動して息を呑んだ。

長椅子で寛《くつろ》いでいたのは、男から見ても惚《ほ》れ惚《ぼ》れするほどに美しい男。まさに尊き太陽。

「ああ、やっと来たね」

クライスの声に反応した男が顔をこちらに向ければ、絹糸のような漆黒の長髪が肩を滑り落ち、切れ長の理知的な瞳《ひとみ》がクライスを射貫《いぬ》く。

瞳の色は紫がかった黒。魔を遠ざけるという紫なのに、あの瞳をじっと見てしまうと魅入られたように動けなくなる者が続出するので、魔性の瞳と言われていた。

フロックコートにドレスシャツ、トラウザースという組み合わせは、この世界の貴族にとっての普段着の一つだが、この男が着ているとまるで映画のワンシーンを見ているようだった。

自分も似たような服装のはずなのにまるで違うのは、着ている服の仕立ての違いだけではなく、長い手足と無駄のない筋肉のついたしなやかな身体のせいだろう。

彼は、ただそこにいるだけで絵になる。転生前の世界では人工的に磨き上げられた美をテレビや雑誌で山ほど見たが、それでもこれほど美しい人はいなかった。

一度目の転生で散々見たはずなのに、自分自身の記憶を取り戻してから見ると、改めてその美麗さに感嘆してしまう。

「堅苦しいことはやめるようにと、以前にも言っただろう？」

肘《ひじ》置きに片肘をつき、呆れ顔を見せる男。

この人こそが、クライスの太陽。

クラン王国の王、ジークフリート・シェーンベルグ、その人である。

胸がどくりと音を立てた。またこの男に会えた喜びが胸にこみ上げてくる。無念のうちに死んだクライスの記憶が、今すぐ飛びついて声を上げて泣いてしまいたいような感情を呼び起こすが、それを何とか堪えた。

クライスの人生を追体験したせいで、これがクライスの感情なのか、それとも自分のものなのかの境界が曖昧《あいまい》だ。クライスではないのに、クライスでもある。複雑すぎて、自分でも自分を持て余す。

ジークフリート・シェーンベルグ。クラン王国の現国王にして、文武両道、見目麗しく性格も穏やかな、クライスの憧《あこが》れ。

王族でありながら偉ぶったところのない優しい男で、幼い頃から付き合いがあったクライスのことを、自分と同等のただの幼馴染《おさななじ》みとして扱ってくれた人。

クライスは、この人に相応《ふさわ》しい配下になりたいと願い、ただ愚直に努力してきた。光の道を歩くジークフリートに背かぬように、自分も常に正しくありたいと、そう願ってきた。

この人の存在がなければ、自分だって復讐《ふくしゅう》することに躊躇《ちゅうちょ》したことだろう。復讐とは要するに相

手を陥れる行為だ。

だが、ジークフリートはあんなところで死んでいい人じゃない。そのことを知っているから。この人を助け、クライスの願いである復讐を果たさねばならない、という状況を受け入れることができた。

ジークフリートは人格者で、何もせずにふらふらしている王子とは違って国のために様々なことを成していた。それなのに主人公達によって国王が国の穢《けが》れになっていると告発され、まともに反論することもなく断罪されて処刑された。

自分がこの物語に入ってみて分かったことだが、ジークフリートが反論しなかったのは、大事な側近を守るためだ。側近とは誰か。クライスである。

主人公達にクライスを隠され、彼を助けようと口を噤《つぐ》んだ。何て馬鹿な人だ。国のために側近一人ぐらい見捨てられなくてどうする。

けれどそんな人だからこそ、クライスはどんなことをしてでも助けたいと死の間際まで願っていたのだ。

『ク、ライス……』

瀕死《ひんし》のクライスの名を呼んだ、あの悲痛な声が耳に残っている。刺された痛みよりも、心の痛みのほうが遥《はる》かに大きかった。

あの人のために何もできぬまま、死んでいくしかない自分への後悔。

あの人を救えるならどんなことでもするのに。悪魔に魂を売ったって構わない。クライスはそういう無念の中で死んだ。

「あの男、だから俺に追体験なんかさせたんだな……」

クライスの人生を追体験してジークフリートとの関係を知れば、どうしたって二人に肩入れすることになる。

クライスの人生を知る前と後では、主人公達に対する印象ががらりと変わった。

あいつらはクライスに復讐を願われても仕方のない人間だと、そう思えるだけの材料が揃《そろ》いすぎている。

実際にこの世界に転生してみたら、自分が書いた物語とは違っている部分も多くあった。厳密に言えば、描写しなかった部分や書かれていないシーンの辻褄《つじつま》が合わなかったり、主人公や他のキャラの性格も何やら違っていて。

その全てを体験してしまえば、この地獄を生き抜くためには復讐が不可欠であると、嫌でも理解してしまう。

「クライス？　聞いているのかい？」

「……っ」

優しく名を呼ばれると、血だらけで倒れていた姿とクライスを呼ぶ声が脳裏に蘇《よみがえ》った。血なまぐさい臭いと嘲《あざけ》るような周囲の声。血が沸騰するような怒り。

この人を殺した奴《やつ》らに復讐してやりたい。ぶわりと膨らむ感情は、自分のものか元の身体の主のものか。

ぎゅっと拳《こぶし》を握りしめると、手のあかぎれや胼胝《たこ》を隠すためにつけている手袋が引き攣《つ》る感触がした。

「クライス」

もう一度名を呼ばれ、はっと我に返る。王を目の前にして他所事《よそごと》を考えるなど、不興を買っても仕方のない行為だ。けれどジークフリートは機嫌を損ねるどころか心配げにクライスを眺め、「忙しいところ、悪かったね」とこちらを気遣う。

「いえ、とんでもありません。全て私の落ち度でございます。陛下、申し訳――」

「クライス、私は今、この国の王としてここにいる訳ではないよ」

ここに来てから初めて、ジークフリートの声に不興が乗った。コツコツと肘置きを指で叩《たた》き、「私の幼馴染みはどこに隠れてしまったのだろう?」と言いながらじっと強い眼差しを向けてくる。

「……陛下はいつ如何《いか》なる時もこの国の王でございます」

「なるほど。では、王位を誰かに渡してしまえば、私の幼馴染みが帰ってくる、と?」

「お戯れを」

「どうだろう? 君の幼馴染みは、こうと決めたら引かない性格だったと思わないか?」

「……陛下」

「幼馴染みを取り戻したいから玉座を降りる、と言ったら、宰相達はどんな顔をするかな。考えただけで愉快だ」

「ジークフリート様」

「私の幼馴染みは、私のことをそんな風に呼ばない」

まったくもって狡《ずる》い。その美しい顔に悲しみの色が浮かべば、どうしたってその願いを叶《かな》えてやらねばと思ってしまう。自覚はなかったが、どうやら俺は美人に弱いらしい。

はあ、と一つため息を吐《つ》いて、仕方なく幼馴染みの顔で言った。

「ジークフリート、俺が悪かったから」

「ああ、よかった。どうやら私の幼馴染みが戻ってきたようだ。久しぶりだね、クライス」

ジークフリートが本気で玉座を降りると思った訳ではないが、こうと決めたら引かない性格なのは本当である。一度目の転生時にも、ジークフリートと会うたびに同じような問答を繰り返していた記憶があった。

「何が久しぶりだよ、三ヶ月前にも会っただろ？」

自然と、三ヶ月前、という月日が頭に浮かぶ。幼い頃の口調で話しかければ、ジークフリートは嬉《うれ》しそうに目元を綻《ほころ》ばせた。

「三ヶ月も前、の間違いでは？」

そうして悪戯《いたずら》っぽい表情を浮かべる姿を見て、彼がこのクラン王国を治めるジークフリート王その人だと気づく民は少ないに違いない。

公の場でのジークフリートは、常に冷静沈着で、穏やかな表情を崩すことはない。だが幼馴染みとしてのジークフリートは、茶目っ気のある可愛い人だった。

出会った時は、クライスもまさかこの人が王族だなんて気づいていなかった。

『こんなところでひとりでなにしてるんだよ。おまえもまいごか？　おれがいっしょにいてやるからなくなよ』

クライスの弟がルブタン邸に来るより前のことだ。その頃のクライスはまだ天真爛漫《てんしんらんまん》な子供で、父に連れられて行ったパーティーで迷子になり、城の中庭でジークフリートと初めて会った。

『まいごじゃなくて、ここからにげたくて』

『にげる？　なんでだよ』

『だって、こんなくになんていらないよ。いまだって、あっちではたみたちからあつめたおかねできぞくたちがごうゆうしてるんだ』

そう言って唇をきゅっと噛《か》みしめるジークフリートのことをクライスが女の子だと勘違いしたのは、マントをすっぽりと被《かぶ》っていたからである。可愛い子に恰好《かっこ》いいところを見せようと、クライスは偉そうに言ったのだ。

『ばかだなおまえ！　だからってくにをすてたら、だめになるいっぽうだろ！　だめだからみすてるんじゃなくて、だめだからかえてくんだよ！』

『だめだから、かえてく……？』

当時、ジークフリートの父である先代の王は国のための改革に着手していたが、先々代の治世に腐敗した貴族達との水面下の争いが激化していた。その頃はまだクライスの母もルブタン邸で暮らしていて、この国のために尽くしなさいと何度も教えられていたから、王に仕えてこの国を良くするために尽くすことが、この頃のクライスの目標だったのだ。

『しんぱいするな！　おれがおおきくなったら、このくにをかえてやるから！』

クライスがどんと胸を叩くと、ジークフリートは目をぱちくりさせて呟《つぶや》いた。

『きみが？』

『そうだ』

『おうさまになるの？』

『ばかなこというなよ！　おうさまにつかえていっしょにこのくにをよくするんだ！』

『……もし、おうさまがつかえるかちもないばかだったら？』

『そのときは、おれがおしりをひっぱたいてでもかしこくなるようにべんきょうさせてやる！』

『ふ、ふ……ふはは、それはいいね！』

目の前の人がいずれ国王になる人であると気づきもしないクライスは、不敬だとも知らないで偉そうな口をきいたのに何故か気に入られ、それ以来ジークフリートとの縁を深めてきた。

ジークフリートにそのような口のきき方をする者はいないから、物珍しかったのかもしれない。だから今もこうして、その頃のように気安く話すことを要求されるのだろう。

「王が頻繁に王都を留守にするのは問題では？」

ルブタン侯爵領は王都から比較的近いが、馬車で数時間はかかる距離である。だがしかし、ジークフリートには風を操る力があった。空に浮かぶだけではなく、鳥すら追い抜く速さで自在に飛び回ることができるその能力を使い、気分転換と称して、年に数度はルブタン領を訪ねてくる。

「その辺りは抜かりないよ。ちゃんと身代わりを立ててある」

「また誰かに代わりをさせているのか？　見つかったらルーカスさんに怒られるぞ」

ルーカスとは、ジークフリート専属の執事の名だ。ジークフリートが生まれる前から王城で執事をしており、一時は教育係もしていた御仁である。

執事と言えば本来は家僕であるが、ルーカスは公爵の爵位も持っていた。元々は先々代の王弟の家系に連なる一族の出であり、ルブタン侯爵家より位は上だ。

王室の執事は純粋に王の身の回りを世話するだけではなく、秘書官としての側面も持つ。ゆえに高い知識と教養が求められ、大貴族と呼ばれる高い地位の者から選ばれることはままあった。

彼自身が王族としての血筋であるにもかかわらず、先代の王にどうしても仕えたいと言って執事になったという噂《うわさ》は、一度目の転生時に聞いたことがある。

「私はルーカスに嘘《うそ》を吐《つ》かない。もちろんルーカスには本当のことを伝えてある」

きっと何度も止められたのだろうが、言うことを聞かなかったに違いない。今頃胃を押さえているであろうルーカスのことを思うと、知らずため息が出た。

「それにしてもクライス、また痩《や》せたようだね。君が私のために努力をしているのは知っているが、あまり根を詰めるのは良くない」

来なさい、と手を差し伸べられ、命じられるままにジークフリートの前に跪《ひざまず》く。王を見下ろすなど不敬だからで、他に何か意図があった訳ではないのだが、ジークフリートは少し驚いた顔をした後、「まるで求婚されているようだ」と笑った。

「冗談の才能がないな」

「別に笑わせようと思った訳ではないのに」

ジークフリートは肩を竦《すく》めてから、クライスの頬に手を伸ばす。

「ああ、ほら……以前より肉が減っている。しっかり食べなくては駄目だと言っただろう？」

この頃のクライスが痩せているのは、最低限しか与えられない食事のせいだった。それをジークフリートに悟られないように、勉学に集中していて食べることをおろそかにしてしまったと言い訳をするのが、クライスの常套句《じょうとうく》で。

「父上の手伝いで忙しかったんだよ」

ここでジークフリートに今のクライスが置かれている立場を告白すれば、すぐにでも助けてくれるだろう。だがそれでは駄目だ。自らの力だけで、ジークフリートの隣に立つに相応しい地位を手に入れなければならない。

このままだと、クライスの異変に気づいたジークフリートによって側近に抜擢《ばってき》されることになる。だが実力も伴わないままクライスが側近となったことで、クライスがジークフリートのアキレス腱《けん》となってしまった。ジークフリートが国の穢れとなっていると告発された時に裏切った貴族達の中には、そのことに不満を持っていた者が数多くいる。

もう前回のように、ジークフリートの足手まといになる訳にはいかない。

生き残るためには、ジークフリートが必要だ。それに復讐を果たすためにも、ジークフリートの生存は必要不可欠だろう。

守られるのではなく守る。そのためには、実力でジークフリートの隣に立たねばならなかった。

今の自分の唯一の利点は、未来を知っていることである。

この家にはジルがいる。クライスの弟で、ジークフリートを、クライスを、死に追いやった張本人。小説の中では慈悲深く穏やかな主人公であったはずなのに、死に戻る前に最後に見た光景では、血だらけのクライスとジークフリートを前に高笑いをしていたあの男。

ジルの動向を見張るために、この地より最適な場所はない。

「ジークフリートのほうこそ、痩せたんじゃないか？　政務が忙しいというのに、わざわざ魔力を使ってここに来た訳じゃないよな？」

「確かに、ここのところ食欲があまりないかもしれない。クライスの焼き菓子を食べたら、元気が出ると思うのだが」

こちらの質問には答えず、ジークフリートは真面目腐った顔で言う。

焼き菓子を作るのはこの世界に来る前からの趣味だが、クライス自身も焼き菓子作りが好きで、よくジークフリートに食べさせていた。

「そう言うと思った」

焼き菓子は、この屋敷でクライスに唯一許された趣味だった。父はジークフリートがクライスの作る焼き菓子を気に入っていることを知っているので、菓子作りにだけは口を出さない。その時だけは、誰にも邪魔されることなく没頭することができたのだ。

「今回はフィナンシェを作ってみたんだ」

立ち上がり、ポケットから出した包みから小さなフィナンシェを二つ取り出す。ジークフリートがいつ来てもいいように、クライスは焼き菓子を作り置きしていたから、部屋からそれを持ち出してきたのだ。

ポケットから出したものを食べさせるのは気が引けるが、ジークフリートは警戒心が強く、クライスが自ら用意したものでなければ口にしない。クライスが作ったものでも、家僕に運ばせたりすると絶対に手を伸ばすことはなかった。

かといって最初から持って入れば、食べてくださいと言わんばかりで、当時のクライスはそれも気が引けたらしい。そういうやり取りを何度か繰り返し、今はこの形で落ち着いていた。

「紅茶は私が持参したよ」

こちらの真似をして、ジークフリートがポケットから包みを取り出す。包みを開くと茶葉のいい香りがして、苦笑しながらそれを受け取った。

「この王国の尊き太陽がポケットに茶葉を隠し持っているなんて知ったら、ルーカスさんが卒倒するだろうな」

「だからこれは、二人だけの秘密にしておくれ」

悪戯っぽく唇に指を当てる仕草をするジークフリートが、クライスに引け目を感じさせないためにわざと真似をしたことは分かっている。この人のこういうさりげない優しさに、クライスは何度も助けられていた。

地獄の中で生活するクライスの、唯一の光。それがジークフリートだったのだ。

いざ自分がクライスという人格の外から客観的に見てみても、ジークフリートは本当にいい男だと思う。クライスが命を懸けて救いたいと願った気持ちも分からなくはない。不遇の人生を送っていたクライスにとっては、ジークフリートとのこういう時間は宝物だったのだ。

自分の過去の人生を顧みても、このような人はそばにいなかった。結果的に悲劇ではあったが、ジークフリートがそばにいたクライスのことを羨《うらや》ましくも思った。

そう、この人はとてもいい人なのだ。あんな死に方をするのは相応しくないほど。

二人だけの茶会を始めるために、茶器に近づく。席から立ち上がりついてきたジークフリートが、ポットに手を翳《かざ》してそこに水を満たした。

ジークフリートは、風や水だけではなく、五大元素全てを操ることができる優秀な魔導士でもある。指をピンと弾《はじ》けば、たちどころにポットから湯気が立ち昇った。

「羨ましい力だ」

「クライスだって、土の魔力が使えるだろう？」

ジークフリートには遠く及ばないが、クライスにも魔力は備わっている。とはいえ、クライスが扱えるのは土の魔力のみで、植物の生長を早めたり地形を少しばかり変えたりはできるが、魔力がそれほど高くないため大したことはできない。さすがモブ、といったところである。

「それに、お湯が欲しい時はいつでも私を呼べばいい。クライス専属のお湯係になろう」

「それは心強い。ほら、冗談はいいから座って」

茶葉を入れれば、茶会の始まりだ。

長椅子に隣同士で腰掛けるのは、幼い頃からの二人の癖だ。内緒話ができるようにとジークフリートが望むからで、子供の頃は二人で耳打ちして秘密を分かち合っていた。秘密といっても、子供らしい無邪気なものではあるけれど。

自分の人生にも幼馴染《おさななじ》みと呼べる存在はいたが、ここまで無条件に互いを思い合える関係ではなかった。自分とクライスの人生を比べるなんて、意味のないことだが。

「ところで」

こほんと咳払《せきばら》いしたジークフリートが、耳元に囁《ささや》いた。

「あの子は今日もご機嫌だね」

「あの子？」

ジークフリートの視線の先を追いかけ、絶句する。

いつからだ。一体いつからあそこで寝そべっていたのか。

「教授！」

窓から入る日差しを受けて床に寝そべり日向ぼっこをしていたのは、部屋に置いてきたはずの教授だった。留守番しろと言い置いてきたのに、ここで何をしているのか。

そもそも、ずっとあそこにいたなら絶対に気づいたはずだ。あんなに大きな生き物に気づかないなんてあり得ない。

慌てて立ち上がり、教授のもとに向かう。

「どうしてここにいるんだ！」

小声で怒鳴ると、教授はふさふさの尻尾《しっぽ》をゆらゆらと揺らしたが、知らん顔でお昼寝を続ける。

「まだ誰にも説明していないんだ、勝手にうろうろされたら――」

(必要ないよ)

「え？」

(僕に関する説明は必要ないって言ったの。僕は幼い頃からずっと、君の愛玩《あいがん》動物だからね。いつでも君のそばにいて当然の存在。誰も気にしない)

意味が分からず問い詰めようとしたら、いつの間に背後にいたのか、ジークフリートがクライスの肩越しに教授を覗《のぞ》き込んだ。

「今日はいつにもましてご機嫌だね。教授、美味《おい》しいものでも食べさせてもらったのかい？」

グルグルグルグル。

神獣だとか偉いんだとか言っていたくせに、ジークフリートに頭を撫《な》でられた教授は喉《のど》を鳴らして自ら腹を見せる。

「はは、教授はいつも可愛いな。今度クライスと一緒に王城に遊びにおいで。ご馳走《ちそう》を食べさせてあげよう」

「がう」

「がう、じゃないんだよ。簡単に腹を見せるなんてどうかしてるぞ」

(この子の撫でる手は、君の次に気持ちがいいんだもん)

だもんじゃない。神獣の矜持《きょうじ》はないのか。いやちょっと待て。その前に、どうしてジークフリートが教授のことを知っているんだ。

（さっきも言ったでしょ。僕は幼い頃からずっと、君の愛玩動物だって）

「…………」

要するに、元々はいなかったはずの自分を、クライスの人生に元からいる存在にした、ということか？　神獣ってそんなすごいことができるのか。それなら、いっそ教授の力で皆の記憶を塗り替えて、ジルをこの世から――

（僕は君を見守るのが役目だと言ったでしょ？）

心を読むのを今すぐやめてもらいたい。そしてやっぱり役立たずだ。

（役立たずだなんてひどい誤解だ！　こう見えて、僕はすごく役に立つのに！）

床に寝転んで腹を出したままぷんすか怒られても、ちっとも説得力がない。

「クライス？」

どうやら、ジークフリートには教授の声が聞こえていないらしい。教授を見たまま黙っているクライスを、ジークフリートは不思議そうに眺めた。

「ああ、いや、何でもない。教授は最近太っているから、ご馳走はお預けだなと思っただけだ」

（誰が太っていると!?　僕のこの愛らしい身体の、どこが太っているって!?）

ぐわっと牙《きば》を剝《む》く教授を無視して、クライスはジークフリートに笑いかけた。

「図星を指されて怒っているだけだから、気にしなくていい」

（図星じゃないよ！　失礼だぞ！　あ、おいっ、そんなことで誤魔化せると思ったら……はわ、ふにゃあ）

うるさい教授の喉を撫でると、たちどころに機嫌が直る。

(ああ、そこ……そこをもっと撫でて……はう……っ)

こんなにチョロい生き物が神獣だなんて、まったく信じられない。

ひとしきり撫でて黙らせてからジークフリートと共に長椅子に戻ると、ジークフリートは嬉《うれ》しそうにフィナンシェを頬張り始めた。

「また腕を上げたね、クライス」

普段は王として威厳ある姿を見せているジークフリートが、子供のように表情を綻《ほころ》ばせる。

褒められれば嬉しい。けれど幼い頃から褒められ慣れていなくて、いまだにこういう時にどういう顔をしていいのかよく分からない。

ここに来る前の世界でもそうだった。幼い頃に両親を亡くして児童養護施設で育ち、人と関わることが上手《うま》くもなかったため、愛情というものとはほとんど無縁のままで。こちらの世界でも両親に愛されなかったクライスの人生に転生したことを考えると、どうやら自分はどの世界でも誰かに愛されることのない人生を送る運命らしい。

「ぷっ」

噴き出す音がして、顔を上げる。

「何か面白いことが?」

「いや、クライスは可愛いなと思って」

「……は?」

思わず出た声が不敬であると気づいて慌てて口を押さえたが、ジークフリートは気にすることなくクライスの耳を軽く引っ張った。

「耳の先が赤くなっている。照れた時の君の癖だ」

「な……っ！」

両手で両耳を隠す。自分にそんな癖があるなんて知らなかった。いや、もしかしたら元のクライスの癖か？　どっちにしろ、そんなことを知ってしまったら見られるのがたまらなく恥ずかしく思える。

「どうして隠すんだい？　可愛いのに」

「か、可愛いなんて言葉は、リステア様に言ってくれ！」

ジークフリートは笑顔のまま少し黙り込んだが、すぐにまた口を開いた。

「リステアの可愛さとクライスの可愛さはまた別だろう？」

リステアはジークフリートの婚約者で、この国で一番美しいと名高い御令嬢だ。二人が並び立つ姿は神々しさすら感じるほどに完璧《かんぺき》で、この国の民達はリステアが王妃殿下となる日を心待ちにしている。

そのようなリステアとクライスが同列に語られないのは当然のことだ。クライスに対しての可愛いは、その辺の栗鼠《りす》を見た時の感想と大差ない。

……そもそもとして、ジークフリートのクライスに対する評価は、自分のものではないのだが。

ジークフリートが、自分が窮地に陥ると分かっていて口を噤《つぐ》むほどにクライスを大事に思っていたことを知っている。彼の大事なクライスはすでにもういないと知ったら、目の前の人はどうするだろうか。

「……リステア様はお元気なのか？」

「今朝も見かけたが、とても元気そうだったよ」

リステアは現在、王城で王妃になるための教育を受けている。それが終われば、晴れて二人は夫婦となってこの国を率いていくことに……と、そこまで考えたところで、またあの悪夢のような光景が蘇《よみがえ》った。

「……っ」

「クライス？」

クライスのせいで、前回は二人が並び立つ未来は来なかった。リステアの父であるカーズ伯爵はジークフリートを裏切った貴族達の一人で、リステアは最後までジークフリートの側に立って皆を説得しようとしたが、その甲斐《かい》なくジークフリートは討たれることとなったのだ。クライスと一緒に。

あんな未来はもう絶対に来させない。

「リステア様の王妃教育は、まだかかりそうなのか？」

「……そうだね、たぶんまだまだかかるだろう」

ジークフリートとリステアが夫婦となっていれば、カーズ伯爵がジークフリートを裏切ることはなかった。けれど今のクライスに、王族の婚姻を進言するだけの力などない。クライスの立場はまだ侯爵である父の補佐役でしかなく、貴族社会においての発言権などないに等しかった。

「そうか。リステア様は、間違いなく素晴らしい王妃になられるのに」

「クライスは、私とリステアに早く夫婦になってもらいたいのかい？」

「国中がそう思っているさ」

「まあ、そうだろうね。クライスもそう思うかい？」

もちろん、早く夫婦になって欲しいに決まっている。

そう口にできなかったのは、元のクライスならどう思うか、一瞬迷ったからだ。ジークフリートとリステアが夫婦になることを待ち望んでいたことは間違いないが、元のクライスなら、急《せ》かすようなことを言わないのではないか、と思ってしまった。

自分の考えが、自分のものかクライスのものか、分からなくて戸惑う。

自分の人生とクライスの人生。どちらも自らの体験として持っているので、クライスの人生をまるで自分のもののように思ってしまって、切り離すことが難しい。

「俺は国を背負って立つ立場じゃないから分からないけど、二人にとって一番いい時期に夫婦となれればいいなと思ってるよ」

お茶を濁して模範的な回答を述べると、ジークフリートは「そう」と笑顔で頷《うなず》いた。

「兄弟がもう少しいれば、跡継ぎだ何だとせっつかれることもなくてよかったのだけれどね」

「……クロード殿下は相変わらずなのか？」

クライスの言葉に、ジークフリートの笑顔が苦笑に変わる。

「あの子なりに足掻《あが》いている最中なのだろう」

クロードとは、ジークフリートの弟である。この物語の主人公であるジルのヒーロー。クライスを殺した張本人だ。

王太子であるクロードは、この頃からすでにジークフリートとの折り合いがよくなかった。

国民から税を取り立てるのをやめるべきだとか贅沢《ぜいたく》は敵だとか、鼻息荒くジークフリート本人に直談判するシーンは物語の中にもあるが、実際にこの世界に入ってみると、それが如何に見当違いな訴えか分かる。

理想を振りかざし、現実を見ることができない愚か者。自分が書いたキャラであるだけに、ぐさぐさと自分にブーメランが刺さる。

領地によっては税の取り立てに苦しんでいる民がいることは分かっているが、税を取り立てること自体をやめてしまったら、貴族達は領地を守るための兵力を維持できない。税は決して貴族の贅沢のためだけのものではないのだ。

それに貴族の贅沢についても同じで、確かにただ自分の道楽のために贅沢をしている貴族達もいるが、貴族達が金を使うことで商人達が潤うという側面も持っている。貴族によっては、経済を循環させるためにあえて領内で金を使う者もいた。

何事もバランスというものが大事で、民と貴族、そのバランスを取ることも王の務めである。そのようなこともよく考えず、理想を振りかざす愚かな男をヒーローとして書いた自分が腹立たしい。

「貴方は優しすぎる」

ジークフリートという人は優れた為政者ではあるが、一つだけ欠点があった。王となるには優しすぎるのだ。

人の上に立つ者は、時として非情な決断もしなければならない。けれどジークフリートは、自分が軽んじられることに対しては詰めが甘いところがあった。

クロードのことにしてもそうだ。王に対してあれこれと歯向かうクロードを毎度許してしまうから、クロードは自分の過ちに気づくことなくここまで来てしまった。

常に平等で慈愛に満ちたクラン王国の王。ジークフリートは献身王とも呼ばれているが、その二つ名からも分かる通り、国民からの信頼は厚い。その二つ名で呼ばれていることを知ったのは、この世界に転生してきてからのことで、自分は書いた覚えがないのだけれど。

「あの子がもう少ししっかりしてくれていたら、王位を譲っても構わなかったのだが」

「本当に冗談が下手だな」

クロードが王位を継いだら、早晩この国は滅びるだろう。そう考えて、ふと思った。

物語は悪役であるジークフリートが殺されることでめでたしめでたしとなり、その後のことには触れていない。

だがジークフリートが死ぬということは、クロードが王位に就くということで……理想を振りかざしたクロードがこの国をどうするか考えてぞっとした。

まあ、そんな世界のことはどうでもいいか。

これから先、そんな世界はやってこない。いや、やってきては困るのだ。

「それにしても」

ジークフリートはクライスが淹《い》れた茶を一口飲んで、ふわりと微笑む。

「クライスがクロードのことを気にするなんて珍しいね。あの子と何かあったのかい？」

剣で突き刺されて殺された。……なんてことは当然言えない。これから貴方を殺そうとするんだ、なんてことも言えない。

（いっそ洗いざらい話したら、簡単なんじゃない？）

そばまでやってきた教授が、クライスの膝《ひざ》の上にちょこんと顎《あご》を乗せてくる。

馬鹿なことを言うな。そんなことを話しても、頭がおかしくなったと思われるのがオチだ。ちょっと貴方の弟に復讐《ふくしゅう》しようと思って、だなんて話して、はいそうですかと納得してくれるはずがない。下手をすれば逆にこちらが不敬罪で罪に問われることになる。死ぬのを回避するために復讐しようとして、逆に極刑にでもなったらどうしてくれるんだ。

そもそも、復讐を、と願ったのはクライスだが、その醜い感情にジークフリートを巻き込みたくはないだろう。クライスにとってのジークフリートは光なのだから。

（信頼できない、か。歯痒《はがゆ》いものだねえ）

うるさい。声にする代わりにぴんと教授の鼻を指で弾くと、ジークフリートが「クライス」と呼びかけてくる。

「私には言えないことなのかい？」

「え？」

ああ、そうだった。クロードと何かあったのかと聞かれたことを思い出し、慌てて首を振る。

「ごめん。教授があまりに可愛いことをするから、そっちに気を取られてしまって」

膝の上に顎を乗せたままぴすぴすと鼻を鳴らす教授を見下ろして、ジークフリートは「確かに可愛いね」とその頭を撫《な》でた。

「それで？　クロードのことを気にする理由は？」

誤魔化されてくれないジークフリートに、少し考える。本当のことは言えない。言えるとしたら。

「近く、ルブタン領内に視察に来るという噂を聞いたんだ」

そうなのだ。もうすぐ、クロードがルブタン領内にやってくる。そこでクロードとジルが顔を合わせるところから、この物語は動き出すのである。

その時はお互いに挨拶《あいさつ》を交わした程度だが、そこでクロードがジルを見初めたことで、ジルが王都に着いた際にクロードがジルの後見を買って出ることになるのだ。

逆に言えば、ここで二人が出会わなければ王都に着いてすぐにクロードがジルの後見になる可能性が低くなる。

「クロードが？　聞いていないな」

それはそうだろう。本来ならクライスも知り得ないことだ。ここにいる自分がこの物語を書いた本人であるからこそ知っていること。

クロードはここにお忍びでやってくる。ジークフリートが度々ここを訪れていることを不審に思ってのことだ。

クロードはジークフリートを失脚させたいと考え、この頃からすでに粗探しを始めていたから。

「また問題を起こさないといいなと思って」

クロードは以前に一度、視察に出掛けた遠方の町で住民達と諍《いさか》いを起こしている。孤児を働かせるなどとはとんでもない、と言うのである。まったくお坊ちゃまの発想というのはあまりにもお花畑で恐れ入る。

その町にはちゃんと孤児院があったが、孤児達はそれぞれの将来のために自ら働いていた。そこに突然やってきたクロードが孤児達の仕事を奪ったのだからさあ大変。

町は労働力が少なく、孤児達には金が必要だった。需要と供給が成り立っていたのだ。クロードは子供達を働かせるなんて鬼畜の所業だと怒り狂い、まとまった金を孤児院に渡して孤児達を働かせるなと厳命した。

その結果、どうなったか。

貴重な働き手を失った町の住民達は商売が立ち行かなくなり、自分のために金を稼げない孤児達は未来に対する希望を失った。まとまった金を手に入れた孤児院の運営者はその金を着服、散々な結果である。

そのことが発覚したのはクロードが視察に行ってから一年も経《た》ってからで、王都まで命がけでやってきた住民の陳情のお陰だ。

ちょうど父の遣いで王都にいたクライスは、せっかくだから寄っていくようにと言われて訪ねたジークフリートの私室で、その話の一部始終を聞くことになった。ノックもなしに飛び込んできたクロードが、住民達への不満を一方的に捲《まく》し立《た》てたからだ。

「あの子は正義感が強い子なんだよ」

甘い。甘すぎる。この甘さがクロードを増長させ、ジークフリートに致命的なダメージを与えることになる。

優しさは時に毒にもなる。身の程を教えなかったことで、クロードは自分の力を過信してしまった。その結果、この国に何より必要な兄を罠《わな》にかけて失脚させ、無能である自覚のないまま王となり、おそらくは国を滅ぼした。

「もう少ししたら、あの子も自覚することだろう」

そんな日は来ない。天地がひっくり返ってもあり得ない。今すぐジークフリートの胸倉を摑《つか》んで、あいつは貴方を殺すんだぞと怒鳴りつけたくなる。

できない代わりに小さく息を吐いて気持ちを落ち着けようとすると、ジークフリートは困ったように眉根《まゆね》を下げた。

「それより、せっかく会えたのだからもっと楽しい話を――」

コツコツ。

何かが窓を叩《たた》く音がする。慣れた音を聞き分けて立ち上がって窓を開けると、予想通りの生き物が中に入ってきて、優雅に長椅子の背に留まった。

「お呼びのようだぞ」

長椅子で羽を休めているのは、国の中枢で仕事をする者達が飼《か》い馴《な》らしている鷹《たか》だ。おそらく宰相辺りから送られてきたのだろう。

ジークフリートは大袈裟《おおげさ》にため息を吐き、「今度はどこの貴族の喧嘩《けんか》の仲裁をさせられるのやら」と鷹の足に括《くく》りつけられたメモを外して開く。読み終わるとそのメモを手早く胸のポケットに仕舞い、やれやれと言わんばかりの顔で立ち上がった。

「クライスが早く王都に来てくれるといいのに」

「今の俺が行ったって役立たずだよ」

「最近君が提出した計画書はとても評判がよかった。もしあれが採用されれば、君は責任者として王都に来ることになるだろう」

クラン王国はジークフリートの治世になってから、法の整備や治水工事など、様々なことに対して広く意見を求めるようになった。クライスが計画書を出したのはそのうちの一つで、時折発生する疫病対策についてだったが、確かにあれが採用されれば病に苦しむ人が減るはずだ。

前回は採用されるかどうかの判断が下される前に、クライスが死んでしまった訳だが。

「その時は、陛下のお役に立てるように最善を尽くします」

遊びの時間は終わりとばかりに口調を変えると、ジークフリートもまた、表情を引き締めて「楽しみにしていよう」と王の顔で鷹揚《おうよう》に頷いた。


「さて、と」

鷹と共に颯爽《さっそう》と空を飛んで帰っていったジークフリートを見送ってから背後を振り返る。そこに佇《たたず》むのはルブタン邸だ。

「今からここが俺の戦場か」

（これからどうするつもりなの？）

「まずはこの家での立場を向上させることから、かな」

身体がぶるりと震える。これは恐怖ではなく、武者震いだ。そう自分に言い聞かせる。

自分と元のクライスの境界は曖昧《あいまい》だ。何せ、一度クライスの人生を実体験として持っている。父に対する恐れも、あの地獄の日々の中の絶望も、他人事ではなく自分自身の記憶として残っていた。

だがそれでも、それ以前の自分の記憶を取り戻したことで、ある程度は状況を客観的に見られるようにはなった。あの時のクライスにはなかった知識もある。だからこそ、今の自分ならやれる。元のクライスができなかったことを、今度こそ必ず。

ふと視線を感じて見上げると、二階の窓からこちらを見下ろす男の姿が見えた。

クライスの弟のジルだ。目が合った途端、血が沸騰するような感覚を覚える。

『ああ、ようやく！　これで世界が平和になる！』

耳障りなあの声が頭の中に木霊した。

誰もが守りたくなるような愛らしい容姿と、健気でいじらしい性格。踊り子として男達を魅了した母親譲りの、天使のようなふわりとした金髪に金の瞳《ひとみ》。

無邪気で慈悲深い主人公。けれど実態がそうでないことを、すでに自分は知っている。

俺が書いた物語のレールから外れた主人公。書いている時は確かにあったはずの愛着が、クライスの記憶によって憎しみに変わる。

ああ、クライス。怒ってるんだな。分かる、分かるよ。あの時の苦しみと絶望を、必ずあの男にも味わわせてみせる。

「今に見てろよ、その顔を絶望で歪《ゆが》ませてやる」

(さすが悪役の台詞《せりふ》だねえ)

教授の言葉に、くくっと肩が揺れた。この物語の主人公を貶《おとし》めようというのだから、まさしく悪役と言える。

「待っていろよ、ジル」

これまでのクライスなら、すぐに自分から視線を外しただろう。だが、俺は違う。

しっかりとジルに視線を向け、口元に微笑みを浮かべた。

(最初から派手にやらないほうがいいと思うけど)

「ご忠告感謝するよ」

視線の先で、ジルの目が大きく見開かれる。口を歪めて今にも罵《のの》りたそうな顔をしているのを見て、おいおいすでに化けの皮が剝《は》がれかけているぞ、と嘲笑《ちょうしょう》してやりたくなった。

あの男が、クライスとジークフリートを殺したのだ。正義とは名ばかりの、自分本位な理由で。

今度は絶対にそうはさせない。

「クライス様」

不意にかけられた言葉に、視線を下に降ろす。ルブタン邸の正面玄関から出てきたのは、いつも父に忠実な執事。

「アルバート様がお呼びです」

アルバート・フォン・ルブタン。このルブタン邸の主で、クライスの父親だ。ジークフリートがここを訪れると、アルバートは必ずクライスを呼んだ。……普段はクライスのことなど見向きもしないくせに。

「アルバート様をお待たせすることがありませんよう」

「……すぐに行く」

執事の頬が微《かす》かにぴくりと引き攣った。それでも、それ以上表情に出さなかったのはさすがだ。

執事のシスは他の家僕達とは違い、表立ってクライスに何かをすることはなかった。だが、執事であるシスがこの邸内で起きていることを知らないはずはない。

分かっていながら放置した。その時点で悪意はある。シスにとってはアルバートだけが主人で、そのアルバートが大事にしないものを助ける必要はないと考えていたのかもしれない。

年老いて落《お》ち窪《くぼ》んだシスの目が、用心深くこちらを窺《うかが》う。これまでは家僕にすら敬語を使っていたクライスの口調が変わったことを訝《いぶか》しんでいるのだろう。

分かっていて、それを無視した。シスが助けを求めるクライスの目を無視したように、こちらもシスの疑問に答えてやる義理はない。

シスに声をかけることなく歩き出す。シスはすぐにクライスの前に立ち先導を始めたが、戸惑いが足運びとなって不規則な音を立てた。

無言で歩き続けると、シスが執務室の前で足を止める。

「アルバート様、クライス様をお連れいたしました」

「入れ」

扉を開けたシスに促される前にクライスが自分から執務室に足を踏み入れたのは、もしかして初めてのことかもしれない。

一度目の転生時の記憶が染みついている。いつでも、クライスはここに入ることに怯《おび》えていた。この部屋に呼び出される時は大抵、叱《しか》られるか理不尽な要求をされる。クライスにとっては、いい記憶が一つもない場所だった。

「お呼びと伺いました」

両袖机《りょうそでづくえ》で執務を行っていたアルバートが、見ていた書類から顔を上げることもなく言った。

「陛下が来ていたな」

「はい」

アルバートは、クライスとはまるで似ていない。茶褐色の髪にきつい目元。髭《ひげ》を蓄えているのは、平凡な己の容姿に劣等感を抱き、少しでも威厳を出したいがためだ。

さも忙しいという様子で書類に目を通してはいるが、雑事のほとんどをクライスに押しつけているくせに、お前のどこが忙しいのかと問いたい。何もかも見せかけだけの男だ。

「ふん、相変わらず人形みたいな顔だな。せめてその顔で陛下を誑《たら》しこんでくれれば、お前のその容姿も無駄にならぬというのに」

元々、アルバートはルブタン侯爵家の人間ではない。侯爵家の生まれであるのは母で、クライスの容姿も母譲りだ。アルバートは商人の子供であって、生まれは貴族ですらない。クライスの容姿を殊更に嫌うのは、劣等感の裏返しだろう。

「何を話した」

アルバートはいつでもジークフリートの全てを知りたがる。けれどクライスは、アルバートに全てを伝えることは決してなかった。当たり障りなく、表面的な話だけをする。するとそれが気に入らないアルバートがクライスを叱責し、クライスは怯えながら執務室を去ることになる、というのがこれまでだった。

「お腹《なか》が空《す》いていらっしゃるようでした。私の作った焼き菓子が食べたいとおっしゃるので、そのように」

「……他には」

「特に何もありません」

「クライス」

アルバートの声が低く唸《うな》るようなものに変わる。

「お前ほどの役立たずは見たことがない。少しは私の役に立とうとは思わんのか」

書類を両袖机に置いてこちらを見たアルバートの目に、加虐的な光が宿った。クライスを貶め、許しを乞《こ》わせるのがアルバートのいつものやり方で、そうすることでクライスから自尊心と抵抗する気力を奪っていたのだと今なら分かる。

必要以上に貶めるのは、クライスの存在が脅威だからだ。クライスが力を持てば、いつか自分の地位が脅かされるかもしれない。それに怯え、服従させようとしている。

この男にとってのクライスは、愛すべき家族ではない。使える駒か、排除すべき敵か。常にその天秤《てんびん》にかけられていた。

愛されたいと願っていたクライスを哀れに思う。その願いはどんなに耐えても叶《かな》わないのだ。家族と過ごした経験がほとんどないから、自分は家族愛というものを知らない。クライスとて愛された経験はないはずなのに、すぐそばに存在しているというだけで、ここまで期待を捨てられないものなのか。

『どうしてですか……！　父上、どうしてそこまで私を……っ！』

死に戻る前のクライスの慟哭《どうこく》が頭に蘇《よみがえ》る。アルバートはクライスが殺されると知っていて、涼しい顔でジル達に引き渡した。

『役に立たぬ者に用などない』

虫けらでも見るような父の目に、クライスはこれまでの自分がどれほど無駄な願いを抱いていたのかを知った。

そうだ、クライス。この男はお前を愛さない。だからもう、この男に夢など見なくていい。

「お言葉ですが」

口を開くと、アルバートが目を瞠《みは》った。まさかクライスが言い返してくるとは思わなかったのだろう。

「陛下がここに通ってきてくださることだけでも、父上はかなりの恩恵を受けているのではないでしょうか？」

「……っ！」

ジークフリートがよくここに通っていることを、アルバートが自ら吹聴して回っていることを知っている。そうすることで、アルバートはルブタン家が王の覚えめでたき特別であると言外にアピールしてきた。

「口答えをするつもりか」

「いえ……そんなまさか、とんでもない」

アルバートの顔に苛立《いらだ》ちが浮かぶ。怯えた表情を作りながら、その様子を注意深く窺った。

いつもは唯々諾々と従っていたクライスに言い返され、さぞかし苛立っているだろう。人間というものは、自分が優位でいる時には余裕があるが、予想外のことをされると判断力が鈍るものだ。

アルバートが拳《こぶし》を握りしめるのを見て、その手が飛んでくる前に先手を取る。

「最近、陛下に観察されているような気がするのです」

「観察だと？」

「頬がこけているとご心配をいただきまして。私が大変な思いをしているのではないかと危惧《きぐ》してくださっているようでした」

「…………」

嘘は吐《つ》いていない。ジークフリートがクライスの身体を心配していたのは本当だ。少しばかり意味深な言い回しに変えただけのこと。

「ほんの些細《ささい》な変化に気づいてくださるほどに気にかけていただいているようで、この身体を大事にせねばと反省いたしました」

これまでクライスは、アルバートに何をされても我慢した。

殴打されることなど日常茶飯事で、熱い紅茶を浴びせられたことも、階段から蹴《け》り落とされたことも、寒い冬の雪の中に放り出されたこともある。その全てに耐えた。これは父からの試練なのだと、跡継ぎであるがゆえなのだと自分に言い聞かせて。

けれど、耐えることに意味などないのだ。いつかは変わってくれる？　誰かが助けてくれる？　そんなものはただの逃避だ。現状を変えられるのはいつだって自分である。その状況を受け入れ続ければ、待っているのは死であることを、今の自分はもう知っていた。

「どういうつもりだ」

アルバートの苛立ちが更に増す。クライスはアルバートに、自分を害せばジークフリートが黙っていないと、遠回しに釘《くぎ》を刺したのだ。それが分かっていて、敢《あ》えて気づかぬふりで怯えを滲《にじ》ませた調子で尋ねた。

「どういうつもり、とは？」

「私を脅迫するつもりか？」

「脅迫だなんてとんでもない！　私はただ……陛下にこれ以上ご心配をかけないようにしたいのです」

大袈裟《おおげさ》に驚いてみせると、アルバートは苦虫《にがむし》を噛《か》み潰《つぶ》した顔でこちらを睨《にら》みつけてくる。

結局のところ、この男もクライスが反撃などしてこないと高を括っていたからやりたい放題していただけで、こうして痛いところを突かれれば、それに反論する材料など持ち合わせていない小物だ。

そうと分かっているのに、睨まれれば手が震える。一度刻まれてしまった記憶は、簡単には消えないらしい。自分が作ったキャラクターに怯えるなんて、情けない話だ。

だが今はそれすらも武器にする。真実怯えが残っているからには、アルバートの目を騙《だま》すことも容易《たやす》いはずだ。

「ご安心ください。ルブタン侯爵家の者として、これからも陛下のご不興を買うことのないように努めてまいりますので」

「調子に乗るなよ。私が本気になれば、いつでもお前を排斥できる」

「はい、肝に銘じておきます」

アルバートの恫喝《どうかつ》を聞いて、逆に腹が据わった。やれるものならやってみろ。使えるものは何でも使ってやる。今はジークフリートからの友情すらも。

今に見てろよ。お前がそうやって偉そうにしていられるのもあと少しだ。

「……さっさと下がれ」

「その前に一つ、お話ししておきたいことが」

「何だ」

「もちろん父上はご存じだと思うのですが、侍女のエリィの横領についてお耳に入れておきたいと思いまして」

「……っ！　お前に言われずとも分かっている！」

嘘だ。知らなかったくせに。

邸内の家僕達すら掌握できていないことは、貴族として恥である。そのことを認められないアルバートを内心で滑稽《こっけい》に思いながら、優雅に一礼して執務室を後にした。

（よく頑張ったねえ。ご褒美に僕をもふもふさせてあげよう）

廊下に出て歩き始めたところで、それまでずっと黙って後ろにいた教授が初めて口を開く。当たり前の存在として受け入れられているのか、それとも存在を消していたのか。俺だって忘れていたぞ。

「そうだな。後で存分にもふらせてもらおうかな」

とにかくこれで、アルバートは簡単にクライスに手を出せなくなった。以前のクライスならジークフリートとの関係を駆け引きに使うことなどあり得なかったが、自分は違う。今は矜持《きょうじ》などうでもいい。必要なのは生き残ることだ。自分も、ジークフリートも。

「まだまだ、これからだ。先が思いやられる」

（そうだねえ）

まずはここでの立場を改善しなくてはならない。アルバートはどんな時でもジルの味方だ。クライスの助けにはならないと知っている。だからこそ、何としてでもアルバートの作った檻《おり》から抜け出さなければならない。

エリィを告発したのもそのためだ。エリィの横領を知ったアルバートは家僕達全員を調査するだろう。探られて痛い腹があるのはエリィだけではない。家僕達が入れ替われば、それだけつけ入る隙も増える。

「やることが山積みだ」

「何が山積みなの、クライス兄様」

廊下の先から聞こえてきた声に顔を上げる。そこに立っていたのはジルだった。その姿に、声に、身体中を一気に駆け抜ける感情があった。怒りだ。

『あははは、早く死んじゃえばいいのに！』

醜悪な表情と、甲高い嘲《あざけ》りの声。

クライスの記憶が、訴えかけてくる。

——こいつを殺せ、と。

(クライス、落ち着きなよ)

「分かってる」

一瞬で過《よぎ》った様々な情景と感情を、頭の片隅に追いやる。駄目だ。ここで感情的になれば、ジルの思うツボだ。

いつだって、生き抜くためには冷静な判断が必要だ。一度の失敗を取り返すのは簡単ではない。一つ息を吐き、心を落ち着ける。落ち着け、クライス。復讐《ふくしゅう》は必ず果たしてみせる。だが、今はまだその時じゃない。

ジルの両側には寄りそうように侍女が二人いる。この屋敷の家僕達のほとんどはジルの味方だ。睨みつけてくる侍女達の視線を受け止め、足を止めたクライスは鷹揚《おうよう》に笑った。

「ジル、体調が良さそうで何よりだ」

ジルがあっけに取られた顔をする。両側に侍《はべ》る侍女達も同じだ。クライスがこのような笑顔を彼らに向けたのが、初めてのことだからだろう。

ジルの機嫌を損ねれば、アルバートからの叱責が飛ぶ。だからクライスは極力ジルと鉢合わせしないようにしていたし、会うことがあっても必要最低限の会話ですぐに引っ込んでいた。

立ち去ることもせずに目の前に立ち続けるクライスを見て、侍女達がこそこそとジルに耳打ちするが、それを無視してジルに話しかけた。

「それだけ元気なら、魔導学の授業を受けられるのでは？　担当の先生が遅れを心配しておられた。今すぐにでも来ていただけるように手配しようか？」

親身になっているふりで会話を続けると、ジルの頬が僅《わず》かに引き攣る。

身体が弱いジルは、学院に通えない代わりに屋敷の中で教師を招いて個人授業を受けていたが、体調が悪いことを理由に、魔導学の授業をほとんどまともに受けなかった。あの頃はその理由が分かっていなかったが、原作者として物語の全容を思い出した今の自分なら分かる。

ジルには魔力の適性がまるでないのだ。貴族の血筋というものは、すなわち魔導の血筋とも言われていて、魔力を使える適性の高い者が生まれてくるのが常だ。能力値には幅があるが、ほとんどの場合は何らかの魔力が使える。

けれどジルは、ほんの些細な魔力すら使えない。それは国の穢《けが》れを引き受けているからだとこの先神のお告げがある訳だが、この頃のジルが魔力を使えないことに劣等感を抱いていたことを知っていた。

「そうしたいのは山々だけど、体調がまだあまり良くなくて」

ジルの表情が申し訳なさげに曇る。何も知らずにいたクライスは、可哀想な弟だと思っていた。クライスが父に冷遇されるのは父とクライスの問題で、ジルには何の罪もない、と。

けど、違うよな？　本当は今、腸《はらわた》が煮えくり返るぐらい腹が立ってるんだよな？　余計なことを言いやがって、とでも思っているんだろう？　それを表情に出さないところは敵ながら天晴《あっぱれ》だ。

「クライス兄様にはいつも迷惑ばかりかけているよね。僕がこんな身体なばかりに……ごめんなさい」

うるりと涙で潤む瞳《ひとみ》とくしゃりと悲しげに歪《ゆが》む表情は、ジルをいじらしく見せる。だが見せかけのそれに騙される時間はもう終わった。

どんな時も耐えて忍び、ジルのことを本気で心配していたクライスはもういない。ここにいるのは、日本産の不遇を経験してスレた男。しかも自分の人生とクライスの人生、それから死に戻った今の人生を合わせれば、何と人生三周目である。生まれて二十年も経っていないひよっこになど負けてたまるか。

「そんな……ジルが何もできないのはジルのせいじゃないだろう？　大丈夫だよ、ジル。お前が何もできないことは、皆ちゃんと分かってる」

（わお。何もできない無能だと、二度も言ったね）

楽しげな教授に反応することなく、ジルの手を取って続ける。

「他の授業もギリギリ及第点だと聞いた。でも気にするな。王都で国政に参加したり貴族として領地を守るためには満点を目指すことが当然とされるが、ジルはそんなこと考えなくていいんだ。その分まで俺が頑張るから、ジルは体調を第一にして無理はしないようにして欲しい」

弟を心配する兄の顔で、切々と訴えた。すぐそばでケラケラと笑う教授のことは無視だ。

（ひっどいなあ！　貴族なら及第点なんてあり得ないけど、お前は無能のままでいいってこと？）

「クライス兄様……僕のことをそんなに大事に思ってくれてるなんて嬉《うれ》しいよ……！」

大事になんて思ってる訳がないだろ、こっちはお前に殺されてるんだぞ。心の中で悪態を吐きながら、ジルの様子を密《ひそ》かに観察する。

ジルがクライスを排除することを考え始めたのは何故なのか。それがまだ分からない。今の時点でのクライスは、ジルにとって目障りではあるものの、危険を冒してまで害する必要がある存在ではないはずだ。

ジルが侯爵の地位を狙っているならクライスは邪魔な存在だと思うが、ジルはそれほど学ぶことが得意ではないし、領地を運営することに興味があるとも思えない。

おかしな話だ。この物語を書いたのは自分であるのに、主人公の考えていることさえ、正確には把握できないなんて。どうしてこんなにも、本来の物語とズレがあるのだろうか。

「クライス兄様には、いつも嫌な思いばかりさせているはずなのに……あの、僕からお父様に、もう少しクライス兄様に優しくしてくださるようにって頼んでおくから」

なるほど、遠回しにアルバートに愛されてるのは自分だけだと当《あ》て擦《こす》っているんだな。ああそうだな、きっといつものクライスならその言葉に表情を曇らせただろう。

「お父様にも悪気はないいんだ。僕がこんな風だから、僕のことしか考えられないだけで。いつかはきっと、クライス兄様のことだって……」

なるほどなるほど、アルバートは自分のことだけを考えている、お前のことなど見ていない、と言いたい訳か。

ジルはきっと、クライスが表情を歪ませる様を見てやろうと思っているのだろうが甘い。こっちはとうにあんな男からの愛情など必要としていないのだから。

「気にしなくていいんだ、ジル。俺は気づいたんだよ、そんなことよりももっと大事なことがあるって」

「そんなことより、なんて……クライス兄様、諦《あきら》めるのはまだ——」

「諦めた訳じゃないんだ。俺には必要のないものだって気づいたんだよ。世界は広い。父上が俺をどう思っていようが、それが世界の全てではない。誰かに依存せずに頑張ってきた分、俺はどこでだって一人で立てる」

だからジル、お前がどんなにアルバートからの愛情を盾にクライスを傷つけようとしても、ここにいる俺はちっとも傷つかないんだよ。

穏やかな笑顔を向けると、ジルが戸惑った顔で視線をうろつかせた。常に他者の顔色を窺《うかが》って、相手の心の内に入り込むことしか考えてこなかったジルには、理解できない話だろう。

悪いな、お前の玩具《おもちゃ》になるのはもう終わりだ。

そんなことをつらつらと考えていると、ジルの身体がぐらりと揺れた。

「ジル様！」

そばに仕えていた侍女達が、素早くジルの身体を支える。

「……っ、離れて、君達の服を汚しちゃう……」

「そんなことは構いません！」

手拭《てぬぐい》を口元に当て、ジルが苦しそうに咳《せき》をした。

仮病ではなく、実際にジルは身体が弱い。以前のクライスなら本気で心配したことだろうし、もしかしたら自分のせいかもしれないなんて思い詰めたかもしれない。

だが今ここにいる自分は違う。あまりの性格の悪さに、身体が拒絶反応を起こしてるのでは？ちょっと腹を掻っ捌《さば》いて、腹の中が真っ黒になっていないか見てみたらどうなのか。……なんて思うぐらいには冷ややかな気持ちである。

どんなにお優しい人間だって、一度殺されれば考えが変わるだろう。ましてや、目の前のジルの本性が、今見せているものとはまるで違うことを知っていたら尚更。

「ジル様にご負担をかけるなんて……！」

侍女達に睨まれても、理不尽だなと思うだけだ。ジルはクライスの心にいくら負担をかけても許されて、こちらが傷つかないことでジルの心に負担がかかると責められるなんて。クライスをサンドバッグか何かと勘違いしていないか？　黙って殴られていろって？

お前達の心の平穏とやらのためにクライスがどれだけ追い詰められていたか、考えたことがあるのか。そんなことを思っているなんて微塵《みじん》も出さず、代わりに表情を曇らせる。

「まさかジルの身体がここまで弱っているなんて知らなくて……立ち話ですらもこんなに負担になるのなら、しばらくジルを外出させないように父上に進言しておこう」

ジルが町に出なければ、クロードと出会うことはなくなる。ジルを部屋に閉じ込めることができて、ついでに出会いも阻止できるなんて一石二鳥、いや、楽しみを取り上げられて顔面蒼白《そうはく》になっているジルの表情を見られてざまあみろと思う気持ちを足せば、一石三鳥である。

この程度、これまでのクライスの苦しみに比べれば、擦《かす》り傷にすらならない。

「ま、待って、クライス兄様、僕は大丈夫だから……っ」

「ジル様、落ち着いてください！　クライス様、ジル様を閉じ込めるおつもりですか!?」

「ではお前達に聞くが、こんなに体調の悪いジルを外出させることが、本当にジルのためになると思うのか？」

「そ、それは……っ」

「ジルの言うことをそのまま聞くことだけが優しさじゃない。ジルの身体のためにも、時にはジルに反対してでも療養させるのが、お前達の仕事じゃないのか？」

「クライス兄様、彼女達は僕のことを思ってくれているんです」

「ああ、そうだろうな。だからこそ、ジルも無理をしないようにしなくては。それが彼女達のためでもある」

「……クライス兄様、まるで別人のようだね」

そりゃあそうでしょうね、だって別人ですから。お前がいつでも手のひらの上で転がしていた、チョロいクライスはもういない。残念でした、ご愁傷様です。

（積年の恨みって怖いよね）

教授とて、一度殺されてみればいいのだ。そうしたら今の俺の気持ちが痛いほど分かるだろう。可哀想などと思う気持ちは、刺し殺された時に血液と一緒にどこかに流れ出た。クライスと成り代わったとは言っても、自分にもきっちりその経験は備わっている訳である。

自分を死に追いやった相手と、運命が変わって分かり合う？　ないないない。目の前にいる男は、条件さえ整えば平気で他者を害せる男なのだ。そんな男を信用できる日など生涯、いや、この記憶を持ち得る限り何世だってあり得ない。

内心の感情をすっぽり隠し、ジルに向かって悲しげに首を振る。

「色々と反省したんだ。今までは父上を恐れてジルにも近寄らないようにしていたが、そのせいでジルの身体がよくならないのかもしれない、と。父上はお前を愛するあまり、お前の身体のためにならないことも受け入れてしまう。それを諫《いさ》められるのは俺だけなのに、今まで見て見ぬふりをして本当にすまなかった」

「そんな……僕は本当に大丈夫です」

「無理をするな。これからは、お前のためにも強くなるよ」

「クライス兄……ぐ、ふっ」

「ああ、ほら……ジルを早く部屋へ連れていってやってくれ」

侍女達に命令すると、はっとした顔で侍女達がジルを庇《かば》うように歩き出した。その後ろ姿を眺めながらぼそりと呟《つぶや》く。

「第一ラウンドは勝利、ってとこかな？」

（あの子の考えていること、聞かせてあげたかったよ）

「何を考えてたんだ？」

（カンニングは駄目だよ？）

「だったら言うなよ」

まあ、聞かなくても大体分かる。きっと一人になったらすぐに、クライスの悪口を吐き散らしていることだろう。


クライスが変わったことにより、ルブタン邸の雰囲気は一変した。

まず、これまでずっとクライスで憂さ晴らしをしていた家僕達が、エリィから聞いたのか、クライスに近づかなくなった。それに気を良くして、今度はこれまで弱い立場にいた家僕達に自分から積極的に声をかけるようにした。もちろん、邸内に味方を増やすためだ。

それと並行して、ジルを外に出さないようにアルバートに進言した。もちろん角が立たないように、ジルのことを考えるとそうするべきだということを、さも弟のために勇気を出したという顔で、切々と訴えたのである。

ジルの身体のためだというクライスの訴えを、アルバートは意外なほどすんなりと受け入れた。数日前から、ジルは邸内から出ることを一切許されていない。

そしてついに昨日、クロードがお忍びでルブタン領内に現れた。クライスに気を許し始めた家僕の一人からその話を聞いた時には、心の中でガッツポーズをした。ジルは外に出られない。二人の出会いを見事阻止したのだ。

だが、そんな喜びも束の間。

「え？　私の、誕生日パーティー……ですか？」

「そうだ」

すぐに来いと呼び出されたアルバートの私室で思いがけないことを言われ、クライスの顔に戸惑いが浮かぶ。

前回クライスの誕生日が行われたのは遥《はる》か昔。今後の顔繋《かおつな》ぎということもあって、社交界では跡継ぎの誕生日パーティーは盛大に開かれることが多いのだが、身体が弱いことを理由に大規模な誕生日パーティーを開いてもらえないジルが言ったのだ。

『クライスにいさまはいいなあ……』

その一言で、クライスの誕生日パーティーはその後開かれなくなった。最初の頃は何故開かれないのかと訝《いぶか》しんでいた貴族達も、『身体の弱いジルを差し置いて、自分の誕生日をしたくないとクライスが言っておるのです』というアルバートの言葉に騙《だま》され、すっかり何も言われなくなって早幾年。逆に今更どうして誕生日パーティーを開くのか。

「クロード様がこちらに来ているのはお前も知っているだろう」

「……っ」

「領地がうちに近い貴族達も、クロード様とお近づきになりたいとせっついてきている。クロード様を招待するために、ちょうどいいと思ってな」

純粋に祝ってくれるなどとは微塵も期待していなかったが、想定していた中で最悪の答えだ。

せっかくジルとクロードの出会いを阻止したのに、これでは意味がなくなる。

(まあ、そう簡単にはいかないよねえ)

教授め、他人事みたいに言ってくれるじゃないか。いや、そうか、他人事か、腹立つな。

「国王陛下にも招待状を出せばどうだ」

チチチチッ。外で鳥が囀《さえず》る声が聞こえる。今日もいい天気だ。いっそ窓から外に飛び出して聞かなかったことにしたい。

「陛下はお忙しいので、私の誕生日などにお呼びするのは――」

「明日までに出しておけ」

ですよね、決定事項ですよね。

言いたいことは山ほどあったが、その全てを呑《の》み込んで、「分かりました」と返事をするしかなかった。

こうなったアルバートが絶対に引かないことはすでに分かっている。国王陛下と王太子殿下が揃《そろ》う機会を、このハゲタカが逃す訳がない。

(ハゲタカだなんて言ったら、ハゲタカが可哀想だよ。ハゲタカのほうが百倍恰好《かっこ》いい)

クライスと対峙《たいじ》するアルバートの後ろで、教授がのんびり寛いでいる。これではまるでアルバートが飼い主のようではないか。この裏切り者め。

(裏切り者だなんて失礼だなあ。僕は君の癒しになるために視界に入ってあげてるのに)

なるほど、丸焼きにされたいらしい。神獣の丸焼きって美味しいかな?

(僕を食べるつもり!? この罰当たり!)

「分かったらさっさと出ていけ」

「はい、失礼いたします」

かくして、クライスの誕生日パーティーが行われてしまうことになった。早くも原作を逸脱した展開だ。心してかからねば。


「誕生日とは、何だろうな……」

美しく飾りつけられた会場に、綺麗《きれい》に盛り付けられた料理、そして人員の配置まで。全てを采配《さいはい》したのは自分である。やりたくもない自分の誕生日をやるために自ら準備をしなくてはならないとは、まったく馬鹿げている。

（まあまあそう言わずに。美味しいものが食べられるじゃない。君もしっかり食べないと、またジークフリートを心配させるよ？）

「むしろ食べすぎで太ってきた気がする」

ルブタン邸での待遇が改善されるに従って、クライスの見た目はぐんと磨かれてきた。自分で言うのも何だが、クライスは磨けば光る逸材である。

これほどの容姿をしていながら、モブに甘んじるなんて勿体《もったい》ない。重ね重ね、見る目のない作者だ。……壁に頭を打ちつけたい。

（カリナのお陰だねえ）

「本当に、いい人を雇い入れてくれたもんだ」

こちらの思惑通り、エリィの横領を知ったアルバートは邸内の家僕達を調べ上げ、そのうちの半分ほどを放り出した。もちろんそこは予定通りなので、雑事を任されている立場を利用し、あらかじめ素行を調査しておいた人材を雇い入れることに成功する。

素行を調査したとは言っても、あくまでも最低限のもので、クライスの味方になってくれるかどうかは未知数だったが、最初から友好的に振る舞った甲斐《かい》もあって、新たに入った家僕達はクライスに対して好意的だった。

その中の一人がカリナである。

カリナは七人の子供達を育て上げた肝っ玉母さんで、それ以前は王城で働いていたこともあったらしい。ちょうど子供達が巣立ったタイミングでルブタン邸の求人を知って応募してくれたのだが、彼女が来てくれたことを神に感謝した。

仕事はもちろんできる。だがカリナの素晴らしいところはそれだけではない。カリナは貴族を恐れない、物申す侍女だった。

本来ならすぐにでも怒鳴り散らすはずのアルバートがそれを許すのは、カリナの職歴にある。カリナはジークフリートの乳母《うば》をしたことがある女性だったのだ。

ジークフリートの両親である先代の国王陛下と王妃殿下はすでに亡くなっているが、二人は共に革新的な人物として伝えられている。特にジークフリートの母である先代の王妃殿下は、次期国王となるべきジークフリートが偏った考えの人間にならないようにと、貴族ではなく平民から乳母を募集した。そうしてジークフリートの乳母になったのがカリナである。

アルバートが何か反論をしようとしたところで、そもそも侯爵家の生まれですらないアルバートより、カリナのほうが貴族を知り尽くしていた。

『クライス様には湯を毎日お運びするべきです。跡継ぎであるクライス様を磨き上げずにどうしましょうか。ここの家僕達は皆、何をしているのです。このままではルブタン侯爵家が笑い者になりましょう。私にお任せください』

ルブタン侯爵家のために、と鼻息も荒く意気込むカリナは、まさかアルバートがそれを承知で放置していたなんて知りもしない。職務怠慢だと憤懣遣《ふんまんや》る方ないカリナに圧《お》され、アルバートはお前に任せるとしか言えなかった。

（カリナときたら、僕を洗うのも上手だから、僕までこんなにふわふわになっちゃったよ）

こんなに可愛くなったら、皆が僕に釘付《くぎづ》けだ。尻尾《しっぽ》をふわふわと揺らしてご機嫌の教授の首には、クライスとお揃いのタイがつけられている。

（それにしても、よい贈り物をしてくれたものだね。危うくジルのおさがりを着て出るところだったでしょ？　まあ、それも面白かったけど）

ここ数年、クライスが公式の場に呼ばれることはなかった。だから誕生日パーティーをするとなって一番困ったのは、実はクライスの衣装だったのだ。

すぐにでも用意しろ、とアルバートは言ったが、国王や王太子を呼んでいる手前、お仕着せの衣装で出ていく訳にはいかないし、かといって今から作らせたところで、とてもじゃないが間に合わない。八方塞《はっぽうふさ》がり。

もういっそジルのおさがりを着てみすぼらしく皆の同情を買ってやろうかと思い詰めた頃、救世主が現れた。誕生日の招待状の返事と共に、ある贈り物が届いたのである。

【招待してくれてありがとう。君の誕生日を祝うためなら、たとえ地の底からでも駆けつけよう】

そう書かれた文と共に使いの者に渡されたのは煌《きら》びやかな衣装が入った大きな箱で、贈り主はジークフリートだった。

着てみれば、それは驚くほどしっくりとクライスの身体に馴染《なじ》んで、名のある仕立屋の作品であろうと分かったが、どうしてこんなに早く用意ができたのか、とか、こんなに高そうなものを受け取る訳には、とか、色んな気持ちを呑み込んで、それをありがたく頂戴《ちょうだい》することにした。

せっかくの贈り物を突き返すのは失礼だし、この衣装がクライスのために作られたものであることは着心地が証明している。

返したところで、他の誰かが着られる訳でもないし、と言い訳しながらも、クライスが一番美しく見えることを考慮したようなそのデザインを、何度も鏡で見ては感嘆していたのは秘密だ。

とにもかくにも、そのお陰で、本日こうして無事に主役としてここに立っていられるのだから、ジークフリートには感謝している。

(噂をすれば、待ち人の登場だよ)

「え？」

反射的に会場の入り口に視線を向けると同時に、会場中に響き渡る声がした。

「国王陛下のご入場です！」

いや、早すぎる。

国王というものは、本来遅れてやってくるものである。貴族達が揃ってからの満を持しての登場。それが定石だというのに、まだ貴族の姿がちらほらとしか見当たらない時間に現れるなんてどういうつもりなのか。お陰で、会場に配置した警備の者達があたふたしている。

ジークフリートはそれに頓着《とんちゃく》することなく、会場をぐるりと見回してクライスの姿を見つけ、すたすたと笑顔でこちらにやってきた。

「やあクライス、本日はお招きありがとう」

今日も今日とて、麗しい姿である。王としての公式の訪問なので赤いマントを羽織っているが、それもまたジークフリートの美貌《びぼう》を映えさせる小道具の一つに過ぎない。中にかっちりとした軍服を着こんだ姿に、会場内のあちこちから感嘆の吐息が零れた。

「陛下、お越しいただき光栄です」

ジークフリートはクライスの態度に一瞬ぱちりと目を瞬かせたが、さすがに貴族達の目があることは分かっているので、王としての顔を作り直して頷《うなず》いた。

「ふむ、本日の主役だけあって、今日は一段と輝いて見える。きっと衣装のお陰だろう」

しかつめらしく王の威厳を持ちつつ言うくせに、ちゃっかりと自分の贈り物を自画自賛している。

ここに今二人きりだったとしたら、きっと茶目っ気たっぷりにウインクしただろう。

まったくこの人ときたら、どこまで恰好いいんだか。

「ありがたいことに、私のことをよく知る方からいただきまして」

「そうだろうとも。さぞお前のことをよく知っている者なのだろうな。その者に感謝するように」

「はい、陛下。後ほどお礼を、と思っていたところでございます」

表情は変わらなかったが、ジークフリートの目がきらっと光ったのが分かった。焼き菓子を山ほど用意してあることに気づいたのかもしれない。

「ところで、私からも贈り物がある」

「え？　ですが、陛下……」

贈り物はすでに貰《もら》っている、とも言えずに口ごもったが、ジークフリートはお付きの者から小さな宝石箱を受け取り、こちらに向かって差し出した。

「誕生日に贈り物もしないほど、気の利かぬ王だと思われる訳にはいかないからな」

開けてみなさい、と促され、ぱこっと音を立てて宝石箱を開く。

「これは……」

宝石箱の中に慎ましく鎮座していたのは、この世界で『魔導石』と呼ばれているものだ。魔力を集めることによってできる結晶体。

『魔導石』を作ることができるのは、ある一定以上の魔力を持った限られた魔導士だけで、非常に高価……いや、ものによっては金では買えぬ価値のあるものだった。攻撃や防御に特化したものの中には、国宝として厳重に管理されているものだってある。

「陛下、このようなものをいただく訳には――」

「勘違いするな。大した力がある石ではない。……誰か、カップを」

すぐにジークフリートにカップが手渡される。

「この上に翳《かざ》して、魔力を込めてみなさい」

言われるままに魔導石を取り出してカップの上に翳し、魔力を込める。するとどうだろう。石から温かい湯がとぽとぽと流れ落ちてきた。

遠巻きに見ていた貴族達から、おおっ、と歓声が上がる。

「いつでも湯が出せる石だ」

クライス専属のお湯係になろう、と言ったジークフリートの言葉を思い出す。

「これなら、忙しい時でもすぐに湯に入ることができるだろう？」

ジークフリートの指が、クライスの首筋に柔《やわ》く触れた。ああ、気づかれていたのだ、と察する。忙しさゆえだと思われているのだろうが、なかなか風呂《ふろ》に入れないクライスの状況を考えて、これを贈り物として選んでくれたのか。

目の前の贈り物に、心を突き刺されたような気持ちになった。ここのところは、カリナが湯を運んでくれていたから毎日湯に浸《つ》かることができている。だから、いつでも湯が使えることが嬉《うれ》しい訳じゃない。

「ありがとう、ございます」

胸がいっぱいで、言葉がつっかえた。誰かに、こんな風に心のこもった贈り物をされた経験が、自分にはなかったから。

ジークフリートにこのように大事にされているクライスを羨《うらや》ましく思う。今の自分はクライスだが、この人にとってのクライスではない。元のクライスが受けるべきジークフリートからの友情を掠《かす》め取っているような気がして。気持ちも新たに決意する。

絶対にこの人を助けよう。こんなに優しい人が死ぬ世界など、やはり間違っている。

「私には過分なほどの贈り物です。一生大事にさせていただきます」

現国王であり、更にはこの世界一と言われるほどの魔力を持つジークフリートが作った魔導石だ。しかも湯を出せるだけだとは言っても、水と火、二つの魔力を掛け合わせたもので、途方もない値がつくだろう。盗まれないようにしなくては。

「二十二年分の贈り物だと思えば、大したものではない」

ジークフリートは、今日までクライスの誕生日を知らなかった。誕生日を祝うパーティーを開いていた頃はまだ幼く、王族であるジークフリートを招待するほどの付き合いがあった訳ではないし、誕生日を教えれば、きっとジークフリートは贈り物をくれるだろうと分かっていたから、クライスは何度聞かれてもはぐらかしていた。そのことを、密かに根に持っていたらしい。

ここで謝るのもおかしな話なのでどうしたものかと思っていたら、教授が腰に擦りついてくる。

（ねえ、邪魔者の登場だよ）

教授の言葉を聞いてすぐに、会場中に響き渡るような大声を出しながら、アルバートがこちらに向かって足早に歩いてきた。確かに邪魔者だ。それもとびきりの。

「ああ、これはこれは陛下！　遠路はるばるようこそおいでくださいました！」

クライスの誕生日になど微塵《みじん》の興味もない人だから、貴族達が揃《そろ》わないうちは現れないだろうと思っていたが、ジークフリートが到着したことを聞きつけて大慌てでやってきたらしい。

「クライスの誕生日を祝うためにご足労いただき、誠にありがとうございます！　ほらクライス、礼を言わんか！」

バシッ！　と音が立つほどに背中を叩《たた》かれ、こういうところに品がないんだ、と顔を顰《しか》めそうになりながら頭を下げようとすると、「よい」とジークフリートに止められた。

「礼ならすでに受けた。それよりもアルバート、息子を祝うパーティーだというのに、お前のほうこそ一体どこにいたのだ？」

「わ、私はジルの様子を見に行っておりまして……っ」

「ジル……ああ、クライスの弟だったな。身体が弱いと聞いているが、パーティーには出席しないのか？」

「いえ、普段は部屋で籠《こも》りきりなのですが、せっかく陛下がお越しくださっているので、できればご挨拶《あいさつ》だけでもさせていただきたいと申しております」

「そうか」

ジークフリートの返事に、緊張が走る。ついにこの時が来てしまった。

ここにジークフリートとクロードが揃うとなった時、ジルと二人の出会いを避けることはできないと覚悟した。問題は、三人が出会うことによって物語がどう変わるか、だ。

本来なら、クロードが先にジルと出会うはずだった。だが今、ジークフリートのほうが先にジルと出会おうとしている。

ジークフリートが、もしここでジルのことを気に入ったら。自分がこれからすることは、ジークフリートを怒らせることになるのかもしれない。下手をすれば、ジークフリートから命を狙われることになる可能性もある。だが、復讐《ふくしゅう》を捨てることは死ぬことだ。こちらとて引けない。

「お初にお目にかかります、陛下」

甘やかな声と共に、ジルが現れる。天使のような見た目に、貴族達から「ほう……」と感心するような声が上がった。

ジルがクライスの隣に立つ。

「ジル・フォン・ルブタンと申します。以後、お見知りおきを」

「……ああ、よろしく頼む」

ジークフリートの視線がジルに向けられる。ジルの隣に立つ自分が皆に比べられている気がして、今すぐ逃げ出したい気持ちになった。

一人で鏡を見ていた時はクライスの見た目だって悪くないと思っていたが、隣に立つのはこの物語の主人公なのだ。自分が書いた文章が頭の中に蘇《よみがえ》る。

【彼がそこに現れるだけで空気が変わる。誰もが彼に視線を向けずにはいられないほど愛らしい容姿と、ずっと聴いていたくなるような涼やかで心地の良い声。あっという間に、皆が彼の虜《とりこ》になった。】

ジルを褒めちぎっている自分が腹立たしい。今すぐ書き換えられるなら、性悪で陰険と書いてやるのに。

(負けてない負けてない。むしろ君のほうが危うい美貌って感じで僕は好きだよ?)

食っちゃ寝してるようなごく潰《つぶ》しに褒められても、ちっとも安心できない。

(失礼だな!)

じろじろと纏《まと》わりつく周囲の視線をうるさく感じた。値踏みされている。これだから貴族というものは。これから先、クライスとジル、どちらと友好を築くべきかと観察されているのだ。

「本日はクライス兄様のためにお越しくださり、ありがとうございます」

「……礼には及ばない。クライスとは知った仲だからな」

「これからは、僕とも仲良くしてくださると嬉しいです」

ジルの手がジークフリートの腕に触れようとすると、ジークフリートは驚いた様子でさっと身体を引く。

「ジ、ジル……！」

口を挟んだのはクライスではなくアルバートだ。これまではジルがそう言って上目遣いで微笑めば大抵の者は頷いたのだが、相手はこの国の王である。国王に対して馴《な》れ馴《な》れしく仲良くしてなどと言うのは、当然の如く不敬に当たる。ましてや、不用意に触れようとするなんてあり得ないことだった。

「ええっと、僕……何か陛下に失礼なことをしてしまったのでしょうか？」

悲しげな表情で庇護《ひご》欲を誘うのは、ジルの手だ。ジルは自分の見せ方をよく知っている。こんな表情を見せられれば、優しいジークフリートはジルを許すだろう。そう思ったが、ジークフリートは表情を変えずにアルバートに話しかけた。

「アルバート、大事にするのは結構なことだが、礼儀はきちんと教えなければな」

「は、はい……っ、申し訳ございません！」

ジークフリートの目がジルからすんなり外れるのを見て、ほっと胸を撫《な》で下《お》ろす。少なくとも、ジルを気に入った様子はなさそうだ。

「クライス、私がいつまでも立ったままでは皆が寛げぬだろう。席に案内してもらえるか」

「はい、こちらでございます」

クライスの誕生日パーティーとはいっても、ジークフリートが来る以上、玉座の代わりになる席はちゃんと用意してある。パーティー会場が見渡せる数段高くなった上座に置いた豪奢《ごうしゃ》な席へと案内すれば、ジークフリートはそこに座って肘《ひじ》をつき、会場内を見渡した。

「ここに、君の誕生日を純粋に祝いに来た者がどれぐらいいると思う？」

「おそらく一人もおられないと思います、陛下」

「護衛は下げた。この騒がしさでは誰も私達の会話など聞こえない」

会場内は人々の話し声と共に、アルバートの合図で始まった楽団の演奏が流れていた。暗にいつもの口調でと強請《ねだ》られ、小さく首を振る。

「恐れながら陛下、このような場所で油断なさるのは愚の骨頂かと思われます」

「手厳しいな。だがまあ、今日は誕生日だから言うことを聞いておこうか」

口調を元に戻したジークフリートは、隣に立つクライスを見上げた。

「ところで先ほどの話だが」

「先ほど？」

「ここにお前の誕生日を純粋に祝いに来た者がどれぐらいいるのか」

「ああ、はい」

まだその話が続くのか。渋々頷くと、ジークフリートは「私だ」と言った。

「……？　申し訳ありません、おっしゃる意味がよく分からないのですが？」

「私は、お前の誕生日を純粋に祝いに来たぞ？」

口調こそ王としてのものだが、表情はすっかり幼馴染《おさななじ》みの顔である。

「陛下、油断なさるのは愚の骨頂だと、先ほども申し上げました」

ジークフリートは正面に顔を向け、パーティー会場を眺めながら頷いた。

「今後は気をつけよう」

「はい」

「時にクライス」

「はい」

「耳の先が赤くなっているぞ」

「……っ！」

慌てて両耳を手で覆うと、笑いを噛《か》み殺《ころ》しきれなかったジークフリートのくっという声が聞こえてきて、皆に見られていることも忘れて、肘でつんと小さくジークフリートの肩を突いた。

「今度からかったら、焼き菓子は全部教授にあげますからね」

「そ、それはあんまりだろう？」

ぎょっとした顔をこちらに向けたジークフリートに、ついぷっと噴き出してしまう。

「では、いい子でいてください」

「いい子には当然ご褒美があるのだろうな？」

必死か。もっと美味しいものをいくらでも手に入れられる王様なのに、俺の作る焼き菓子なんかをこんなに欲しがるなんて。

会場内で初めて心から笑ったクライスの姿を見た貴族達が、その美しさに吐息を零したことに気づかず、後で部屋に戻って焼き菓子を取ってきてあげようかな、と他所事を考えたタイミングで、会場の入り口で高らかに声が響いた。

「クロード殿下のご入場です！」

心臓がばくりと音を立てる。来た。ついに来た。あの男が。

会場の入り口に目を凝らす。入ってきたのは、ジークフリートと同じ真っ黒な髪を持つ、整った顔立ちの男。

ジークフリートと同じく軍服に身を包んでいるが、ジークフリートが静ならクロードは動だ。洗練されたジークフリートとは逆に、どこか野性味がある顔立ち。行動力がある、と言えば聞こえはいいが、猪突猛進《ちょとつもうしん》で思い込みが激しい。

「クロード様よ。今日も素敵でいらっしゃるわね」

「ジークフリート様とはまた別の美しさだわ」

会場内の淑女から褒め称《たた》える声がしたが、自分はあの顔が醜く歪《ゆが》むことを知っている。

あの男が、クライスを刺し殺した。死ねと言ってこちらに剣を向けた瞬間の、あの醜悪な顔は絶対に忘れない。

手が震える。身体中が燃えるように熱い。

——あれが、俺を殺した男だ。

クライスの怒りを感じる。いや、もしかしたら自分自身かもしれない。殺された経験は今も生々しく、痛みと苦しみ、絶望と悔しさ、全てが今さっきの出来事かのように思い出せる。

駄目だ、怒りを表に出すな。堪えろ。

「王国を照らす太陽にご挨拶を」

目の前までやってきたクロードが、美しい所作で礼をする。

「しばらくぶりだな、クロード。ここのところ、城を留守にしているようだが」

「見聞を広めるために、あちこちを見て回っております」

何が見聞を広めるためだ。ジークフリートの粗を探し回っているだけのくせに。

(ここで全部ぶちまけたら、君は王族を侮辱した罪で捕らえられるだろうね)

いつの間にか背後にいた教授の言葉に、ぐっと拳《こぶし》を握りしめる。そんなことは分かっている。だから今すぐ胸倉を摑《つか》んでぶん殴ってやりたい気持ちを、死ぬ気で堪えているんじゃないか。

「ところでクロード、お前は何のためにここに来たのだ？」

「こちらのご子息の誕生日パーティーに参加するために参りました」

「もちろんそうだろう。だったら、真っ先に挨拶すべき相手がいるのではないか？」

「……っ」

大勢の前で礼儀を諭され、クロードの頬に血の気が走った。珍しい。クロードに甘いジークフリートが公の場で叱るとは。貴族というものは体面を重んじる。王族であるなら尚更だ。

「申し訳ありません、陛下。ですが、ご子息が見当たらず——」

「ここにいる」

「え？」

仕方なく、クライスはクロードに向かって頭を下げた。

「本日はお越しいただきありがとうございます、クロード殿下。私がクライス・フォン・ルブタンでございます」

クライスとクロードが会うのは初めてのことではない。ジークフリートを訪ねた際に何度か顔を合わせたことがある。よほどクライスが印象に残らない顔なのか、それとも物覚えが悪いのか。

「……っ、これは失礼を。以前に会った時とは様子が違っていて、気づくのが遅れてしまった。お招きいただき感謝している」

なるほど、カリナに磨かれた成果はあったらしい。後でカリナに褒美を出さなければ。

「どうか、楽しんでいただけますように」

にこやかに微笑みながらも、心の中ではもう数百発は殴っている。この男が、クライスを殺した。その怒りが腹の中に渦巻く。

この先のことを考えれば、もう少し冷静でいられるかと思っていた。だが実際に自分を殺した男を目の前にすると駄目だった。

貫かれた瞬間の痛みを、まざまざと思い出す。あの時の絶望も、悔しさも、自分の感情として鮮やかに蘇る。

復讐。クロードを前にして、その言葉が明確な意志となる。

この男はまるで虫けらのようにクライスを殺した。ジークフリートを追い詰めるのに利用し、用済みになったクライスに笑いながら止《とど》めを刺した。ジークフリートの目の前で。

『この世界から消え失《う》せろ』

そうして、クライスはこの世界から消え失せた。この男のお望み通り。そして、その代わりに自分がここにいる。

クライスが消え失せた世界は、果たしてお前にとってどんな世界になるかな？　俺がいる世界は、お前をどんな風に変えるだろうか。

そんなことを考えていたら、気づくのが遅れてしまった。

「クライス兄様」

「……っ、ジル」

しまった。そう思った時には、クロードが息を呑《の》む音が聞こえた。

最悪だ。

知らぬ間にすぐそばまで近づいてきていたジルが、クロードにふわりと微笑みかける。天使のような笑顔は、完璧《かんぺき》にジルの性格の悪さを包み隠していた。

畜生、一度はジークフリートが遠ざけたから、諦《あきら》めたかと思って油断した。

「そちらの、方は……？」

「初めまして、クロード殿下。ジル・フォン・ルブタンと申します。以後、お見知りおきを」

「ジル……いい名前だ」

クロードの視線が、食い入るようにジルを見ている。今、クロードの頭の中ではリンゴーンと鐘の音が鳴り響いているかもしれない。何が悲しくて、これから自分を殺すかもしれない男のひとめぼれに立ち会わなくてはならないのか。

(いやあ、貴重な経験だねえ。人が恋をする瞬間に立ち会えるなんて、そう滅多にないよ?)

この二人が恋をした結果、こちらは命を狙われる訳だが?

男同士であるということに、もっと躊躇《ちゅうちょ》しろと言いたい。これは自分がこの物語を公開した時にも山ほど来たコメントだが、今なら彼らの気持ちが痛いほどによく分かる。

「ジル、部屋に戻っていなかったのか?」

「……もう少しだけ、と思ったのですが……そうですね、クライス兄様に命じられた通り、僕は部屋に下がることにします」

やられた、と思った。

「命じられた? せっかくのパーティーなのに、どうしてそのような――」

途端にジルがはっとした顔をして、「違うのです」と必死な表情でクロードに訴える。

「クライス兄様は、僕のことを考えてくださっているだけで……もうずっと外に出していただけていなかったので、今日ぐらいは、と思ってしまった僕がいけないのです」

僕はこの人にずっと閉じ込められているんです、というアピールがすごい。そのアピールを正しく(?)受け取ったらしいクロードが、クライスを睨《にら》みつけてくる。

「閉じ込めるというのは、あまりにひどいのではないか?」

「ジルは身体が弱いのです。無理をさせる訳には参りません」

「……だったら、私が彼についていよう。それなら問題ないな？」

問題は大ありですよ、何なんですか、貴方は実は医者か何かなんですか？　ジルに何かあったら、すぐに治療する自信がおありで？

毒舌を披露してやりたくなったが、相手は腐っても王太子である。笑顔を貼りつけたまま、「くれぐれもよろしくお願いいたします」と答えるしかない。

「では、私と共に行こう」

「は、はい……ありがとう、ございます」

見つめ合って二人の世界に入るのは、どうぞ他所でやってもらいたい。ついでに共に逝ってくれたら最高なんだが。

クロードが手を差し伸べると、ジルがおずおずとその手を取った。二人が仲良く立ち去っていくのを見送り、結局こうなるのかと暗澹《あんたん》たる思いになる。

「ジルは体調が良くないのか？」

「はい。身体が弱く、無理をすると血を吐くこともあるので、しばらく部屋で療養させるようにと父に進言いたしました」

「それは心配だ。……原因は分かっているのか？」

そこに問題が一つある。死に戻り前のクライスの人生では、ジルは国の穢《けが》れを引き受ける体質のせいで身体を蝕《むしば》まれているという神のお告げがあった。そして、その国の穢れとやらを引き起こしているのがジークフリートだということになり、ジルの身体からはジークフリートの魔力の残滓《ざんし》が確認された。そのせいで、クライスとジークフリートは討たれることになったのである。

だが、実際にクライスとして転生してみると、ジークフリートが国の穢れになっているなどという事実はどこにもなかった。ただジークフリートが否定をしなかっただけだ。そしてそれは、クライスを人質に取られていたからこその沈黙だ。

「ありとあらゆる医者に見せましたが、まだ原因は分かっておりません」

「そうか。それは心配だろうな」

「……そうですね」

たとえジークフリートが本当に国の穢れの原因だったとしても、彼を救いたい気持ちに変わりはない。だが、どうもその辺りに疑問が多い。

ジルの身体からジークフリートの魔力の残滓が確認されたのは何故か？　そもそも、国の穢れとは何なのか？　自分が書いた物語にはその説明がない。当然だ。ジークフリートが国の穢れを引き起こしている、ということが前提になって進んでいる物語である。

物語では、国の穢れを引き起こしているのはジークフリートだった。それなのに、物語の中に入ってみればその事実はどこにもなく、実際どうしてだったのか知ることのないまま、殺されて退場させられてしまった。

復讐《ふくしゅう》の対象にジルが入っている以上、国の穢れとやらでジルが死んだとしても、こちらとしては何も困らない。だからこの辺りは、分からないなら分からないままでも仕方ないと開き直るしかなかった。

「この国を照らす尊き太陽にご挨拶《あいさつ》を」

クロードが立ち去るのを待ちかねていたのか、貴族達が次々にジークフリートのもとへ集まってくる。ちょうどいい頃合いだと、そっとその場を離れた。

隣に立ち続けていたら、そのたびにジークフリートが今のようにこちらに話を振ってくるだろう。貴族達相手の会話は疲れる。ジークフリートに擦り寄りたい貴族達に、思ってもいないおべっかを使われるのもごめんだ。

(おやつを取りに行くんだったら、僕にもちょうだい)

「食いしん坊め。そのうち豚になるぞ」

(ならないよ！　僕は神獣なんだからね！)

尻尾《しっぽ》をふりふりついてきた教授と会話を交わしながら廊下へ出る。今のうちに部屋に戻って、焼き菓子を取ってこよう。

中に入ると、部屋は相変わらず埃《ほこり》だらけだった。窓を開けて、かびた匂いを外に逃がす。ここのところは忙しかったので、中は益々《ますます》ひどい有様だ。

この部屋の惨状を、新しく雇い入れた家僕達は知らない。アルバートがクライスの部屋への立ち入りを固く禁じているからだ。

この邸内で一番広く過ごしやすい場所はアルバートが使っている。そして以前はクライスのものだった二番目に広い部屋は今、ジルのものとなっていた。それ以外の部屋は、その二つの部屋には遠く及ばない。

アルバートは、カリナの目を恐れているのだ。跡継ぎであるクライスにこのような部屋を与えるなんて、と言われたくないのだろう。せめてもう少しましな部屋でも用意すればよいのだが、カリナを恐れて部屋を変えた、などとクライスに思われたくもない。矜持《きょうじ》ばかり高い男はこれだから困る。

「あ、そうだ、ついでにこれも置いていこう」

ポケットに入れてうろうろしている間に、落としたりでもしたら大変だ。

ジークフリートから受け取った魔導石が入った宝石箱を机の上に置いた。指で宝石箱を撫《な》でる。これは宝物にしよう。小さな石だから、首飾りか何かにしてずっと身に着けておくのもいいかもしれない。

後でベッドの下にでも隠しておこう。最後に宝石箱をもう一撫でしてから、ぽすっとベッドに腰を下ろす。

(おやつは？　おやつはまだなの？)

クライスの膝《ひざ》の上に顎《あご》を乗せ、教授がぴすぴすと鼻を鳴らした。よいしょ、と手を伸ばし、ベッドサイドの台に置いた籠《かご》から焼き菓子を一つ手に取る。

「一個だけだぞ」

(えー！)

「えー、じゃない」

この焼き菓子はジークフリートのために作ったのだ。ただでさえこんなに高級そうな衣装と焼き菓子とでは礼に見合わないと思っていたのに、魔導石なんて贈り物まで貰《もら》ってしまっては、ジークフリートの好物だという点を差し引いても、全部を渡したところでとても釣り合わない。

(せめてあと一個だけ!)

「駄目」

(意地悪!)

そんなやり取りをしていたら、こんこんと扉をノックする音がした。

「はい」

「クライス兄様、入ってもいいかな?」

まさかジルが訪ねてくるとは思わず驚く。ジルはあくまでも、クライスの現状全てを知っている訳ではない、という体裁を取り繕うために、クライスの部屋には近づかないようにしていたはずなのに、一体どういうことだ。

「クライス兄様?」

「……どうぞ」

今頃はクロードと仲を深めている頃だと思っていただけに、ここに来た目的が見えない。

ジルは中に入るなりこの部屋のかび臭さに顔を顰《しか》めたが、すぐに気を取り直した顔で「実はお願いがあって」と切り出した。

「クライス兄様が作った焼き菓子、僕にも分けてもらえないかな?」

「焼き菓子を？」

「うん。陛下のお気に入りだと言ったら、クロード殿下がぜひ食べてみたいとおっしゃって」

どうしてあんな男に、ジークフリートのために作った焼き菓子を分けてやらねばならないのか。いっそ毒でも盛ってやりたい。二人纏《まと》めて毒殺したら万事解決……駄目だ駄目だ、どんどん考え方が過激になってきている。そんなことをしたら真っ先に疑われるのは自分だ。

「今は作り置きがそんなにないんだ」

「どうして嘘を吐《つ》くの？　そこにたくさんあるのに」

「これは陛下に渡すためのもので――」

「クライス兄様は、僕とクロード様に仲良くしてもらいたくなくて意地悪してるんだよね？」

「そんなつもりはないよ」

「嘘吐き。僕に嫉妬《しっと》しているくせに」

「ジル」

「いつだって僕のことを羨《うらや》ましそうに見てたじゃない。馬鹿だよねえ、父上が愛しているのは僕なのに、好かれようと必死になっちゃって。必要のないもの、なんて強がってたけど、本当は手に入らないから諦めただけなんでしょう？　素直になりなよ」

「……っ」

ついに……ついにジルが本性を現した。

死に戻り前の追体験時にはぎりぎりまで見せなかったはずの本性がこの時点で出てきたのは、クライスの変化に焦りが出たからかもしれない。

ずっと健気でいじらしいふりをしていたジルの本性を初めて見たのは、クロードに殺される前、捕らえられた時のことだった。あの時も、二人きりになった牢屋《ろうや》で、ジルは『馬鹿だよねえ』とクライスのことを嘲笑《あざわら》ったのだ。

この本性を知らなければ、今でもジルを追い詰めることに戸惑いがあっただろう。捕らえられた時に逃げないようにと刺された腿《もも》の傷を足で踏《ふ》み躙《にじ》りながら、楽しくて仕方がないという様子で高笑いするジルを見たりしなければ。

『あははは、早く死んじゃえばいいのに！　どいつもこいつも馬鹿だよねえ、僕が全部お膳立《ぜんだ》てしたことにも気づかないでさあ！』

過去のジルの高笑いが頭の中で木霊《こだま》する。不快な声。嘲《あざけ》りの言葉。踏み躙られる痛み。

「最近調子に乗っているようだけど、現実を見なよ。お父様はただお前を飼い殺しにしたいだけ。お前は何も考えず、僕達のために尽くして生きればいいんだ。分かったら、さっさとそこにあるもの全部渡しなよ」

落ち着け。今は挑発に乗る時じゃない。

「ジル、どうしたんだ。お前はそんなことを言うような子じゃないだろう？」

言い返すのは簡単だ。だが敢えてそうはしなかった。敵に手の内を見せてやるほど馬鹿じゃない。今は耐えるんだ、俺。拳《こぶし》をぎゅっと握りしめる。

「はは、どこまでも馬鹿だよねえ！　まだ気づかないの？　お前を今の状況に追いやってやったのは僕なの。分かる？」

「何を言っているんだ、お前のせいではないと何度も――」

「分かってないなあ、お前。お前なんか、僕の一声でどうとでもなる存在だって思い知らせてやったんだよ。お父様はいつでも僕を優先する。お前がここにいられるかどうかは、いつだって僕の気分次第。お前にとっては神様も同然だってこと。分かったら、さっさとそこにあるもの全部寄越《よこ》しな」

（神同然だって⁉　魔導すらも使えない只人《ただびと》が、一体何様のつもりなんだよ！）

聞き捨てならないと教授が歯を剥《む》き出《だ》しにすると、ジルはそれを嘲笑った。

「飼い主に似て生意気だな。噛《か》ませたければけしかければいいさ。でもそうしたら、僕は泣きながら会場に戻って、お前にやられたと皆に訴えるよ。か弱くて病弱な僕と可愛げのないお前。皆がどっちを信じると思う？」

ジルの手が、台の上の焼き菓子のいくつかを鷲掴《わしづか》みにした。

「ジル！」

もう片方の手が、残った焼き菓子を床にばら撒《ま》く。そしてぐしゃっとそれらを踏み潰《つぶ》した。あの日、クライスの心を踏み躙ったみたいに。

「精々、陛下のご機嫌を取りなよ。僕の邪魔をするなら、たとえ陛下だって許さないけどね」

ジルはそう言って部屋から立ち去ろうとしたが、机の上に置かれた宝石箱に気づいた。

「何これ」

「返せ！」

それはジークフリートが自分にくれたものだ。取り返そうと手を伸ばせば、ジルは一歩下がってそれを躱《かわ》し、宝石箱を開ける。

「役立たずのくせに、誰からこんな贈り物を……はは！　石じゃないか！　役立たずのお前に相応しい贈り物だね！」

魔力がなく、授業から逃げているジルは、魔導石の存在を知らないのか。魔力を感知できない者からすれば、確かにそれはただの石に見えるかもしれない。

宝石箱から取り出した魔導石を見てひとしきり笑って、ジルはそれを地面に叩《たた》きつけた。

「……っ！」

真っ二つに割れた魔導石が、視線の右と左に転がっていく。ジークフリートからの気持ちを踏み躙られたようで、駄目だと分かってはいても、ジルを怒鳴りつけずにはいられなかった。

「よくもやったな！」

「はは、その顔が見たかった！　必死になって馬鹿みたい！」

床に落ちたそれらをこちらが拾うより早く、ジルが拾い上げて窓に向かって投げる。

——その瞬間、頭が真っ白になって。

何を考えるよりも早く、身体が動いていた。

（馬鹿！）

「何を——」

怒鳴るジルの声が遠くなっていく。クライスが窓の外に飛び出したからだ。このまま地面に叩きつけられたら、魔導石が粉々に砕け散るかもしれない。どうしてもそれは嫌だった。使えなくても、せめて大事に持っておきたかった。

だってあれは、俺のものだ。ジークフリートが俺にくれた宝物。

魔導石に向かって、必死に手を伸ばす。

捕まえた！

ぐっと石を摑《つか》んだ時には、すぐそこに地面があった。はっとして土の魔力を使おうとしたが、間に合わない。今度は地面に叩きつけられる衝撃に備える。

「……‼」

だが、思ったような衝撃は訪れなかった。ふわりと身体が何かに包まれるような感覚。

「……？」

「クライス！」

声の出処《でどころ》を探す。中庭からジークフリートが走ってくるのが見えた。どうやらクライスが落ちるのに気づいたジークフリートが、風の魔力を使って助けてくれたらしい。

ゆっくりと身体が地面に降ろされる。見上げると、こちらを見下ろしていたジルと目が合った。

「クライス、無事か⁉」

ジークフリートの駆け寄る足音が聞こえた瞬間、ジルが身を翻して逃げていく。

手を開いて、中にある魔導石に視線を落とす。ちゃんとそこにあってほっとしたが、あることに気づいた。

「一つしか、ない」

すぐに立ち上がって走り出す。

「クライス⁉　一体何があったんだ！」

「魔導石が……！」

「魔導石？」

「魔導石を割られた……！」

畜生、畜生、畜生！

せっかく貰った大事なものを踏み躙られ、絶対に許さないと怒りで拳を震わせながら部屋に戻る。早く、もう片方の欠片《かけら》も拾わないと。

「クライス、魔導石が割られたというのは――」

「ジークフリートがくれたものなのに！」

悔しくて涙が出そうだ。油断した自分が許せない。足を止めることのないクライスを、ジークフリートが追いかけてくる。その異様な様子に気づいた貴族達も何事かと後ろをついてきていたが、怒りに我を忘れてそのことに気づかなかった。

「ジル……！」

怒りに任せて部屋に飛び込んだが、そこにジルがいないことに気づいて顔を歪《ゆが》める。床を見たが、魔導石の欠片も見当たらない。クライスが戻ってくることに気づいて、ジルが証拠を隠滅しようと持ち出したに違いない。

その証拠に、視線を向けると教授が小さく頷《うなず》いた。

(ずる賢い子だよね)

「あいつ……！」

振り返ってすぐに部屋から出ようとした時だ。ぽすっと誰かの胸に顔を埋《うず》めたことで、ようやく正気に戻った。

「クライス、ここは何だ」

恐る恐る顔を上げると、そこには表情のないジークフリートの顔があった。無表情だとその美しさが一層際立つ。

(見惚《みと》れてる場合じゃないでしょ)

そうだった！

慌てて一歩下がり、ジークフリートと距離を取る。怒りのあまりに、後先考えずに行動してしまった。あの瞬間、自分の置かれた状況も何もかも吹き飛んでいた。何かおかしな言葉を口走ったりはしなかっただろうか。

「申し訳ありません、陛下！　我を忘れてしまい――」

「質問に答えなさい。ここは何だと聞いている」

ジークフリートの背後には、わらわらとやってきた貴族達の姿もあった。

どうして勝手にここまで入ってくるのか。パーティーの際は適当な部屋に入り込んで一晩限りの関係を楽しむ貴族達もいることを知っているが、ここはそんな貴族達も足を踏み入れないような奥まった場所なのに。

ハーメルンの笛吹きよろしく、ジークフリートが引き寄せてきてしまったのかもしれない。頭を抱えかけたが、いや待てよ、と思い直す。

ふむ。もしかして、これはいけるのでは？

「クライス！　一体何事だ！」

これからの算段をつけている間に、アルバートが部屋に飛び込んでくる。

飛んで火にいる夏の虫、いらっしゃいませ、一名様ご案内。思わず悪役面をしそうになったのを堪えて、クライスは「申し訳ありません、父上」とさぞ申し訳なさげに頭を下げた。

「このような場所に陛下を案内するとはどういうつもりだ！」

「違うのです、どうしても探したいものがあって――」

「探し物など後にしなさい！　早く皆さんを会場にご案内するんだ！」

「待ちなさい」

ジークフリートの声が響く。穏やかだが威厳のある声に、アルバートがぴしりと固まった。

「私はこの部屋が何なのかを知りたい」

「陛下、このような埃《ほこり》だらけのところにおられる必要はありません。お話なら会場に戻ってから――」

「まさかとは思うが、ここはクライスの部屋か？」

どうして分かったのか、なんてことは思わなかった。ジークフリートなら当然気づいてしまうだろう。だって部屋の片隅には数少ないクライスの衣服がかけられているし、視察に出るたびにジークフリートが買ってきてくれた土産が控えめながら飾られている。

「これが、部屋だと……？」

「家僕の部屋のほうがまだましだぞ？」

ジークフリートの背後にいる貴族達が、ひそひそと囁《ささや》き合う。

やはり、これはいける。そう思った。考えていたのとは少し違うが、これだけの目撃者がいれば、アルバートも逃げることはできまい。

「陛下、このようなみすぼらしい場所にお連れしてしまって、申し訳ありません」

「質問に答えていない。ここはお前の部屋か、と聞いている」

「……はい」

途端にざわっと周囲が騒がしくなった。

「信じられない。クライス様は長男だぞ？　次男は溺愛《できあい》されているというのに、これはあまりにもひどい」

「ルブタン侯爵が次男ばかりを甘やかすから、陛下にあのように不敬な物言いをするほど思い上がったのではないかしら？」

そうだ、どう考えても異常なのだ。家僕ですら住まないようなみっともない部屋。元のクライスはきっと誰にも知られたくなかっただろうと思うと申し訳ない気持ちになるが、これも願いを叶《かな》えるためだと開き直る。

「へ、陛下、これには深い訳が……っ！」

アルバートの言葉が途中で途切れたのは、ジークフリートが睨《にら》みつけたからだ。普段は穏やかな王の変貌《へんぼう》に、空気がひりつく。

「違うのです、陛下」

クライスが割って入るとアルバートがほっとした顔をしたが、庇《かば》ってもらえると思ったら大きな間違いだ。

「父はジルを愛しているだけで──」

「ここにいたか！」

大きな声と共に人だかりをかき分けてやってきたのは、クロード……と、彼に守られるように後ろを歩いてきたジルだった。クロードは怒り心頭という表情だったが、ジルの表情は冴《さ》えない。自分の立場がまずいことには、さすがに気がついているはずだ。

呼ばずとも役者が揃《そろ》うとはありがたい。

「話はジルから全て聞いたぞ！　ジルを閉じ込めようとしたそうだな！」

「ク、クロード、やめてください、僕は大丈夫ですから」

「何を言うんだジル、君は優しすぎるんだ！」

殿下呼びからもうすでに名前呼びに変わっている。恐るべし距離を詰める速さだ。銀座か新宿辺りで、すぐにでもナンバーワンを取れそうな手腕である。

王太子のくせに、いくら何でもチョロすぎないか？　こんな男をヒーローとして書いた自分の才能のなさに、改めてがっかりした。

「ジルはこの部屋から泣きながら出てきたのだぞ！　腕を摑んで捕まえようとするから振り払ったら、お前がわざと窓から落ちたと聞いた！　ジルはあまりのことに発作を起こして、血まで吐いたのだ！　父親に愛されたいからといって、そこまでするのは最早病気だぞ！」

顔色が悪いのは、発作を起こした直後だったからか。それなら尚更、ジルにあれこれと策を巡らせる時間はなかったはずだ。

「クロード」

「陛下！　いくら陛下と旧知の仲といえども、黙って見過ごすことはできません！　このような男を庇うおつもりですか!?」

「落ち着きなさい、クロード」

「ですが陛下！」

「……私は落ち着きなさいと言った。聞こえなかったのか？」

「……っ」

クロードが黙り込むと、ジークフリートは「よろしい」と頷く。

「クライス、言いたいことがあるなら言いなさい」

「確かに、この窓から落ちました。ですが、それはジルに手を振り払われたからではありません」

「やはりそうだ！　全てをジルに押しつけるつも……今、何と言った？」

「ですからクロード殿下、この窓から落ちたのは、ジルに手を振り払われたからではありません。

私が自分から飛び降りました」

「それは何故だ」

問うたのはジークフリートだ。この人だけは、どんな時でも自分の話を最後まで聞いてくれる。そんな安心感があった。お陰で落ち着いて答えることができる。

「石を……どうしても石を、取り戻したかったのです」

「何故、石を取り戻すために飛び出す必要があった？」

「……陛下、申し訳ございません。全ては私の落ち度なのです。このようなことになると分かっていたら、部屋に持ち帰ったりしませんでした」

すぐに言葉にはしない。「クライス」と咎《とが》めるように名を呼ばれて初めて、戸惑いの表情と共にそれを口にした。

「石を床に叩《たた》きつけて割られて、窓から捨てられてしまったのです。それで、どうしてもそれを取り戻したくて、後先考えずに外に飛び出してしまいました」

「いい加減なことを言うな！　たかが石のために、あのようなところから飛んだというのか⁉　そんな言い訳が通ると本気で思っているのなら甘すぎる！」

「やめてください、クロード！　クライス兄様は僕のことを心配してくれていただけで、悪意はないんです！」

悪意の塊みたいな男に庇われるとは。ジルがクライスを庇ったのは、この話を何とか終わらせたいからだろう。

クライスがここから落ちたのを見た目撃者は複数いて、しかもその中にはジークフリートがいる。もしかしたら窓から下を見下ろしていたジルを目撃した者もいたかもしれない。だからジルはクロードを取り込んだ。

どうせ涙ながらにないことないこと吹き込んだのだろう。クライスに無理やり閉じ込められそうになって抵抗したとか何とか。

ジルの誤算だったのは、クロードが猪突猛進大馬鹿野郎だったことだ。上手く立ち回ってくれるだろうという期待は外れ、クロードはまんまと無策でここへやってきた。

「たかが石などと言うのはやめてください。私にとっては、何物にも代えがたい大事なものなのです。……だからジル、返してもらえないか？」

「……っ」

魔導石のもう片方の欠片は、床には落ちていなかった。そしてクロードは、ジルがこの部屋から飛び出してくるところを見たと言う。その後すぐ、ジルは発作を起こした。では、魔導石はどこにあるのか？　ここから導き出される答えは限られている。

ジル自身が持っているか、持っていなかったとしても近くにはある。実際に見つからなかったとしても、この話をすることに意味があった。

「お前にとってはがらくただったかもしれないが、俺にとっては大事な石なんだ。たとえ割れてしまっていても。欠片の半分はここにある。もう半分を返してくれ」

「クライス、いい加減にしないか！　石などどうでもいいだろう！」

口を挟んだアルバートを、ジークフリートが手を挙げることで制した。

「石が割れてしまったのか？」

「はい……陛下、本当に申し訳ございません。ジルに悪意があった訳ではないのです。ただ、私に嫉妬《しっと》する気持ちがそうさせてしまった……全ては私が原因なのです」

クライス兄様に悪意はなかったと庇ってみせたジルと、同じことをし返してやる。今頃、さぞかし腸が煮えくり返っていることだろう。だがまだこれからだ。

「ジルが割った、ということか」

それには答えず、そっと目を逸《そ》らして首を振った。弟を庇う兄の姿に貴族達が「何とお優しい……」などと呟《つぶや》く声が耳に入り、なるほど、これはジルが癖になるのも無理はない、と思った。

「ジル、石を返してくれ」

「僕は、石なんて知りません……クライス兄様、どうして？　そんなに僕が憎いの……？」

あれだけの悪意をぶつけて目の前で石を叩きつけておいて、瞳《ひとみ》を潤ませて被害者面できる根性には恐れ入る。

だがすでに、ここにいる者達の心にはジルへの疑心の種が植え付けられた後だ。少しぐらい憐憫《れんびん》をそそる表情を見たところで、その疑心を完全に払しょくすることは難しいだろう。

「ジルのせいにするな！　大方、自分で石を叩きつけて割り、それを持ったまま飛び出したのだろう！」

この瞬間、笑い出さなかったことを褒めてもらいたい。何のために一度割る必要があるのか。めちゃくちゃだ。

誰がこんな馬鹿なヒーローを書いたんだ。俺だよ、最悪だな。

「私があの石を投げつけたりするはずがないのです、クロード殿下。だって私はあの石の価値を誰よりよく知っている。……あれは陛下が私にくださったものだから」

「…………え？」

会話の中で石としか言わなかったのはわざとだ。ジルはあれを、ただの石だと思い込んでいたから。

だがここにいる貴族達の中には、クライスがジークフリートから魔導石を受け取ったのを見ていた者達もいる。ましてや、贈った本人がいるのだ。嘘だと言えるものなら言ってみるがいい。

「陛下が、あんなただの石を……？」

思わず出てしまったのだろう、ぽろりと零した言葉にジルがはっとした顔をしたがもう遅い。

「このままでは平行線だな。私が解決しよう」

「陛下？」

さあどうやって追い詰めてやろうかと思っていたら、ジークフリートが「石を貸しなさい」とクライスに手を差し出した。訳も分からず手渡すと、ジークフリートが開いた手の上で、魔導石の欠片がふよふよと浮かぶ。

「……ただの石ではなく、魔導石、だと……っ」

クロードの顔に驚愕《きょうがく》が浮かぶ。クロードはジークフリートがクライスにこの贈り物をくれた時にいなかったから、本当にただの石のことだと思っていたのだろう。

「お分かりいただけましたか？　私がこの石を自ら割るはずがない、と」

「……っ」

この石の価値を知っている者が、自ら割ることはあり得ない。クロードは喉《のど》を絞めつけられたように顔を顰《しか》め、黙り込んだ。

「これは私が作ったものだから、修復も容易だ。……そのために欠片の在処《ありか》を見つけることも」

きらきらと光りながら、魔導石の欠片が浮き上がる。そうしてふよふよと移動して、ジルの前で動きを止めた。

「やはりそこにある。身体検査を」

ジークフリートの言葉に、そばに仕えていた者達がジルに近づく。

「待ってください、陛下！　これは何かの間違いです！　ジルがそのようなことをする訳が――」

「ありました！」

ジルの身体検査をしていたうちの一人が、ポケットに隠された魔導石の欠片を翳《かざ》した。すぐにジークフリートの手元に届けられると、ジークフリートが二つの欠片に力を込める。

欠片は混じり合うように光を放ち、それから割れていたのが嘘のように元の形に戻った。

「私なら、いつでも修復ができる。新たに作り出すことも。だからもう二度と、それのために命を懸けることがないようにしなさい」

「陛下……ありがとうございます……っ」

手元に戻ってきた魔導石に、嬉《うれ》しさがこみ上げる。

「ああ、そうだ。二度とこんなことがないように、こうしてしまおう」

「……？」

ジークフリートはつけていた指輪を外し、それをクライスの手の中の魔導石と重ねて手を翳した。

するとどうだろう。あっという間に小さくなった魔導石が指輪に取りつけられた。

「こうして身に着けていれば安心だな」

「ありがとう、ございます」

ジークフリート自ら、クライスの指に嵌《は》めてくれる。誂《あつら》えたようにぴったりと嵌《はま》ったそれをしばし眺め、クライスは決意も新たにアルバートを振り返った。

「父上、お願いがあります」

「な、何だ」

「私がこの邸《やしき》を出ることをお許しください」

「な、何だと⁉　跡取りとしての責務を放棄するというのか⁉」

その跡取りに自分がどんな扱いをしていたのか忘れたのか。クライスが言わなくても、周囲の貴族達が言ってくれた。

「このような場所で暮らしたくないと思うのは当然でしょうな」

「反省すべきはご自分のほうでは？」

ひそひそと話す貴族達の声は、当然アルバートの耳にも入っているだろう。

「私がここにいては、このようなことがこれからも続くでしょう。……ジルが私を羨《うらや》むのは仕方のないことです。ですが、陛下からの贈り物を無下にしたことは、見逃してよいことではありません。二度とこのようなことがあってはならないのです」

「…………」

陛下の贈り物を無下にした、と強調することで、ルブタン家としてジルを無罪放免にする訳にはいかないことをも強調する。これできっちりしっかり罰を与えなければ、アルバートの信頼は地に落ちるだろう。

「全ては私がここにいることによって起こったことです。……正直なところ、私はもう疲れてしまった。父上、私がルブタン邸を出ることに同意してくれますね？」

憂いを帯びた表情は、自然と引き出されたものだ。もしかしたら今の言葉も、この身体の中に眠る記憶が言わせたものかもしれない。

「……いいだろう」

「ありがとうございます、それがジルのためです。私がここにいると、ジルは私を羨まずにはいられない。そのような思いをさせるのは可哀想ですから」

思いっきり同情の視線を向けてやると、ジルの顔が真っ赤に色づく。いつでも被害者面で可哀想な自分を演じるジルだが、クライスから可哀想と同情されるのはひどく神経に障るらしい。

「ぼ、僕は別にクライス兄様を羨んだりなんて……っ」

「いいんだ、ジル。今まで気づかぬまま、嫌な思いをさせてすまない。お前が俺の部屋を自分の部屋にしたいと駄々を捏《こ》ねたのも、陛下に無礼なことを言ってしまったのも、誕生日の贈り物を壊したのも、全ては俺に対する嫉妬からだったんだよな。そんなことも分かってやれずに……俺はジルの兄失格だ」

クライスの言葉に、貴族達がざわつく。ジルに語りかけるふりで、クライスが全てを暴露したからだ。

どうだ、ジル。これまで自分がやっていたことをやり返される気持ちは。

この男は贈り物を破壊しただけではなく、クライスをあのような狭く薄暗い部屋に押し込んだ張本人なのだ。クライスのこれまでの孤独と苦しみを、なかったことにはさせない。

「ク、クライス兄様っ、僕はただ――」

「大丈夫だよ、ジル。父上はお前だけを愛してくださっている。だからいつでもお前を優先してくれただろう？　お前が嫌だと言うから、お前が来てから俺の誕生日パーティーは一度も開かなかったし、祝いの言葉すら言わなかった。全てお前を愛すればこそだよ。今回は貴族としての面子のために開くしかなかっただけだ。決してお前の願いをないがしろにした訳じゃない。父上が愛するのは昔も今もお前だけだよ」

ジルに訴えるふりで、ここぞとばかりにアルバートの仕打ちも暴露していく。ジルとアルバートの数々の仕打ちに、クライスはひたすら耐えた。耐えて耐えて、そして死んだ。……誰にもそのことを知られることのないまま。

だが、今回はそうはならない。俺は耐えたりしないからだ。黙ってサンドバッグになったりしない。クライスの無念を晴らすためにも。

「クライス、落ち着きなさい。私はお前のことも平等に――」

「いいのです、父上。父上が病弱なジルを心配するのは当然のこと。それを分かっていながら、寂しいなどと思った私のほうが罪なのです」

ジルがよくやっていたように、瞳に涙を溜《た》め、悲しげに微笑んでみせる。散々ジルを見ていたお陰で、どういう表情を作ればいじらしく見えるのかぐらいは理解していた。

「クライス様が我《わ》が儘《まま》で困るとアルバート様から聞いていたけれど、本当に我が儘なのはジル様のほうだったのね」

「跡継ぎである長男をあのような部屋で寝起きさせるとは、ルブタン侯爵家はどうなっているのだ」

「侯爵はルブタン家の者ではないからな。長男であるクライス様にその地位を奪われたくない一心だったのだろう。クライス様も可哀想に」

そうです皆さん、ここにいるクライスこそが被害者です。表情には出さなかったが、内心では拍手喝采《かっさい》、万歳した後、ガッツポーズを決めたい気持ちだった。

だが、こういう状況でも空気が読めない男というのはいるものだ。もちろんクロードである。

「皆、どうかしている！　病弱な彼が、そのようなことをする訳がないだろう！　これは罠《わな》だ！　お前！　よくもこのような優しい人を貶《おとし》めるようなことを……！」

胸倉を摑《つか》まれ、憎々しげに睨《にら》まれた。

クロードが拳《こぶし》を握りしめるのを見て、殴られる覚悟を決める。これだけの観衆がいれば、クロードの悪い噂はたちどころに広まってくれるだろう。そのためには少しぐらい痛い思いをしたって構わない。これまでアルバートや家僕にされてきたことを思えば、多少のことは我慢できる自信があった。

顎《あご》を少し上げ、衝撃に備えて目を瞑《つぶ》る。だが、頬にクロードの拳が飛んでくることはなかった。

「やめなさい」

今にも殴ろうと振り上げられた拳を摑んだのは、ジークフリートの大きな手だった。

「王族ともあろうものが、感情に任せて暴力を振るうなど愚の骨頂。頭を冷やしなさい」

「ですが陛下……！」

クロードの手を摑むジークフリートの手に、ぐっと力が籠《こ》もる。クロードの表情が苦痛に歪《ゆが》むと、ジークフリートははっとした顔でその手を放した。

「彼の言葉が真実か否か、この部屋を見れば明らかだ。ここは昨日今日用意されたものではない。この部屋に飾られているもののいくつかは、私からの贈り物であることも付け加えよう」

「……！」

憤懣《ふんまん》遣《や》る方ない顔のクロードだったが、反論は思いつかなかったらしい。真っ赤な顔でこちらを睨みつけるだけで、口は開かなかった。

「クライス兄様、どうして……」

ジルがほろほろと涙を零す。だがもう、その涙に騙《だま》される者はクロードだけだ。それでも芝居をやめないところは、天晴と拍手を送ってもいいかもしれなかった。

そのことに腹を立てていた貴族達を下がらせ、ついでにアルバートやクロード達も下がらせ、護衛さえも扉の外に出したジークフリートは、おんぼろのベッドに腰掛けてクライスを見上げた。

「陛下、いつまでもこのような場所におられては――」

「クライス、私は今、君の幼馴染《おさななじ》みとして聞いている」

先ほどまでは辛うじてあった冷静さが失われ、ジークフリートの声にははっきりとした怒りが宿っていた。

いつもは穏やかなジークフリートなのに、今日はこのような顔ばかりさせてしまっている。怒りと苦痛をない交ぜにしたような表情のジークフリートに意地を張ることもできず、素直に「ごめん」と口にした。

「七つの頃からそうだったから、今更それを誰かに言う必要があると思わなかったんだ」

「アルバートが君を冷遇していたことも？」

「ジルは身体が弱い。父上がジルを優先するのは当たり前のことだ……と、思い込もうとしていたんだと思う」

クライスは耐えることに慣れていた。子供の頃からずっと。両親を早くに亡くして児童養護施設で育った自分にもよく分かる。

慣れというものは怖い。それが当然だと思うようになると、そこから抜け出したい気持ちが希薄になる。誰かに助けを求めるだとか、逃げ出すだとか、そういうことを考えるうちはまだ余裕があるのだ。

それに、ジークフリートにこそ言えなかっただろう。いつか仕えたい、役に立ちたいと思う相手に、助けてなどと言えるはずがない。

「こんなところでずっと暮らしていたなんて」

顔を伏せたジークフリートが、声を震わせながら吐き捨てる。

「慣れれば、そんなに悪くもない」

空気を変えようとおどけてみせると、顔を上げたジークフリートに睨まれた。

「悪くない？　埃《ほこり》だらけで、かび臭くて、満足に荷物も置けないこの部屋が？　今までよくも病気にならなかったものだ」

「……ええと、すみません」

ぽりぽりと頰を搔《か》く。もっと真剣に謝ったほうがいいのかもしれない。だが、怒られていることが何だか擽《くすぐ》ったく感じる。この人は今、クライスのことを心配して怒っているのだ。

「そもそも、魔導石のために窓から飛び出したのも、信じられない。私が中庭で休憩していなかったらどうなっていたと思う？」

ジークフリートが中庭にいたのは、パーティーを抜け出したからか。幼い頃から、ジークフリートの逃げ場所は大抵中庭だった。

「以後、気をつけます」

神妙に告げると、ようやくジークフリートの表情がほんの少し和らぐ。

「……これは、私のために作ってくれたものか？」

ジークフリートの視線が、床に落ちる。ジルが床にばら撒《ま》いて踏みつけた焼き菓子は、今もそのままだ。

「ごめん。この衣装も、魔導石も、貰《もら》うばかりで、お礼一つ満足にできないな」

「誕生日の贈り物に、礼などいらない。だが……君の作ってくれたものがこうして踏み躙《にじ》られているのを見ると、許しがたい気持ちになる」

ジークフリートがそう思ってくれるだけで、報われた気持ちになる。この騒動で感じた悔しさや苛立《いらだ》ちが、ジークフリートの言葉一つ一つに癒されていく。

同情などではなく、その言葉に心配と無念さが滲《にじ》んでいるのが分かるから。まるで自分のことのように悔しがってくれていると分かるから、ささくれ立っていた心が補修されていくのを感じた。

「とにかく、出ていくなら早いほうがいいだろう。今すぐに出発できるかい？」

「今すぐ？　まだどこに行くかも決めていないのに、気が早すぎる」

「私のところへ来るといい。実は私はこう見えて、広い城に住んでいるんだ」

ジークフリートはそう言って、こちらに向かって片目を瞑ってみせた。茶目っ気たっぷりなその仕草に思わず笑ってしまったが、それに首を振る。

「ありがたいお言葉だけど、丁重にお断りさせてもらう」

「クライス、遠慮することは――」

「遠慮している訳じゃない。俺自身の夢のためだよ」

今、ジークフリートに保護してもらうことは簡単だろう。ここには事の顛末《てんまつ》を知っている貴族達が大勢いる。

だが、それでは駄目だ。それではまた、クライスはジークフリートの庇護《ひご》下に入ってしまう。守るどころか、足手まといになる。

「俺にはまだ、貴方に仕えられるだけの力がない」

実力で、ジークフリートの側近になる。そのために必要なのはまず爵位だ。今回の騒動の噂が広まれば、王都にいるクライスの母と祖父母の耳にも入るはずだ。そうなれば、祖父母がアルバートから爵位を取り上げてクライスに移譲する可能性は比較的高い。

そのためには、自分の足で立ち続けなければならない。ルブタン侯爵家を継ぐに相応しい存在であるとアピールするためには、ジークフリートの保護下で震える子羊であってはならないのだ。

「自分の力でジークフリートに仕えるための地位を手に入れるから、もう少しだけ待っていて欲しい」

「君は頑固だ」

「本当に大事なものを守るためには、狡《ずる》くなることだって必要だ。少しぐらい遠回りをしても」

「私は狡くないかい？」

肯定する代わりに首を竦《すく》める。

「まあ、ジークフリートの分も俺が狡くなるよ」

「君だけにそのような思いをさせる訳にはいかないから、私も狡くなれるように頑張ろう」

生真面目に言ったジークフリートがおかしくて、声を上げて笑ってしまった。


それからしばらくは、ルブタン邸で平穏に過ごした。

噂を聞きつけたクライスの祖父母が王都から側近を送り込んだことにより、アルバートはクライスに表立って何かすることができなくなり、ジルは見張り付きで部屋に閉じ込められていたが、クロードは足繁《あししげ》くジルのもとへ通ってきて。

廊下ですれ違うたびにクロードが睨みつけてくるのだけが不快だったが、負け犬の遠吠《とおぼ》えと思えば、まあ我慢できないこともなかった。

そういう日々に別れを告げてルブタン邸を出ることになったのは、領内でちょうどいい物件の空きがあったと報告があったからである。ジルの動向を見張るためにはルブタン邸のほうが都合がよかったが、今後のためにはこのタイミングで出てしまったほうがいい。

新たな物件に移ることを決めた時は一人でルブタン邸を出るつもりだったが、仲良くなっていた家僕の何人かが共に行きたいと申し出てくれた。

色々なしがらみで共に出ることができなかった家僕の一人に、アルバートやジルの動向を知らせてくれるように手配してくれたのはカリナである。

『私を置いていくなんて、まさかそんなことはないでしょうね？』

カリナはアルバートとジルに怒り心頭で、真っ先に同行を申し出てくれた。新しい屋敷では、侍女頭として辣腕《らつわん》をふるってくれている。

そうして始まった新生活が少し落ち着きを見せた頃から、町の散策を始めた。領内を把握するためだ。

その日も朝食を食べ終えてから町に出ると、最近よく売れているものや流行しているものを確認するために市場へと向かった。市場には物だけではなく人も集まる。人が集まれば噂が集まる。領内の様子を知るためには、恰好《かっこう》の場所だ。

「んー、小麦を使った安価な菓子を売り出すのもいいかな」

（え、何？　お菓子を作るの？　僕、いくらでも試食係をしてあげるからね！）

市場で得た情報をもとにこれからのことを考えていたら、路地裏に子供達が集まっているのを見つける。

「……？」

子供達に近づいたのは、決して同情の気持ちからではなかった。彼らが何をしているのか、本気で分からなかったからだ。けれど、近づいて驚いた。小さな子供達が囲んでいたのは、地面に寝転ぶ一人の青年だったからだ。

「テオドール、テオドール、しなないで」

町の裏路地。鼠が走り回るような薄汚いそこで、ぼろきれのような服を着た青年が横たわっている。見るからに貧しく、周囲には大人が一人もいない。

(孤児達だよ。親を亡くして生き場を失《な》くした子供達が、助け合って生きてるんだ)

青年の名を呼ぶ子供達も、ほとんど変わらない見た目だった。誰もが痩《や》せこけて、薄汚れて、ぼろぼろの服を着て。自らも早くに親を亡くし、歯を食いしばって生きた経験があったが、それでもこの子供達よりも遥《はる》かにましだったのだと気づいてしまった。

この世界は自分がいた世界よりも一層、孤児に優しくない。

「やだよ、ぼくたちをおいてかないで」

「テオドールお兄ちゃん！」

おそらく青年は、孤児の子供達の兄貴分のような存在なのだろう。子供達にテオドールと呼ばれた青年は、身体を丸めて「寒い……」と呟《つぶや》いた。

「みんなでテオドールをあたためよう！」

子供達が一斉にテオドールに寄り添う。その表情は皆悲愴《ひそう》で、とうとう見ていられなくなって彼らに声をかけることにした。

「何があったんだ」

途端に子供達はテオドールを守るようにして立ちはだかる。

「こ、こないで！　テオドールになにかしたらゆるさないからね！」

「テオドールお兄ちゃんは何も悪いことなんかしてない！」

怖いのか、震えている者や目に涙を溜《た》めている者もいたが、一人として逃げ出す者はいなかった。

テオドールはよほど彼らに好かれているらしい。

「何があったのかと聞いている。事と次第によっては助けになってもいい」

「う、うそつけ！　おまえきぞくだろ!?　きぞくはおれたちからむしりとるばっかりで、たすけてくれたりなんかしない！」

現在のルブタン領の実態を突きつけられ、心が痛む。領民達を救うためにも一刻も早くアルバートから爵位を奪い取らなければと決意を新たにしながら、テオドールのそばにしゃがみこんだ。

「ひどい熱だ。水分は摂らせたか？　何か食べ物は？」

「かってにさわるな！　おまえなんかのせわには――」

「ここにはきれいな水なんかないんだ、食べ物だって……」

テオドールを守ろうとする子供達をかき分けて、彼らより少し年上の少年が答える。

「そうか。とにかく屋敷へ運ぼう」

「や、やしき？　やしきなんて――」

「幸いなことにここから遠くない。まだ買ったばかりで大して物もないんだが」

「テ、テオドールをたすけてくれるの？」

「俺は医者でもなければ神様でもないから、それは約束できないが、とにかくやれることはやってみよう」

乗りかかった舟だ。見てしまったからには、無視できない。ここで見捨ててこの青年が死にでもしたら、きっと後悔する。

途端に、クライスの身体に子供達が縋《すが》りついた。

「な、なんでもするよ！　ぬすみでもなんでも！　だからテオドールをたすけて！」

「いいか。簡単に何でもなんて口にするな。言質を取られないようにしないと、ろくなことにならない」

それは、転生前の人生で得た教訓だ。一人で生きていくためには、冷静さが必要だ。少しでも油断すれば騙《だま》される。自分を守るためには、強くなるしかなかった。

時に狡猾《こうかつ》に、時に媚《こ》び諂《へつら》って。正しさだけでは生きていけない。悪になりたくもない。その狭間《はざま》で、自分なりの正義を守りながら生きてきた。

「教授、手伝ってくれ」

（ふふ、仕方ないなあ。特別に背中に乗せてあげるよ）

死角に隠れていた教授が姿を現すと、子供達から悲鳴が上がった。

「おおきなおおかみだ！」

「きっとまじゅうだよ！」

「テ、テオドールを食べる気なのか!?」

（誰が魔獣だ！　失礼な！　僕は人を食べたりなんかしないのに！）

「まあまあ。子供の言うことだから大目に見てやって」

怒る教授を宥《なだ》めながら屋敷に辿《たど》り着《つ》く。そうして中に入るなり、クライスは子供達に宣言した。

「全員、今から風呂《ふろ》に入ってくるんだ」

「ふろ？」

きょとんとする子供達を、浴場に案内する。浴場は、子供達が全員入ってもおつりがくる広さだ。本来なら贅沢《ぜいたく》すぎる話だが、ジークフリートから貰った魔導石のお陰で、湯には困らない身分である。

「少しだけ待ってろ」

指輪を嵌《は》めたままの手を浴槽に向かって翳《かざ》すと、そこから大量の湯が噴き出した。子供達が目を丸くしてクライスの手を眺める。

「おゆだ……」

町に住まう民達にとっては、湯は貴重なものだ。初めて見たと呟く子供もいて、クライスは改めてルブタン領の過酷さを知る。それと同時に、町で暮らす子供達のほうが自分よりも待遇がいいかもしれない、などと思っていた自分を恥じた。

「きぞくさまは、まどうしなの？」

「ばか、きぞくはみんなまりょくがつかえるものなんだぞ！」

「すごーい！」

実際にはジークフリートの魔導石の力がほとんどなのだが、褒められてあまりに気分が良かったので、敢えて訂正はせずにおく。

「おやおや。クライス様、これは一体何事ですか？」

騒ぎを聞きつけてやってきたのはカリナだ。他の家僕達も何事かと顔を出したのを確認して、「この子達を頼む」と告げると、皆驚いた顔をした。

「孤児を拾ってきたんですか？」

「まあ、成り行きでな。病気の者もいて、そちらは教授が先に部屋に連れていってくれているはずだ。カリナはこの子達を風呂に入れて、他の者はこの子達に代わりの服と、それから医者も呼んでくれ」

「はい！」

家僕達が一斉に動き出したのを確認して、カリナが腕まくりをする。何故か悪の手先のように悪い顔をしていて、何かを察した子供達が後ずさった。

「これは腕がなりますねえ。ほらあんた達！　全員ぴかぴかに磨き上げてあげるから、覚悟おし！」

「う、うわあああ！」

子供達は慌てて逃げ出したが、すぐにカリナに捕まる。

「逃げたって無駄だよ！　このカリナ様から逃げようなんて百年早い！」

やけに楽しそうだなあ。

カリナに捕まった子供達の悲鳴を背に、浴場を後にする。

やる気満々のカリナに任せていれば、あっという間に子供達は足の先までぴかぴかになることだろう。

「さて、じゃあ俺はあっちを磨こうかな」

自室に向かうと、ベッドに寝かされているテオドールと、それを見守っている教授がいた。

（かなり熱が高いね。あとは、栄養状態も良くない）

ベッドに横たわっているテオドールは、顔を真っ赤にして苦しそうな表情をしている。元々栄養状態が良くなかったところに、病気が追い打ちをかけたのだろう。

「まずは清潔にするところからだな」

ぼろぼろの服を脱がせ、代わりに自分の寝間着を着せる。汗と泥で汚れている体を拭《ふ》いてやるのは意外に重労働だったが、不快感が取れたのか、ずっと唸《うな》っていたテオドールから静かな寝息が聞こえてくると達成感があった。

「こんなに若いのに、あんなところで野垂れ死ぬなんて勿体《もったい》ないからな」

貧困の辛さはよく知っていた。熱を出した夜、薬もなくただじっと身体を丸めて孤独に震える辛さも。

転生前の自分が、テオドールと被る。あの時、誰かにこうしてそばにいて欲しかった。だからこれは自己満足だ。同情や憐《あわ》れみではない。ただあの頃の自分がして欲しかったことをしているだけの代償行為。

（素直じゃないねえ）

「うるさいぞ」

最後の仕上げとばかりに伸ばしっぱなしの前髪をかき分けて薄汚れた顔を拭いてみると、驚くほどに整った顔立ちが露《あら》わになった。茶色の髪に茶色の瞳《ひとみ》はこの国ではありふれたものだが、その顔に見覚えがある気がして首を傾《かし》げる。

死に戻り前には、ほとんど町に出たことがなかった。テオドールとの接点が思いつかない。けれどどこの顔はどこかで……。

「あああああああ！」

(うわ！　びっくりした！　いきなり大きな声出さないでよ！)

鈍器で殴られたような衝撃。そうだ、知っている。この顔を何度も見た。

『どうしてだ！　どうしてこんなことをするんだ！』

『どうして？　それを俺に聞いても意味がない。俺はただ、依頼を遂行しているだけなんだから』

『この人を殺すことがどれだけの大罪か、考えたことがあるのか!?』

『そんなことを考えることに意味なんかない。あんたらとは違って、俺には選べる未来がなかった。それだけだ』

クロード達の依頼で、ジークフリートの命を何度も狙った暗殺者がいた。ジークフリートが深手を負わされたこともある。まだ少年の名残を残していたあの顔が、今ここで眠るテオドールの顔と一致した。

(大当たり。すごいものを拾ったよねえ)

「まさかこんなところで会うなんて」

(ジークフリートの命を脅かす者を、わざわざ助けちゃったってことになるよね。ここで見捨てれば、憂いが一つ晴れるんじゃないのかな？)

「あそこで俺が助けなくても、きっとテオドールは一命を取り留めただろう。そうじゃなかったら、俺達の前に現れることができなかったはずだ」

どうせ生き残るなら、恩を売るべきだ。

それに、あの時テオドールは言っていたではないか。『あんたらとは違って、俺には選べる未来がなかった』と。孤児として生きるテオドールには、あの道しかなかったのだ。けれど今の自分なら、この男に別の道を与えることができる。

「決めた」

テオドールと子供達を保護する。一時的にではなく、彼らに別の道を与える。

(それは同情と違うの?)

「違う。テオドールは何度も暗殺に失敗はしたけど、王国の騎士団すら手を焼く凄腕《すごうで》だったんだ。どうせなら、こちらの味方にしてしまったほうがいい」

物語の中での暗殺者は、高い知能で何度もジークフリートを追い詰める。どんなことでもすぐにこなしてしまう抜群のセンスと才能は、敵として排除するにはあまりにも惜しい。

(なるほど。味方にすれば心強い存在になる、か)

これは純粋な優しさではない。保身であり、可能性の話だ。

テオドールがこの先暗殺者となったら、ジークフリート以外にも殺される人間が大勢いたかもしれないし、もうすでに当初の物語から逸脱し始めている今、暗殺者という行動の読みにくい存在は脅威だ。その可能性を潰《つぶ》すことは、先の憂いを減らすことにもなる。

「……ん……」

テオドールの額に触れる。まだ熱は高く、額には汗が滲《にじ》んでいた。濡《ぬ》らした手拭《てぬぐい》でそれを拭ってやる。

「怖い……死にたく、ない……」

うっすらと涙を浮かべて魘《うな》される様は、置いてけぼりにされた子供のようにも見えた。自然と、口から言葉が零れ落ちる。

「大丈夫、ここにいる。お前は一人じゃない」

テオドールが魘されるたび、そう言って手を握った。少しでも誰かの存在を感じられるように鼻歌を歌うと、テオドールのそばに寝そべる教授がふわあと欠伸《あくび》をする。

(君、歌が下手だねえ)

「人の鼻歌にケチをつけるな」

そうしてクライスと教授は、一晩中テオドールの看病をした。いや、教授はいつも通り寝ていただけだな、うん。


「……ん、ん……」

「ようやくお目覚めか」

テオドールが目を覚ましたのは、翌日の昼のことだ。クライスの声に不思議そうに首を傾げたテオドールは、ぼんやりと周囲を見回して、それからがばっと飛び起きる。

「こら、熱が下がったとはいってもまだ完全に治った訳じゃないんだ。無理をするなよ」

「え、熱？　……ていうか、お前は誰だ！」

「ご挨拶《あいさつ》だな、一応は命の恩人なのに」

「命の、恩人？」

（連れてきたよー）

扉が大きな音を立てたと思うと、一気に子供達が雪崩《なだ》れ込んできた。子供達の姿を見たテオドールが目を丸くする。

「お前ら、一体……」

カリナにぴかぴかに磨かれ、家僕達に新たな服を着せられた子供達は、テオドールの困惑を他所に彼に飛びつき、わんわんと泣いた。

「いきててよかったよー！」

「あのね、くらいすさまがたすけてくれたの！」

「クライス？」

「俺のことだな」

子供達はうんうんと頷《うなず》き、今度はクライスに飛びついてくる。

「くらいすさまありがとう！」

「ありがとう！　だいすき！」

「きょうじゅもだいすきだよ！」

（ふふん、君達はいい子だねえ）

教授がぱふぱふと子供達の顔を尻尾《しっぽ》で撫《な》でると、子供達は「きゃあ！」と喜んで教授と追いかけっこを始めた。

「こらこら、ここは病人がいるんだぞ、遊ぶなら外でやれよ。悪い子にはおやつを食べさせないからな？」

「おやつ⁉　おやつがたべられるの⁉」

「いい子にしてたらな。分かったら、教授と一緒に外で遊んでおいで」

「はーい！」

子供というものは単純だ。テオドールを助けたことですっかり懐かれてしまったらしい。初対面であれだけ警戒されていたのが嘘みたいだ。

（こっちだよ！）

教授に先導されてばたばたと部屋から出ていく子供達を見送っていると、ベッドでテオドールがもそりと動く。

「……あんたが、助けてくれたって」

「まあ、そうなるな」

「同情か？」

「同情か……大嫌いな言葉だな」

顔を顰《しか》めると、テオドールがきょとんとした顔をした。何だ、そういう顔もできるんだな。警戒心も露わに野良犬みたいに威嚇していた時とは違い、本来の年齢が滲み出る。そうしていると、この青年がすぐ近い未来に暗殺者となるなんて信じられない。

物語の中で、テオドールはクロードにジークフリート殺害を依頼されるが、元々暗殺者を生業《なりわい》にしていた訳ではなかった。

『家族のために金が必要なんだ。だから何だってやるさ』

物語上のこの台詞に、色々深読みした一部の読者から人気が高いキャラだったが、この物語を書いていた当時、暗殺者のキャラについて深く考えてはいなかった。

……というか、この物語に関して言えば、キャラ作りやプロットなど何もなく、ただ思いついた物語を垂れ流しただけなのだ。だが、完璧《かんぺき》に作り込まれた物語でなかったお陰で、こうして色々な綻《ほころ》びから主人公達につけ入る隙を見つけているのだから、今回ばかりはそれで正解だった。……別に、過去の自分の適当さを正当化している訳じゃないからな。

(僕は何も言ってないよ？)

言われるような気がしたんだよ！

「同情が、大嫌いな理由は……？」

「同情というのは、するほうは気持ちいいが、されるほうは最悪だと思わないか？　憐れみの目を向けられると、自分が人間じゃない何かになったような気がする。だから同情されるのが嫌で、簡単に周りに助けを求められない」

「…………」

テオドールの目が、じっとこちらを見ている。ほんの少しの嘘さえ見逃さない、とでも言うように。

「俺はまあ、見た通りの貴族だが、だからといって順風満帆かと言うとそうでもない。父親は弟を溺愛《できあい》して、俺のことをいびり倒した。つい最近までは身体中鞭打《むちう》ちの痕《あと》だらけだったし、今もまだ、手にはその頃のあかぎれと胼胝《たこ》が残っている」

テオドールに手を見せる。かなりましにはなったが、まだ外では手袋が手放せない。じっとクライスの手を見るテオドールの手も似たようなもので、だからこそクライスの以前の生活の片鱗《へんりん》ぐらいは感じ取ってくれたことだろう。

「だからまあ、俺にはお前の警戒する気持ちが分からなくもないし、慈善事業で助けた訳でもない。だからテオドール、俺と契約をしないか」

「契約……？」

「俺はクライス・フォン・ルブタン。その名の通り、この領地を治めるルブタン侯爵家の人間で、領民達を顧みずに苦しめる父をその座から引きずり下ろしてやろうとしている。そのためにまず、この町に孤児院を作ろうと思う」

「どうしてそうなる。孤児院なんか作ったって、何の得も――」

「分かっていないな、テオドール。人材は宝だ。子供達に学ぶ機会を与え、手に職をつける。その子達が町で職につけば、この町が豊かになるだろ？　そうすれば、祖父は今の役立たずな入り婿の俺の父を追い出して、俺にルブタン侯爵家を継がせようと決意してくれるはずだ」

「学ぶ機会を……与えてくれるのか？」

「その代わり、お前達は真剣に学ばなければならない。こちらも遊びで金を出す訳じゃないからな。役に立たないと思えば、容赦なく追い出すぞ」

本気でそんなことを考えている訳ではないが、これぐらいは言っておかなければ、かえって怪しまれる。あくまでもこれは取り引きで、互いに益のあることなのだと強調することで、テオドールの警戒心を緩める作戦だ。

テオドールの瞳が、まだじっとこちらを見ている。あれだけの過酷な環境に育ちながら、その瞳はまだ光を失っていなかった。暗殺者として対峙《たいじ》した時とは違う。あの時、色を失くしたように暗く陰鬱《いんうつ》だった瞳が、今は希望できらきらと輝いていた。

「何でも、します」

「お前達はすぐそれだよな。子供達にも言ったが、簡単に何でもなんて口にするなよ。言質を取られたら終わりだぞ。特に貴族相手は気をつけろ」

「簡単になんて口にしてない。本当に、貴方のためなら何でもするから」

「そうか。だったら、とりあえず寝ろ。熱が下がったからといって油断したら、すぐにぶり返すんだからな。まずはゆっくり寝て、元気になって、話はそれからだ」

「はい」

テオドールは素直に頷いて横になり、顎《あご》先まで上掛けを被ってこちらを見た。

「ほら、目を瞑《つぶ》ってさっさと寝る」

「は、はいっ」

言われた通りにぎゅっと目を瞑る姿は、まるで小さな子供みたいだ。早く寝ろよと念を押して、クライスは鼻歌を歌い始める。

「……昨夜も、歌ってた？」

「お前も、下手だとか言いたいのかよ」

「……違う。優しい、音だなって」

それは日本の古い子守歌だ。褒められて気を良くして、テオドールの寝息が聞こえてくるまでその鼻歌を歌い続けた。


子供達は学ぶことに貪欲《どんよく》だった。まるでスポンジが水を吸収するみたいに、面白いぐらいに知識を吸収していく。

最初は字が読めない子供達のためにクライス自らが教壇に立ったが、彼らはすぐに字を覚え、本を読み、我先にと質問をしてくる。

手に負えなくなって、専任の教師を雇うことにした。どこかいい伝手《つて》はないかとジークフリートの執事であるルーカスに手紙を書いたところ、すぐに貴族が通う学院を引退したばかりの著名な教師を紹介してくれて、そこから子供達の教育は一気に進み始めた。

「テオドールは、本当にこれでいいのか？」

「ええ、もちろんです」

にっこりと笑ったテオドールが、「おかわりはいかがですか？」とティーポットを手に尋ねてくる。伸ばしっぱなしだった髪は綺麗《きれい》に切り揃えられ、その身は執事が着用する燕尾服《えんびふく》に包まれていて。

「他にやりたいことがあったら、いつでも言ってくれていいんだぞ？」

「これが私のやりたいことですよ、クライス様」

体調が回復したテオドールに、何を学びたいかと聞いてみた。するとテオドールは迷わず『あんたの役に立ちたい』と言ったのだが、偶々《たまたま》その時クライスに紅茶を淹れていたカリナがそれを聞いて言ったのだ。

『ここで今空いているのは、執事の仕事ぐらいだわね』

執事は屋敷の顔と言ってもいい。そのため一流の執事はどこも手放さず、そう簡単には雇えない。貴族ともなると現職の執事がいるうちから次代の執事を育てるぐらいで、ここのところはそのことにずっと頭を痛めていた。

そのことを知ったテオドールは『では俺が執事になります』と言い出し、執事の仕事に関する本を山ほど抱えて部屋に籠《こ》もり、ようやく出てきたと思ったらこうなっていた。

きっと優秀なのだろうと思ってはいたが、まさかここまでとは思わなかった。不思議な気持ちでテオドールを眺めると、「それより、おかわりはどうしましょうか」と尋ねられたので、ありがたくいただく。

「まだ至らないことばかりですが、必ずお役に立てるようになりますので」

クライスに問われたことを、仕事に不満があると勘違いしたらしい。何て謙虚なんだ、テオドール。執事の仕事を始めてまだ三日しか経っていないとは思えないほど、優秀だというのに。

テオドールは素晴らしい執事となった。本当に、これ以上ないほど。信用のできる部下のいなかったクライスにとって、それはとてつもない幸運だ。

十七歳という年齢を聞いた時は驚いた。痩《や》せこけた身体と伸ばしっぱなしの髪は、テオドールをそれよりも幼く見せていたから。だが髪を切って栄養状態もよくなると、テオドールはなかなかの美男子だった。

「クライス様、現在のルブタン侯爵領についての調査報告を精査しておきました。クライス様がご興味を持ちそうなものを抜き出してあります。それから新たな家僕の選定ですが、勝手ながら身辺調査を行いました。クロード様との繋《つな》がりが見られる者に関してはすでに排除しておりますので、書類をご確認ください」

「テオドール」

「はい」

「今すぐ抱きしめてキスしていいか？」

「クライス様がお望みなら」

最初はあれほど警戒心を剝《む》き出《だ》しにしていたのに、今ではすっかり可愛いことを言うようになった。思わず本気で抱きしめたくなったが、理性を総動員して堪える。立場を利用して強要するなんて、貴族の風上にもおけぬ行為だ。セクハラはやめよ。

「テオドール、嫌なことは嫌だとちゃんと言ってくれよ？　これは雇い主としての命令だからな」

「はい、クライス様。ですが、私はクライス様に何をされても嫌だとは思いません」

この執事ときたら、俺のことが何より大事なのだ。出会った時を考えれば、懐かない猫が気を許してくれたような気持ちになって、またもやぎゅうっと抱きしめたくなった。

「クライス様、両手をわきわきと動かすのはおやめください」

「さすがに嫌だよな、ごめん」

「いえ、嫌ではありませんが、クライス様が気狂いになったと思われては困りますので」

「え、そんなに怪しいか？」

「おそらく、外出中であれば変質者として尋問を受けることになったかと」

「そんなに!?」

雇ったばかりの大事な執事に嫌われては大変だ。変質者の主なんて、すぐにでも捨てられそうである。

いくら今のテオドールが自分を大事にしてくれているからと言って、現状に甘えてはいけない。テオドールのためにもいい主でいなければ。

決意も新たにこほんと咳払《せきばら》いをし、姿勢を正して目の前の書類に手を伸ばした。

「――それにしても、やっぱりひどい有様だな」

これまでアルバートが領内で行ってきた愚策の数々。高い税で民の生活を圧迫し、その金で必要以上の兵を維持していた。おそらくは先代がやっていたものをそのまま引き継いだのだろう。戦時中なら当然のことと受け入れられるだろうが、今の平和な世とはあまりにかけ離れている。

「税を下げれば領民の暮らしは楽になりますが、兵として雇っている者達をいきなり解雇する訳にも参りません」

兵達もまた、領民なのだ。すでにそれらを生業にしている者達を一斉に解雇すれば、それもまた不満となって領地内の不穏分子となり得る。

「テオドールならどうする？」

「……私の意見を聞いてくださるのですか？」

「こういうものは一人で考えても埒《らち》が明かないだろ？」

いずれはアルバートからルブタン侯爵の地位を奪い取らなければならない。そうなった時のために、今から改善策を考えておくのは大事なことだ。

「やはり、クライス様にお仕えできてよかった」

「え？」

「いえ。少し時間をいただければ、いくつか改善策を見つけ出せるかと」

「ありがとう。そうだ、子供達はどうしてる？」

「本日は授業を終えた後、クライス様と町に出る約束をしたと嬉《うれ》しそうに話しておりましたが」

「ああ、シリルだな。孤児院を建てるのにいい土地がないか探しに行くと言ったら、どうしてもついていくと言うから」

子供達は今、屋敷でのびのびと暮らしている。だが、いつまでもこのままという訳にはいかない。一時的ではなく、恒久的な取り組みにするつもりで、そのためにはやはり孤児院を建てる必要があった。

貴族とはいっても、クライスの懐事情は寂しいものだ。アルバートとジルが問題を起こしたことを知ったクライスの祖父母からある程度の支援はあるが、それに甘んじていてはすぐに支援は打ち切られるだろう。

クライスは今、試されている。渡された金額で、それ以上のことができるか否か。やってみせるしか、クライスが侯爵家を継ぐ道はない。

「そういえば、教授はどうした？」

「教授なら、カリナのところでおやつを貰《もら》っておりました」

「すっかりカリナに甘やかされてるなあ」

噂をすれば何とやら。尻尾《しっぽ》をふりふり、ご機嫌の教授が部屋に戻ってくる。

（なぁに？　僕がいなくて寂しかったの？）

そばで見ていると言った割には、自由行動が多いことで。

（べ、別におやつにつられた訳じゃないからね！）

語るに落ちるとはこのことだ。

「まったく、教授は呑気《のんき》でいいよな」

（僕は、町で売るお菓子の試食係をしてるんだよ！　遊んでる訳じゃないんだから！）

「何が試食係だよ。あれはもうメニューも固まっているんだから、今更試食なんかいらないはずだろ。カリナに何度も作らせるなよ」

孤児院の運営のため、テオドールに年齢が近い年長組の青年達に商売をさせることにした。儲《もう》けられるかどうかがまだ分からないため、初期投資を少なめにしようと考えたクライスが思いついたのは、日本のキッチンカーを真似ることで。

簡単に作ることができて、歩きながらでも食べられるもの。そして、食べているのを見た人が、思わず買いたくなるようなもの。

クライスが選んだのは、クレープだった。作るのが比較的簡単で、材料も安価、食べ歩きもできるし、新作も作りやすい。

さっそくカリナの指導のもとで子供達に作り方を覚えさせ、今は市場に出すためのキッチンカーならぬクレープ屋台を制作中だ。それが完成次第、市場に店を出す予定である。

「土地を見に行くついでに、市場も見てこようかな。そろそろどの辺りに店を出すかも決めておかないといけないし」

（やった！）

「言っとくが、お菓子は買わないからな」

（えー！）

この神獣は、もうすっかり自分が神獣であることなんか忘れているに違いない。

「ねえねえとうさま、あれはなぁに？」

「ああ、あれはカボチャだ」

「じゃあ、あれは？」

「チョコレートだな」

「へえ、あれがちょこれーとかー！　おいしそうだね、とうさま！」

「食べてみるか？」

「いいの!?」

嬉しそうに飛び上がるシリルの手は、しっかりとクライスの手と繋がれている。クライスと揃《そろ》いのフード付きのマントを羽織った姿は、ちんまりとして可愛らしい。

「ねえきょうじゅもきいた!?　ちょこれーとかってくれるって！」

（うんうん、やったね！）

クライスとシリルの周りを、喜んだ教授が飛び跳ねる。大きな身体で跳ねる姿は目立ちそうなものだが、町の人は教授を気にする様子がない。

「とうさま、はやくいこ！」

親を亡くしたりはぐれたりして、小さな身体で孤児として生きてきた子供達は、家族というものとほとんど縁がなかった。

屋敷で暮らし始めた頃に絵本を読んでやったら、子供達の誰かが『おかあさんってこういうことしてくれるんだよね？』と言い出した。それに『せめておとうさんにしてくれよ』とぼやいたら、それ以来何故か子供達にお父様と呼ばれるようになっている。

最初はさすがにやめさせようと思ったが、懐いてくる様子があまりに可愛いので、最近ではまあいいかと好きにさせていた。自分自身、家族というものには縁がない。……いや、クライスには家族がいたが、あれを家族と言っていいのか微妙だ。子供達と疑似的にでも家族のように過ごすことを、楽しいと思い始めていた。

「せっかくだから、皆の分もお土産に買っていくか」

「うん！　おみやげ！　とうさま、だいすき！」

「ははは、現金な奴だな」

歩いていると、前を歩いている人達の会話が耳に入ってくる。

「聞いたか？　領主様がジークフリート王を怒らせたって話」

「ああ。あの献身王を怒らせるんだから、よっぽどのことをしたんだろうな」

「あれだろ？　次男ばっかり可愛がって、長男のクライス様を虐げてたって。王都では今、その噂で持ち切りらしいぞ」

「そのクライス様は、今この町で孤児を引き取って世話しているらしいな」

「ただの点数稼ぎじゃなきゃいいけど」

もう町でも噂になっているのか。アルバートの評判が地に落ちるのは結構なことだが、思ったよりも早い。貴族達の間での噂が、家僕達から民へと伝播《でんぱ》しているのだろう。

フードを目深に被り、顔を見られないようにした。これまでクライスはあまりに町に出ることがなかったから顔を知られていないはずだが、自分達が噂をしている相手がすぐそばにいたら町の人達もバツが悪いだろう。

「この町も、今より少しはましになりゃあいいけどな」

「クライス様はジークフリート王の御友人らしい。時々ルブタン邸に向かって王様が飛んでいく姿が見られると、酒場のメイが言ってたぞ」

「へえ。あのお忙しいジークフリート王がわざわざ会いに来るというのは、よっぽどの仲なのかねえ。ジークフリート王といえば、この間始まったばかりの新しい取り組みについては聞いたか？」

「ああ、もちろん。国中の町に綺麗《きれい》な水が出る水場を設けてくれるらしいな。そうすりゃ疫病が減るって話だ」

「日照り続きの時は国庫を開いて食べ物を配ってくださったし、ジークフリート王はいつだって俺達のことを考えてくれてる。いつかは王城に仕えてこの恩を返してえなあ」

「何言ってんだお前、そりゃ無理だ。俺達なんかが王城でなんて働けるかよ」

「そりゃそうか」

あはは、という笑い声を聞いていると、この国の民達が如何にジークフリートを慕っているかがよく分かる。歴代の王の中でも、国民の支持はピカイチではなかろうか。

何となく誇らしい気持ちになりながら、屋台に向かおうとした時のことだ。

「クライス」

聞き慣れた声がして、反射的に振り返る。予想した通りの人がそこにいて、思わず声を上げた。

「へい――」

陛下、と呼びそうになって、咄嗟《とっさ》に自分で口を塞《ふさ》ぐ。こんな町中に国王陛下がやってきたと分かれば、大騒ぎになってしまう。

「やあ」

こちらの危惧《きぐ》など知らぬ顔で、爽《さわ》やかな笑顔を見せたのはジークフリートである。やあ、じゃないだろ。

ジークフリートは髪を纏《まと》めて貴族然とした服装をしていた。町には貴族が来ることは時々ある。だが、ジークフリートには服装だけではどうにも隠し切れない風格というものがあって、町に馴染《なじ》めているとは言い難かった。

離れたところに護衛はいるらしいが、どうして国王がこんな町中を歩いているんだ。何故、誰も止めなかったのか。

「こんなところで何をしてるんだよっ」

周囲の目を気にして小声で怒鳴れば、ジークフリートは彼にしては非常に珍しく、ふんと鼻を鳴らした。

「君のほうこそ、こんなところで何をしている。私は君があの屋敷をすでに出たことも聞かされていなかったが」

「あ……」

転居先が決まったら、連絡するように。心配性なジークフリートから、そう言われていたことを思い出す。

「は、ははは」

子供達との新しい生活に忙しくて、すっかりジークフリートに連絡をするのを忘れてしまっていた。

「ルーカスには連絡をしていたようだね。クライスに会いに行くと言ったら、私の知らない屋敷の場所を教えてくれたよ」

笑顔が怖い。どうやらすでに新しい屋敷にも行ったらしい。

「色んなことが一度にあって、連絡をするのを忘れていたんだ。本当に申し訳ない」

「色んなことが一度にあって、ね」

ジークフリートの視線が、クライスに引っ付いているシリルに向けられる。いつものジークフリートならにこやかに笑いかけるところなのに、まるで嫌いな食べ物を無理やり食べさせられたみたいな顔をしていた。

「まさか君が私に隠し事をするなんて思わなかったよ」

当然のことながら、子供達を引き入れたことも話していない。だが別に隠していた訳ではなくて、純粋に忘れていただけなのだ。

「隠し事だなんて、そんな大袈裟《おおげさ》な」

「大袈裟？」

ジークフリートは相変わらず笑みを浮かべたままだったが、何だか急に周囲の気温が下がった気がする。

「とうさま、シリルさむい」

シリルが父様と言った途端、空気が更にひんやりとした。ジークフリートから発せられている魔力のせいだ。いや、確かに心配をかけたのに報告しなかったのは悪かったが、何もそこまで怒らなくても。

たとえ相手が何かミスしても、それがよほど重大なことでない限り一度目は相手を許すのがジークフリートだ。そんなジークフリートを怒らせるほどのことをした覚えはないのに。

（うわあ、髭《ひげ》がピリピリするぅ）

何でそんなに楽しげなんだと教授を睨《にら》むと、低く呟《つぶや》くジークフリートの声がした。

「……君に子供がいたなんて、初耳だ」

「え、子供!?」

「誤魔化せると思うのか？　父様なんて呼ばせていたくせに」

じとりとした視線を向けられて、ようやくジークフリートが誤解をしていることに気づいた。

あれか、シリルが父様と呼んだからか。子供達に懐かれてすっかり受け入れていたが、ジークフリートが誤解するのも無理はない。

親友だと思っていた相手が自分に黙って父親になっていたら、確かに裏切られた気持ちになるだろう。そりゃ怒って当然だ。

「ちち、違う！　婚約者もいないのに、いきなりこんなに大きな子供の父親になる訳ないだろ⁉　子供達を引き取ったんだ！」

「子供、達……？」

全部話さねば許さない。笑顔で詰め寄るジークフリートに押されるように後ずさりながら、クライスは必死に言葉を連ねる。

町で孤児の子供達と知り合ったこと、今はその子供達と一緒に暮らしていること、孤児院を作るために奔走していること。

何とか全てを話し終えた頃には壁に追い詰められ、息がかかるほど近くにジークフリートの顔があった。

「もう一度聞くが、その子供はクライスの娘では――」

「ない！」

嘘は許さないとばかりにじっと見つめられ、蛇に睨まれた蛙のような気持ちになりながら必死に首を振る。

ジークフリートが「そう」と納得した顔で頷《うなず》いた途端、ひりついた空気が緩んだ。

こっわ……幼馴染《おさなな じ》みに隠し事をされて裏切られた気持ちになったのだろうが、普段温厚な人が怒ると、数倍は怖く思える。

（まったく……僕のお髭が凍っちゃうところだった）

教授の身体に抱き着いて暖を取っていたシリルが、「こわいの、おわり？」とこちらを見上げてくる。

「ああ、終わり」

「このひと、とうさまにいじわるする？　だったらしりる、たたかう」

「違う違う、意地悪されてない！　だから早くそれを仕舞いなさい！」

マントの下から短刀を出そうとするシリルを慌てて宥《なだ》める。学問だけではなく、身を守る術も、と考えて子供達に好きに学ばせた結果、シリルはすっかり剣術に嵌《はま》ってしまっていた。国王に傷でもつけたら、たちまち独房行きだ。

「おや、可愛い護衛だね。クライスを守ってくれるのかい？」

「…………」

警戒心を露わにしたシリルは、じっとジークフリートを見上げる。

「とうさまにいじわるしない？」

「しないよ。私は君と同じで、クライスが大好きだからね」

「とうさまのことだいすき？　どれぐらい？」

「そうだね。クライスのためなら――」

「もう充分だから！」

クライスはシリルを抱き上げ、「この人は俺の大事な人だから、失礼なことを言わないように」と諭した。すると、ひょこっとジークフリートが顔を覗《のぞ》き込んでくる。

「私はクライスの大事な人？」

意識せずに出た言葉は、本心ではある。けれど、わざわざ繰り返されると途端に恥ずかしくなった。そういう時はさらっと聞き流してくれるのが優しさじゃないのか。

「こ、この国の全員にとってそうでしょうとも！」

「ふふ、耳の先が赤くなっているよ？」

「だから、俺の耳を見るなって！」

クライスが叫ぶと、シリルの小さな手がクライスの両耳を隠した。

「とうさまのみみ、みちゃだめ！」

「ははは、残念」

ジークフリートは声を上げて笑ってから、クライスの腰に擦りついてきた教授の頭を撫《な》でる。

「やあ教授、今日も可愛いね」

（はふ、今日もいい撫でられ心地）

「ああ、そうだ。驚かせてしまったお詫《わ》びに、私がチョコレートをご馳走《ちそう》しよう」

「え、ちょこれーと？」

（やった！）

「だからそれで許してもらえないだろうか」

「うん、ゆるしてあげる！」

シリル……お前、俺よりチョコレートを取ったな？

「ほら、はやくいこ！」

クライスの腕から飛び降りたシリルが、目をきらきらと輝かせて屋台のほうへジークフリートを引っ張る。

「こらシリル！　その人に失礼なことをしたら――」

「いいんだ。それよりクライス、君はどれがいい？」

にこにこと嬉《うれ》しそうな顔でシリルに連れていかれたジークフリートに呼ばれて屋台に近づくと、包み紙に包まれたチョコレートがずらりと並んでいた。

「こんなに種類があるのか」

クレープの具材として、チョコレートも使うことになっている。チョコレートの品種までは考えていなかったが、どうせなら色々試してみたい。

「試食はできますか？」

「もちろん！」

気のいい店主に色々と試食をさせてもらい、真剣にどれにしようか悩んでいたら、左から視線を感じる。そちらを見るとジークフリートとシリルがじっとこっちを見ていて、自分がすっかり二人のことを忘れていたことに気づいた。

「ご、ごめん！　すっかり夢中になってた……っ」

「いや、いいんだ。君が楽しそうで何よりだよ」

「とうさま、すっごくたのしそうだったねー！」

菓子作りは好きだから、つい夢中になってしまう。とりあえずこれまで試食して気に入ったいくつかを買って帰ることにして注文すると、自分で払う前にジークフリートが精算を済ませてしまった。

「ジークフリート、これは孤児院の運営のためのものだから、俺が自分で払うよ」

ジークフリートは、子供達へのお土産としてもチョコレートを大量に購入してくれていた。

これ以上出させるなんて申し訳ない。そう主張すると、ジークフリートはクライスの唇に指を当てる。

「これは私から君が作る孤児院への個人的な寄付だ。孤児院を運営するなら、むしろ積極的に受け入れるべきものだよ」

確かにそうだ。これまでは誰かに何かをしてもらうということに対して、どことなく申し訳なさがあった。だがこれは個人へのものではなく、子供達のためのものだ。これからは積極的に孤児院の運営に協力してくれる人を探さねばならないのだし、遠慮している場合ではない。

「ありがとう、ジークフリート」

「どういたしまして」

ジークフリートはぽんぽんとクライスの肩を叩《たた》き、それからチョコレートを抱えたシリルを抱き上げた。

「せっかくだから、他の屋台も見ていこう。屋台を見るのは初めてなんだ、付き合ってくれるかい？」

「うん！」

シリルが大きく頷くと、ジークフリートはこちらに向かって手を差し出した。

「ほら、クライスもおいで」

反射的に手を取ると、ぎゅっとその手を握りしめて引っ張られる。まさかそんなことをされると思っていなかったから、勢い余ってジークフリートの肩口にぶつかった。

「ぶっ、引っ張りすぎ！」

「ははは！　ごめん、楽しくて！」

間近で見上げたジークフリートの顔が本当に楽しそうで、何だか胸が痒《かゆ》いような痛いような微妙な感覚がする。この人がここまで浮かれているのは珍しい。いつでも美しいジークフリートだが、その笑顔はいつもより輝いて見えた。

「ああ見てごらん、クライス！　あれは何だろう？」

クライスの手を握ったまま、ジークフリートは子供のように次々と屋台を覗いて回った。一つ一つに感心したり驚いたり、美味しそうに顔を綻《ほころ》ばせたり、表情がころころと変わる。

「ほら、クライスも食べてみて！」

串《くし》に刺したチキンの香草焼きを口に突っ込んでこようとするジークフリートに負けて一口食べれば、それは確かに驚くほど美味しくて。

「うわ、美味しいな！」

「だろう!?」

まるで自分が褒められたみたいにくしゃりと破顔して笑うジークフリートの姿に、とくり、と大きく胸が高鳴った。

原作でも、一度目の転生でも、こんなジークフリートの姿は見られなかった。だが、王様然として常に穏やかな笑顔の仮面を被っているジークフリートより、今のジークフリートのほうが好きだ。

（ああ、恋だねえ）

恋？　男同士で何を言っているんだ。俺はただ、この人を人間として好きなんだ。

（だから、それが恋なんじゃないの？）

いくらここがＢＬ小説の中だからって、それはあまりにも安直すぎる。ジークフリートには婚約者がいるし、元のクライスがずっとジークフリートに抱いていたのは尊敬や憧憬《どうけい》のはずだ。

（僕は、今の君の話をしてるんだけど）

好きにも色々ある。好きが必ず恋や愛になる訳じゃない。正直なところ、恋も愛も知らずに来たから、違いを聞かれても上手く説明することはできないけれど。


「ほう、ここが君の新しい住処《すみか》か」

きょろきょろと物珍しそうな顔をして、ジークフリートが屋敷の中に足を踏み入れる。

市場の屋台で楽しんだ後、ジークフリートは当然の顔で屋敷までついてきた。今更隠すこともないので連れてきたが、普段王城で煌びやかな生活をしている人に、この屋敷はあまりにも殺風景すぎるのではなかろうか。

あまりじっくり見ないで欲しい。これでもこの町では大きなほうだが、ジークフリートの住む王城とは比べるべくもない。

「お帰りなさいませ、クライス様」

出迎えに出てきたテオドールが、クライスの隣に立つジークフリートに気づいて礼をする。

「ジークフリート様も、よくお戻りくださいました。カリナがジークフリート様にぜひ手料理を食べさせたいと申しております。よろしければ、こちらにお泊まりいただくことは——」

「そうさせてもらおう」

いや、待て。ここの主人は一応俺のはずなのだが？　自分を飛び越えて交わされる会話に憮然《ぶぜん》としていると、腕に抱いていたシリルが「じーくふりーとさま、おとまり？」と首を傾げた。

「ああ、そうだよ。今日は私もここに泊まることになった。それからシリル、ジークフリートと呼ぶのは大変だろう。私のことは父上と呼んでくれても構わないよ？」

「ちちうえ？」

「そう。嫌かい？」

「ううん！　ちちうえ、ちょこれーとかってくれたでしょ？　だからしりる、ちちうえだいすき！」

シリル、チョコレートで魂を売るなんて安すぎるぞ。父様はお前の将来が心配だ。

「そうかい？　だったら今度は、もっとたくさん買ってこよう」

「ほんと？　やったあ！」

「さあ、皆に今日買ったチョコレートを分けてあげておいで」

「うん！」

シリルはクライスの腕から飛び降り、チョコレートを抱きしめて他の子供達のいる部屋へと駆け出していった。

(いやあ、子供はお菓子に弱いよねえ)

「屋台でたらふく食べてた奴が何を言ってる」

教授の声が自分以外に聞こえていないことを忘れて、つい突っ込んでしまう。

「クライス？」

「い、いや何でもない。それより、疲れたなら客室に案内を——」

「せっかく久しぶりに会ったのに、もう私を追いやるつもりかい？」

「まさか、そんなつもりは……疲れていないなら、一緒にお茶でも——」

「喜んで」

せめて最後まで言わせてくれないかな？

ジークフリートがここまで食い気味な理由は、想像に難くない。子供達のことも孤児院経営についても、簡単にしか説明していない。聞きたいことが山ほどあるのだろう。

(お世話になったのに、一言も報告しなかったんだもんねえ。薄情だなあ)

忙しかったんだから仕方ないだろ！　そう叫びそうになってぐっと我慢した。忙しさを言い訳にするのはよくない。確かに今回は完全にこちらの落ち度だ。

「ではこちらへどうぞ」

テオドールの案内で、作り立ての貴賓室へ向かう。貴賓室とは名ばかりで、大した調度品も置いていないが、ここがこの屋敷で一番ちゃんとした場所なのだ。

ジークフリートが長椅子に腰掛けるのを待って対面の席に座ると、後ろに控えたテオドールにこそっと話しかける。

「ジークフリートを泊まらせる部屋なんて、この屋敷にあったか？」

「ジークフリート様がここを訪れる前に、ルーカス様から申し訳ないという旨の手紙と一緒に、客室へ運びこむ家具の手配がされておりました」

こちらです、と手渡された手紙に素早く目を通すと、ジークフリートがどうしてもクライスに会いに行くと言い出したこと、屋敷の場所を教えなければ、ジークフリートがルブタン邸に向かってしまい、ジルのもとに通うクロードと鉢合わせする可能性があると思ったこと、それを避けるためには屋敷の場所を教えるしかなかったこと、お詫びにこちらでジークフリートのための調度品を送らせてもらう、といったことが書かれていた。

「またルーカスさんを困らせたな」

「クライスに告げ口をするなんて、ルーカスにも困ったものだ」

いつもなら呆《あき》れ顔《がお》を見せるところだが、今回ばかりはこちらの分が悪い。曖昧《あいまい》に苦笑を浮かべている間に、テオドールがお茶の準備を始めた。

「……それで？　孤児院を作りたいなら、何故すぐに私に連絡をしてこなかったんだい？」

長椅子の肘《ひじ》置きをこつこつと鳴らし、ジークフリートが長い足を組んだ。どうやらご機嫌斜めらしい。ジルとの一件では助けられたのに、報告を怠ったのだから当たり前か。

「これはあくまでも俺個人の思いつきだから――」

「クライス。君はまだ屋敷を出たばかりで、生活も落ち着いていないのだろう？　何もかも背負い込まず、使えるものは使うべきだ」

「たとえば国王陛下の幼馴染《おさななじ》みとか？」

ジークフリートが満足そうに頷《うなず》く。

「そもそも、我が国では孤児院の運営に積極的に出資している。人材は宝だからね」

人材は宝。自分と同じ考えを持つジークフリートを頼もしく思った。同情や慈善事業ではなく、孤児にもちゃんと利用価値を見出《みいだ》してくれている。

ただ優しいだけの人なら、きっと自分はここまでジークフリートに肩入れはしなかった。死に戻り前の人生で、ジークフリートの押しつけでない優しさを何度も見てきたから。

「孤児院と言えるほど、大きなものになるかどうかはまだ分からないんだ」

「違うよ、クライス。分からない、ではなく、大きなものにするんだ」

「する……？」

「やるからにはしっかりと、この領地の孤児達を皆拾い上げるぐらいのものにしなくてはならない。人材が増えれば、この町は潤う。町が潤えば、人の流れも増える。そうすれば様々な物や情報が集まって、ルブタン侯爵家の地位は安泰になる。……きっと、王都で暮らす君の祖父に認めてもらうことにもなるはずだ」

「何でもお見通しだな」

純粋な人助けではなく、思惑があることを指摘されると決まりが悪い。だがクライスは「胸を張りなさい」と言った。

「君と子供達との間には利害関係が一致している。それはとても大事なことだ。……これからのことを考えているのかい？」

「今は子供達に教育を与えている」

「ルーカスと連絡を取ったのは、教師を紹介してもらうためだったらしいね。私も優秀な人材を紹介できたのに、頼りにしてもらえなかったのは残念だ」

すっかり根に持っている。クライスとしては、忙しいジークフリートの手を煩わせないようにと思ったのだが、幼馴染みとしてそこは見過ごせないらしい。

「えーと、学問と体術や剣術の教師は見つけたが、それだけではまだ全然足りないんだ。もし何か特定の分野に特化したよい教師を知っていたら、ぜひ紹介してもらえないだろうか」

「もちろんだ。紹介ではなく、私が直接、教育者を派遣しよう」

「教育者？　一体誰を？」

「ライデンを」

ジークフリートから出た名前に驚いて、危うく紅茶を噴き出すところだった。

「あの子達をスパイにするつもりか!?」

ライデンとは、国王直属の諜報《ちょうほう》部隊を率いている者の名だ。名前だけは有名だが、活動が活動だけにほとんど表には出てこない。

「狡《ずる》くなることも必要だ、と以前私に言ったのは君だよ？」

「それは、そうだけど……」

子供達をスパイにするだなんて、あまりにも危険すぎないだろうか。クライスの危惧《きぐ》を察したように、ジークフリートの茶器に紅茶を注いでいたテオドールが言った。

「クライス様のお役に立てるなら、皆喜んで志願すると思いますが」

「いや、でも……」

「別に、それほど危険なことをさせるつもりはない。派遣された先で見聞きしたことを報告してくれるだけでも充分だろう？」

「年が若ければそれだけ油断するでしょうが、最低限の状況把握も必要ですので、派遣するなら十代前半の者がよいと進言させていただきます。ルブタン邸に送りこむなら、私に選抜させてください」

「ちょ、ちょっと待て！　勝手に話を進めないでくれよ！」

そんなつもりで子供達を受け入れた訳ではない。彼らの信頼に対する裏切りではないかと慌てたが、クライスのために淹れた紅茶に蜂蜜《はちみつ》を垂らした後、テオドールは口元を引き上げた。

「利用されたほうが安心すると、クライス様ならご存じでしょう？」

「…………」

確かにそうだ。無償で何かを与えられることには慣れていない。いっそ利用するためだと言われたほうが安心できる気持ちは、痛いほどに知っている。

「テオドールは、それでいいと思うか？」

「ええ」

「そうか……テオドールが、そう言うなら」

子供達のことをよく知っているテオドールがそう言うのだから、ここはその言葉を信じよう。微笑みかけるテオドールにほっと息を漏らすと、「へえ」とひんやりした声が聞こえてきた。

「私の言葉は信じないのに、彼の言葉なら信じるのかい？」

「別にジークフリートの言葉を信じなかった訳じゃなくて、テオドールのほうが子供達のことをよく知っているから……」

「クライスのこともよく知っている口ぶりだが、彼は一体何者なんだ」

ジークフリートの視線がテオドールを射貫く。値踏みされていることに気づいているだろうに、テオドールは涼しい顔をしたままだ。この国の王を前にしてこの落ち着きぶり。さすが読者人気上位のキャラだ、肝が据わっている。

「ジークフリート様、私はクライス様に拾われた孤児の一人でございます」

「孤児？　君が？」

ジークフリートが虚を突かれた顔をするのも無理はない。落ち着き払った態度に無駄のない優美な仕草は、とても一朝一夕に手に入れたものとは思えない。だがテオドールはそれをやり遂げた。クライスの執事になるために、密かに血の滲《にじ》むような努力をして。

テオドールはものすごく努力家で、日々学び続けて進化している。ルーカスにも手紙を出し、執事の心得を教えてもらっているらしい。テオドールを見ていると親のような気持ちになる。うちの子、本当に努力家でいい子なんです、もっと褒めてやってください。

「この屋敷に執事がいないと言ったら、自分がなると言ってきかなくて。まさかここまで立派な執事になってくれるとは、俺も予想外だったよ」

「いえ。クライス様に恥をかかせないために、もっと努力します」

「テオドール、抱きしめてキスしていいか？」

「クライス様が望むなら、いくらでも」

「待ちなさい」

ジークフリートの冷ややかな声が制止する。

「クライス、彼を抱きしめてキスをしているのか？」

「言葉の綾《あや》だよ。それぐらい感謝してると言いたいだけだ」

「恐縮です」

「私は一度も言われたことがないが、彼ほど感謝される立場にいないということかい？」

「もちろん、ジークフリートにもものすごく感謝している」

「だが、私は一度も言われていない」

国王として威厳ある振る舞いができる人なのに、今はすっかりやさぐれた調子でクライスから顔を背けている。

そんなジークフリートの様子を見て、クライスはぱちりと目を瞬かせた。

ジークフリートは幼い頃に知り合ったクライスに対して、昔から心を開いて接してくれている。

けれど転生してきた最初の人生では、いつも穏やかで慈悲深く、落ち着いた彼の姿しか見たことがなかったように思う。例外は、クライスが捕らえられた後からの地獄のような時間だけだ。

それが今回は違っている。死に戻って再会してからのジークフリートは、それ以前よりも感情豊かだ。……それ以前と今で違っていることがあるとすれば。

――俺の存在。

そのことがジークフリートを変えたのだとしたら。

「クライス、無視するのはひどいと思う」

もし、そうなのだとしたら。

それはものすごく嬉《うれ》しいことかもしれない、と思った。

自分がジークフリートの大切な幼馴染《おさななじ》み本人ではないという後ろめたさが、ほんの少し軽くなったような気がする。

「ジークフリートにも、抱きしめてキスしたいぐらい感謝してるぞ？」

「いつでも受け止めよう」

大袈裟《おおげさ》に両腕を開いてアピールするジークフリートに、堪え切れずにぷっと噴き出す。

「気持ちだけ、受け取っておいて」

「そう？　受け止めて欲しくなったら、いつでも言うといい」

「そうさせてもらうよ」

この身体の本来の持ち主であるクライスよりも、今の自分のほうがジークフリートに心を許してもらえているのかも。

本来ここにいないはずの自分という存在が受け入れられたような気がして、心が弾んだ。それと同時にクライス本人に対する罪悪感も湧くのだから、自分でもややこしいが。

（そんなこと、悩む必要がないよ）

教授には分からない。本来の名前をすでに失い、姿かたちも失った。クライスとして過ごす時間が長くなるほど、クライスと自分の境界はより曖昧になって、本来の自分の記憶が薄れていく。

かといって、自分を完全にクライスだと思って生きていくのは難しい。自分であって自分でない。借り物の中で生活している違和感は、おそらくこれからもなくならないだろう。

「ありがとう、ジークフリート」

礼を言うと、ジークフリートは「どういたしまして」と笑った。


夕食の時間は、とても賑《にぎ》やかなものになった。

「坊ちゃま！　もうすっかり大人になられたと思っていたのに、トマトを残すとは何事ですか！」

「カリナ、坊ちゃまはやめてくれないか。子供達の前で恥ずかしいだろう？」

「恥ずかしいのは好き嫌いをすることのほうですよ！　ここの子供達は誰一人、好き嫌いなんかしませんからね！」

最初はジークフリートと二人で食事をしようと思ったが、普段のクライスの夕食の時と同じように過ごしたいとジークフリートが言ったのだ。

ここのところは子供達と一緒に夕食を食べることが多いと言えば、ぜひそうしたいと言うので、ジークフリートの希望を叶《かな》える形で子供達と共に食事をすることになった。

そこに待ち受けていたのはカリナである。ジークフリートの元乳母であるカリナは、自ら手料理をずらりと並べてジークフリートを待ち受けていた。

テーブルにところ狭しと並べられた料理を見てジークフリートは目をぱちくりとさせたが、家僕が必要最低限しかいないこの屋敷では、配膳《はいぜん》の手間を減らすためにこのような形が取られている。

『陛下がどうしてもとおっしゃるなら、陛下にお出しするものについては配膳させていただきますが、どうなさいますか？』

わざとらしくそう聞けば、ジークフリートは『私はここに、ジークフリート個人として来ている』と答え、賑やかな時間が始まったのである。

「ちちうえー！　とまとがきらいなのー？」

チョコレートですっかりジークフリートに懐柔されているシリルの言葉に、他の子供達が「ちちうえ？」と首を傾げた。

「おいシリル、この人を父上だなんて呼んだら――」

「私はぜひ、ここにいる皆にもそう呼んでもらいたいな」

「おれたちも？」

「わたし、ちちうえにするよりけっこんしたい！」

「こ、こら！」

子供達は、ジークフリートがこの国の王であることに微塵《みじん》も気づいていない。テオドールが陛下ではなくジークフリート様と呼んでいるのも、子供達に気づかせないためだろう。自分達が話している相手が国王だと知ったら大騒ぎするかもしれないから、このまま知らせずにいるべきだ。そう思うと、あまり強く注意し辛い。

「ああ、ごめんね。私には心に決めた相手がいるから、それはできないな」

おませな子供の言葉にも、ジークフリートは真摯《しんし》に言葉を返す。

ジークフリートは、すでにリステアという婚約者がいる身だ。これだけの見た目でこの国の王という立場を考えると、愛を告白されたことは一度や二度ではないはずで、言い慣れた様子のそれに、モテる男は違うな、と少し不貞腐れた感想を抱いた。

別に自分がモテないからひがんでいる訳ではない。元の自分は生活が第一で出会いなんて求める暇もなかったし、この身体の持ち主であるクライスの人生だって、女性とは無縁の寂しいものだったが、決してひがんでいる訳ではない。本当だ。ひがんだりするものか。

（ものすっごくひがんでるよね）

「肉を分けてやらないぞ」

足元でおこぼれに与《あずか》ろうと待ち構えている教授を睨《にら》みつけると、教授は分かりやすくガーン！

という顔をした。

「クライス様、教授に肉を与えないでくださいね。教授はもうすでに、肉を二枚も食べているので」

「二枚も⁉　食べすぎだろ！」

（僕はいくら食べても太らない！）

「そういう問題じゃない！　食べ盛りの子供達が優先だ！」

子供達のことを引き合いに出されると、教授はしゅんと頭を下げ、しょぼしょぼとクライス達から離れたところで丸くなった。

「時々、クライス様と教授が会話をされているように見えることがありますね」

「は、ははは、だってほら、教授はものすごく分かりやすいからさ！　ははは、ははは」

教授の話していることが本当に分かるんだ、などと言えば、頭がおかしくなったと思われかねない。必死の誤魔化しにテオドールは「そうですか」と素直に頷《うなず》き、「口にソースがついておりますよ」と、胸ポケットから取り出した手拭《てぬぐい》で優しく口元を拭《ふ》いてくれた。

「……そういえば、テオドール、君は望んでこの屋敷の執事になったのだったね」

「恐れながらジークフリート様、私はこの屋敷ではなく、クライス様の執事になったのでございます」

「なるほど。クライスに心酔している、ということかな？」

「ジークフリート様、私はクライス様に助けられた身です。ぼろぼろで汚らしい、何も持たぬ孤児を、クライス様は一晩中親身に看病してくださった。私はその恩に報いたい。それだけでございます」

「テオドール……」

テオドールはこんな自分を心底大事に思ってくれている。感動と共に共感も覚えた。人はどん底の時に受けた恩を忘れないものだから。……もちろん、どん底の時に受けた仕打ちだって絶対に忘れない。ジルとクロードへのクライスの怒りが冷めることがないように。

「……邪な気持ちは持っていないと誓えるのかい？」

「はい。私はただ、クライス様の幸せだけを願っております。……ゆえに、たとえジークフリート様であっても、クライス様を不幸になさるなら容赦はしません」

「テオドール！　何てことを言うんだ！」

一国の王を相手に容赦しないだなんて、命知らずにもほどがある。クライスの叱責を聞いても、テオドールは真っすぐにジークフリートを見つめたままで。その視線を受け止めたジークフリートもまたテオドールをじっと見るから、慌てて仲裁をしようとした。

「ジークフリート、違うんだ、テオドールは別にジークフリートを害するつもりがある訳じゃなくて――」

「いいんだ、クライス。……うん、君は合格」

「ありがとうございます」

「え？」

何の試験が行われて、どういう基準で合格になったのか。

「君に頼みたいことがある。後で部屋に来てもらえるかい？」

「承知いたしました」

「え？　え？」

ついさっき一触即発の空気を出していたのが嘘のように、二人は友好的な空気を醸し出している。

何なんだ、一体。

自分だけが置いてけぼりにされたようで面白くない。

「何なんだよ、一体」

「ほら、クライスの好きなトマトをあげるから、そんなに拗《す》ねないで」

「坊ちゃま！　クライス様に押しつけようとしたって駄目ですからね！」

すぐにカリナに気づかれ、ジークフリートは肩を竦《すく》めた。

「ちちうえ、きらいなものおしつけたらだめだよ？」

「そうだぞ！　ちゃんとたべないとおおきくなれないんだぞ？」

「トマトが食べられないなんて、子供みたいだな」

子供達に便乗して一緒になってそう言ってやると、ジークフリートはぐさりとフォークでトマトを刺した。

「分かったよ、分かりました。別に私は、食べられない訳ではないからね。子供だなんてとんでもない。残さず食べるよ」

トマトを口に入れてうえっと不味《まず》そうな顔をするジークフリートを見て、カリナが「ははっ」と声を上げて笑う。

「坊ちゃまは、クライス様がお好きなんですねえ」

「ぶふっ」

「大丈夫か⁉」

食べていたものを噴き出しそうになったジークフリートに、急いでグラスを渡してやる。らしくもなくそれをひったくるようにして飲んだジークフリートは、堪えたせいで真っ赤な顔を歪《ゆが》めて、「カリナ！」とこれまたらしくもなく叫んだ。

その姿を見たカリナが、目を丸くする。

「え？　いや、坊ちゃま、あたしはただ……ええ？」

「どうしたんだ？」

クライスが首を傾げると、テオドールがにこりと笑って言った。

「クライス様、私はいつでもクライス様の味方ですので」

「え？　急に何だよ」

やっぱり意味が分からなくてまた首を傾げたが、誰もクライスの疑問には答えてくれなかった。

少し離れたところで、教授が機嫌良さげに尻尾《しっぽ》を振っているのが見えただけで。


「クライス、寝たかい？」

夜も更けた時間。眠気と戦いながらテオドールが集めた領内に関する書類に目を通していたクライスが、そろそろ寝ようとベッドに入ってすぐのことだ。私室の扉をこんこんと小さめにノックする音と共に、控えめなジークフリートの声が聞こえてきた。

「一体どうしたんだ、こんな夜更けに」

「何だか最近、よく眠れなくてね」

国王という地位には重圧がある。たった一人の肩に、国民全員の命と人生がかかっているのだから当然とも言える。だがこれまで、ジークフリートからこのような泣き言を聞いたことは一度もなかった。

(あれあれ？　まさか夜這《よば》いかな？)

腰に擦りついてジークフリートを眺める教授を睨むと、教授は(お邪魔虫は退散しようっと)と言って部屋から出ていく。

「どうぞ」

教授と入れ替わりに部屋に招き入れると、ジークフリートは暗い表情でベッドに腰を下ろした。

「あの日から、ずっと気になっていることがあるんだ」

「あの日って？」

クライスだけではなく、ジークフリートもすでに寝間着に着替えていた。隙のあるその姿には色気があって、男である自分が見てもどきりとさせられる。

「クライス、見せてくれないか？」

「え？　見せるって何を？」

「君の身体に残る傷は、これだけではないのだろう？」

ジークフリートの手が、目の前に立つクライスの手を摑《つか》む。私室で一人きりだったから、もう手袋をつけてはいなかった。あかぎれはかなり治ってきたものの、まだ胼胝《たこ》は残る手を両手で摑み、ジークフリートは悲しそうにその手を見る。

その声は確信に満ちていたから、隠そうとしたところで無駄なのだろう。手を振り払って隠すことを諦《あきら》め、ジークフリートの目にそのみっともない手を晒《さら》した。

「君が辛い思いをしている間、私はそれに気づくことができなかった。どれほど痛かっただろうか、辛かっただろうか、そう思うと眠れない」

「全部、過去のことだ。ジークフリートが気に病む必要はないよ」

「たとえ過去だろうと、傷は傷だ。一度ついた心の傷は、簡単に消えたりしないだろう？　……せめて、君がどのような傷を負ったか、目に見えるものだけでも確かめたい。それを自分への戒めにして、これからはどんな些細《ささい》なことも見逃さぬ王になろうと思う」

「……見て楽しいものじゃない」

「もちろん分かっている」

ジークフリートが、じっとこちらを見上げてくる。あれは絶対に引かない顔だ。小さく息を吐いて、ジークフリートに握られていた手を取り戻し、着ていた寝間着の裾《すそ》を持ち上げた。

下穿《したば》きはそのままに、寝間着を放り捨てて上半身を曝《さら》け出《だ》し、ジークフリートに背を向けて膝《ひざ》をついた。その背中の傷がよく見えるように。

「ああ、クライス……痛かっただろう」

「もう忘れたよ」

自分自身、鞭《むち》で打たれたこの傷の記憶を持っている。皮膚が裂ける痛みと、尊厳を傷つけられる屈辱。だがそれらは全て、血だらけのジークフリートの前でなす術なく死んでいった最期の瞬間の絶望を知ってしまえば、生温《なまぬる》さすら感じるものだった。……そう思っていた。

それなのに。

「君の身体に傷をつけた者達を殺してやりたい」

「国王陛下が言うと洒落《しやれ》にならないだろ？　私情で立場を悪用したら、俺はもうジークフリートを尊敬できなくなる。俺をがっかりさせないでくれよ」

「……分かっている」

ジークフリートの震える指が背中に触れるのを感じると、冷え切っていた心にもその熱が触れたような気がした。

震える指に、声に、クライスへの思いを感じる。背に触れるその震えが、心をも震わせた。この人は本気で怒ってくれている。鞭で打たれて歯を食いしばっていたあの時のクライスが、ほんの少し救われたような気がして。

「ふ……っ」

身体の内からこみあげてくる感情があって、それを何とか押し殺そうと唇を噛《か》みしめる。それが零れるのを許したら、何かが決壊してしまう気がした。

けれど。

「大丈夫だ、クライス。ここには私しかいない。全部、吐き出してしまいなさい」

そう言ってジークフリートが膝をつき、背中から優しく抱きしめてくれるから。

「……っ、……っ、……ぅ……あぁぁぁっ！」

クライスは初めて、あの時辛かった自分を認めて曝け出すことができた。

ぼたぼたと床に涙が落ちていく。涙は止まらず、床の染みが増え続けるのをただ見ていた。

これは誰の感情だ。

俺か、それともクライスか？

経験はある。けれど、それは自分の人生ではない。

俺に泣く権利などあるのかとも思った。けれど、涙は止まらない。もう一体何が悲しくて泣いているのか分からなくなるまで、ひたすらに泣いた。

その間ずっと背中には温《ぬく》もりがあって、そのことにひどくほっとした。


「クライス様、烏《からす》が来ました」

「また？」

「はい、また、でございます」

頷《うなず》いたテオドールが執務室の窓を開けると、一羽の鳥がばさばさと音を立てて中に入ってくる。慣れた仕草でクライスが腕を出すと、鳥はそっとそこに留まった。

『やあ、クライス』

「何が、やあ、だ。朝にも同じ台詞を聞いたぞ」

『時間ができたから、クライスは何をしているかと思って』

「朝も言ったが、今日はずっと書類と格闘する予定だよ。分かったら、貴方もさっさと政務に戻るといい」

『私はお茶の時間でね。そうだよね、ルーカス』

『はい、ジークフリート様』

鳥から人の声が聞こえてくるのは、はっきり言って気持ちが悪い。

この鳥は、ジークフリートが自らの魔力で飛ばしているものだ。まさか魔力を使ってこのようなことができるとは思わなかった。初めて鳥が飛んできてジークフリートの声で話し出した時は、びっくりして逃げ出したぐらいだ。

「ルーカスさんを巻き込むなよ。……ルーカスさん、お久しぶりです。先日は我儘《わがまま》を聞いてくださってありがとうございました。お礼もしないままになってしまっていて、申し訳ありません」

『いえ、とんでもございません。クライス様のお役に立てたのなら、このルーカス、望外の喜びでございます』

『私も、クライスの役には立っている。クライス、ライデンはそちらに着いたかな？』

「ああ。さっそく子供達のために授業をしてくれている」

『そうか、それはよかった。時にクライス、君の予定が空くなら、明日そちらに伺おうかと思うのだが』

またただ。ここのところ何度も聞いた台詞に、クライスは心を鬼にして「昨日も駄目だと言っただろ？」と返す。

『どうしても、会いに行っては駄目なのかい？』

「駄目というよりも、理由がないだろ？」

この問答は、クライスとジークフリートの間でここ数日何度も繰り返されているものだ。

国王という立場は決して暇ではない。それこそ、クライスよりも遥《はる》かに忙しいはずなのに、ジークフリートはやけにこちらに来たがった。

『理由があっても駄目だっただろう？』

「あれは来る理由にならないからだろ。どこの国王が、花を届けにわざわざ来るんだよ」

『私だが？』

「開き直るな」

ジークフリートは優れた為政者で、私としての自分よりも国王としての立場を考える人……だったはずなのだが、やはりどうも、一度目の転生時とは何かが違う気がする。

クライスが状況を変えたことで、それに応じて様々なことが変わってしまうだろうという予測は当然していたが、まさかジークフリートがこのような変わり方をするとは予想外だ。

あの夜以来、ジークフリートはクライスに対して、すっかり過保護になってしまった。

一度目の転生時もルブタン侯爵家でのクライスの状況を把握したジークフリートだったが、その際はクライスから証言を引き出しただけだ。それが今回、実際にクライスの身体に残る傷を見たことによって、持つ必要のない罪悪感を持ってしまったのかもしれなかった。

ルブタン邸を出たとは言っても、まだここはアルバートの権力が及ぶ領内である。ジークフリートはそのことが心配で仕方がないのだろう。

心配されるということはありがたいことではあるが、それだけクライスの実力を信じていないということでもあるので、些《いささ》か腹立たしい気持ちもあった。

こんなことになるのなら、無理やりにでも部屋から追い出して、背中の傷など見せなければよかった。

「俺は大丈夫だから、あまり心配しないで欲しい。そんなに俺は信用がないか？」

『心配はもちろんしている。だが、信用をしていない訳ではない。ただ……』

「ただ？」

『どうしてか分からないが、君のそばを離れてはいけない気がして落ち着かない。だから、私が行ってはいけないなら、君のほうから会いに来て欲しい』

「前にも言ったけど、今は色々と準備が忙しいんだよ。王都に行く暇があったら、しなければならないことが山積みだ」

すでに子供達の中から何人かは、下働きとして貴族達のもとへ派遣されている。特にルブタン邸には、テオドールが選んだ精鋭を送り込み、ジル達の動向を確認させていた。そこから集まってくる情報を精査する時間も必要で、時間がどれだけあっても足りない。

『孤児院の運営費用の出資に関する書類にサインをしてもらう必要がある』

「もう準備してくれたのか？」

『当然だ』

やることは山積みだが、それも最優先事項の一つだ。子供達が屋敷にいる生活は楽しいが、町にいる孤児は彼らだけではない。こうしている間にも飢えている子供がいるかもしれないと思うと、悩む必要などなかった。

「分かった。明日にはそちらに行かせてもらう。ありがとう、ジークフリート」

クライスが礼を言い終えたところで、見計らったようにルーカスが『お時間です』とジークフリートを促す声が聞こえた。

『それでは、また明日』

その言葉とほとんど同時に、鳥がばさばさと飛び立っていく。

「明日か……これは教授が拗《す》ねるな」

教授は今日と明日、ライデンと子供達と共に泊まりがけで森に出掛けていた。子供達は森で気配を消す授業をするらしく、教授はその森にある神聖な場所で身体を浄化してくると言っていた。

今朝、教授は出掛ける前に何度もクライスに（僕が帰ってくるまで、どこにも行かないでね！置いていったら怒るからね！）としつこく絡んだが、そもそも今日も明日も書類と格闘する予定だったので、屋敷から一歩も出る気がなかったのだ。

「王城に行って美味しいものを食べると、張り切っていましたからね」

ジークフリートがこれほど早くに孤児院の運営の出資に関する書類を用意してくれるとは思っていなかったから、王城に行く時は教授も連れていくと約束していたのだが、もう決まったものは仕方がない。

「王都で何か美味しいものでも買ってくることにするよ」

食べ物の恨みは怖い。特に教授の場合は。しつこく恨み言を言われるだろうから、山ほどの土産を買ってきてお供えしよう。


「最近、陛下が足繁くクライス様のもとを訪ねていると聞いたのですけれど」

王城の中庭にある、薔薇《ばら》の咲き誇る庭園。そこで紅茶を楽しみながら、優艶《ゆうえん》な微笑みを浮かべているのは、リステア・カーズ。ジークフリートの婚約者で、この国の次期王妃殿下となられるお方である。

「私がルブタン侯爵邸を出たことで、陛下には無用のご心配をおかけしているようで、大変申し訳ございません」

クライスがルブタン侯爵邸を出たことは、すでに貴族達の間で噂になっている。当然リステアも知っているはずだから、クライスは潔く頭を下げた。

「違うのよ、怒っている訳ではないの。ただ、陛下が貴方に迷惑をかけてはいないかしら、と思っただけなの」

リステアはそう言ってころころと笑う。いつも穏やかで優しいこの女性は、ジークフリートの隣に立つに相応しい人だ。

金の髪に美しい碧眼《へきがん》。幼い頃からジークフリートの妻となるべく教育を受けた優雅な身のこなしには、一朝一夕では身に付かない威厳が備わっている。

「失礼だよ、リステア。私がクライスの迷惑になるはずがないだろう？」

「まあ、いけませんわ、陛下。上に立つ者がそのように断定しては、クライス様も本当のことをおっしゃりにくくなりますわ」

「いえっ、私は本当に迷惑などとは……っ」

「ふふ、冗談ですわ。ですがクライス様、陛下は少々強引なところがございますから、時にははっきりおっしゃることも大事ですわよ？」

「肝に銘じておきます」

「クライスもリステアもひどいなあ」

仲睦《なかむつ》まじい二人を見ていると、この国の将来が明るく思えて穏やかな気持ちになる。とても似合いの二人だ。こうしてここにいる自分が邪魔に思えるほど。いや、実際に邪魔なのだろう。

どうしてこのような状況になったのか、思い返してみる。

本来なら、書類にサインをしたらすぐに屋敷に戻るつもりだった。あわよくば、出掛けている教授が戻らないうちに帰れないかと考えてのことだ。

だがやはり国王陛下はお忙しい。拝謁のために告げられた時間ちょうどに来てみれば、会議がまだ終わらないという。しばらく城内でお待ちくださいと告げられ、時間潰《じかんつぶ》しのために中庭に出たところで、背後から声をかけられた。

『あら、お一人なの？』

それがリステアだったのだ。

『お時間があるのでしたら、私とお茶をしませんこと？』

恐れ多いとは思ったが、断る理由が一つも思い浮かばず、気がつけばここに連れてこられていた。

そうして出てきて紅茶を飲み始めてすぐに、息を切らせたジークフリートが現れたのである。

「クライス様は、陛下とのご用事が終わったらどうなさるおつもりなの？」

「王都で少し買いたいものがあるので、それらを買ったらすぐに屋敷に戻ります」

「クライス、せっかく久しぶりに王都へ来たんだ。慌てて帰ることはないだろう？」

「陛下、クライス様だってお忙しい身。駄々を捏《こ》ねて困らせてはなりませんわ。今回も、孤児院の運営のためにこちらに参られたのでしょう？」

さすがはリステアだ。すでにクライスがここにいる理由も承知済みである。

「クライス様のなさろうとしていることは、素晴らしいことですわ。陛下ともあろうお方が、足を引っ張るなどということがありませんように」

リステアは美しいだけの人ではない。頭脳明晰《めいせき》で、必要とあらばジークフリートに対しても自分の意見を言える人だ。

だからこそ、この二人の治世が楽しみだと思える。……だが、二人が仲良く微笑み合っているのを見ていると、次第に居心地が悪くなってきた。

やはり自分は邪魔者である。早くここを立ち去りたい。

二人の会話を聞いていると、どうにも落ち着かないのだ。国王と次期王妃殿下に挟まれているからかもしれない。きっとそうだ。

「リステア様、お気遣いありがとうございます。確かに今は、孤児院の建設のための準備に追われておりますので、申し訳ございませんが、書類のサインを先にさせていただきたく」

後半部分をジークフリートに向けると、ジークフリートは「分かった」とすぐに立ち上がった。

「では、私の執務室へ来なさい」

「はい」

クライスも立ち上がり、二人はリステアに別れの挨拶《あいさつ》をする。リステアは「また近いうちにお会いしましょうね」と言って、優しい微笑みをくれた。


「――君のサインが必要なものは、これで終わりだ」

国王自らに見守られながら、最後の書類にサインをする。これで、孤児院の建設を一気に進めることができる。

「陛下、この度御助力いただいたこと、生涯感謝いたします」

「今は二人きりだよ、クライス」

「ですが、これは公のものですので」

書類に目を落とす。確かにこの国は孤児院の運営に積極的に出資しているが、この書類に書かれた条件は破格のものだ。

「陛下は公平な方だと信じております」

「無論だ。そこに書かれた条件は、取り組みの範囲内に入っていることを保証しよう」

取り組みの範囲内には入っているが、あくまでもぎりぎりのところなのだろう。だがありがたいのは本当なので、それ以上は問わず、頭を下げて執務室を出ようとした。

その時だ。

「大変です、陛下！」

ノックもなしに執務室に飛び込んできたのは、この国の宰相である。礼節をすっ飛ばしたその振る舞いから、よほど慌てているのが見て取れた。

「一体何事だ」

「神子です！　この国に神子が現れました！」

「……っ！」

神子。その言葉だけで、何が起こったのかが分かった。ジルが神託を受けたのだ。

この時が来るのは分かっていたから、驚きはすぐに収まり、この後起こるであろうことを冷静に考える。

本来なら、ジルはすぐに王城に招かれ、クロードの庇護《ひご》のもと、王城で暮らし始めることになる。だが今現在、ジルの悪評は貴族達の耳に充分に届いている。神託を受けたという話を信じる者は、半々といったところだろう。

神託が本物か否かというのは最早問題ではない。貴族達の中にジルに対する疑心が湧いていることが大事なのだ。

その神託が本物であろうとなかろうと、それを信じる者が少なければ、この世界の者達にとっては事実ではなくなる。それがたとえ真実であっても。

神託を偽とする。それは神をも恐れぬ行為かもしれない。だがそれが何だ。助けてくれぬ神など恐れはしない。

「して、その神子はどこにいる」

「ルブタン侯爵家の次男、ジル・フォン・ルブタンが、クロード殿下に伴われてこちらへ参っております！」

「ジル、だと？」

ジークフリートの表情にも疑心が浮かぶのを、クライスは見逃さなかった。

「どうやらクロード殿下が王都の広場で国民に向けて演説をしたようで、それを聞きつけた貴族達もこちらに押し寄せてきております！」

なるほど。国民を味方につけるつもりか。クロードにしてはいい考えだ。……いや、たぶん考えたのはジルのほうだな。自分が傀儡《かいらい》だとも気づかずに、クロードはジルにいいように操られているらしい。

「陛下、まずは話を聞いたほうがよいかと。私はこのまま下がらせていただきますので」

「クライス、お前も立ち会ってもらえるか？」

「陛下、ジルが私を見たら、きっと冷静ではいられないでしょう」

「だからこそ、だ」

クライスをそばに置くことで、ジルを揺さぶるつもりか。だがそれは、こちらとしても願ったり叶《かな》ったりだ。

「陛下、とにかくお急ぎください！」

宰相の言葉に背中を押されたような顔で、こちらをじっと見つめるジークフリートに向かって頷《うなず》いてみせた。

「では、行こうか」

ジークフリートに手を差し出され、反射的にその手に手を乗せる。ぎゅっと握りしめられたのは、大丈夫だと励ましてくれているのかもしれない。

そうして心配してもらえるのは、ひどく擽ったい。けれどジークフリート、俺は大丈夫だ。だって今から、クライスの復讐《ふくしゅう》が始まるのだから。

謁見の間には、大勢の貴族達がいた。そうしてその真ん中で皆に遠巻きにされているのは、もちろんクロードとジルである。

「陛下！」

興奮し切った様子のクロードは、ジークフリートの姿を見つけるなり、国王に対する礼儀も忘れて叫んだ。

「彼こそがこの国を救う神子です！」

クロードと相対するジークフリートの後ろに控えたが、クロードはすぐにクライスに気づき、

「何故お前がここにいる」と睨《にら》みつけてくる。

「クライスは孤児院の運営についての手続きのためにここに来ていたのだ。ここへ連れてきたのは私だ。何か不満があるのなら、私に言いなさい」

「陛下、構いません。ジルを好ましく思ってくださっているクロード殿下が私を嫌うのは、当然のことでしょうから」

ジルを好ましく思ってくださっている、という部分を敢えて強調する。クロードはこちらの思惑に気づくこともなく、勝ち誇った顔でクライスを見た。

「少なくとも、お前のような偽善者よりはよほどジルを好ましく思っている」

「ええ、存じております。クロード殿下はあの件があった後も、足繁くジルのもとに通ってくださっておりましたので」

そうです皆さん、ここよく覚えて帰ってください。この王太子殿下は、神子の神託が降《くだ》る前から、

ジルに惚《ほ》れ込んで足繁く彼のもとに通っていた男です。

　クライスがクロードに弱々しく微笑みかけると、それまでクロードの背後に隠れていたジルが「クライス兄様」と悲しげな表情を見せた。

「まだ僕のことを恨んでいるのですか……？　お父様がクライス兄様を顧みる暇がなかったのは僕の身体が弱いせいで、そのせいでクライス兄様にはたくさん迷惑をかけてしまったから」

「ジル、前にも言ったが、俺がお前を恨むはずがない。お前には本当に幸せになって欲しいと思っている。だからこそ、自分からあの家を出たんだ。俺さえいなければ、お前は穏やかに暮らせるはずだと願って」

　クライスがルブタン邸を出たことは、ここにいる貴族のほとんどが知っていることだろう。噂とは怖いもので、事実に尾ひれが山ほどついているに違いない。誕生日パーティーで起きたことを考えれば、ついた尾ひれはジルを更に極悪非道にしてくれているはずだ。

　そもそも、跡継ぎであるクライスがルブタン邸を出るということは、本来ならあり得ないことだ。ジルを追い出すのではなく、クライスがルブタン邸を出たことで、貴族達の目に異常に映るのはジルのほうだった。

　兄を家から追い出し、平気な顔で居座り続けた弟。アルバートが甘やかしてくれたお陰で、ジルは貴族のしきたりや常識をほとんど知ることがないまま育った。だから気づけなかったのだ。自分の行動が貴族達にどのように映るのか。

　ありがとう、アルバート。ジルをここまで甘やかしてくれて。お陰で今この瞬間も、自分がどのような立場にいるのか、ジルはまったく分かっていない。

「実際、俺がいなくなってからはお前が楽しそうに暮らしている、と家僕達から報告を受けていた。クロード殿下もよくお泊まりくださって、父上と共に家族ぐるみのお付き合いをさせていただいているらしいな。ジルのことをそこまで心配してくださる方がそばにいてくれて、俺は嬉《うれ》しいよ」

「お前などに感謝される覚えはない……！」

「クロード、口を慎みなさい。同じ王族として、そのような態度は許容できない」

「……っ、陛下、申し訳ございません」

クロードが頭を下げるのは、あくまでもジークフリートに対してだ。クライスに向けるのは凶悪なほどの視線だけで、ジルもよくぞここまで手懐けたものだと感心してしまう。

「それで？　神託を受けた神子がいると聞いたが」

ジークフリートが話を促すと、我が意を得たり、とばかりにクロードの表情がぱっと明るくなった。

「そうなのです、陛下！　ジルが神託を受けたのです！　彼の身体が弱いのは、この国の穢《けが》れを受けているせいだと！　彼はこの身一つで、この国を守ってくれているのです！」

謁見の間にいる貴族達がざわつく。ジークフリートは手を挙げることでそれを制し、「国の穢れとは？」とクロードに尋ねた。

「そ、それはまだ分かりませんが、神託を受けた以上、彼が神子であることは確かです！」

「お前はその神託に立ち会ったのか？」

「……いえ、そうではありませんが……ジルの父であるルブタン侯爵が共に神託の場に立ち会っております！」

物語の中でも、ジルの神託に立ち会うのはアルバートである。そう。跡継ぎであるクライスに不遇の扱いをし、今やすっかり評判を落とした、あのアルバート・フォン・ルブタン。

「神託の場にいたのは、ジル・フォン・ルブタンと、アルバート・フォン・ルブタンのみである、ということか？」

「は、はい」

物語において、ルブタン侯爵家のこの国での地位はそれなりに高い。侯爵家と言えば、王族に連なる血筋の者である公爵家に次ぐ地位であり、アルバートの国内での発言力も高かった。

だからこそ、物語中でアルバートがジルと共に神託を聞いたと報告した時、疑う者が少なかったのだ。

だがそれは、あくまでも過去のこと。今のルブタン侯爵家において、アルバートの地位が危ういことは誰もが知っている。

たった一度の失態。貴族社会において、それはただの汚点ではない。場合によっては、そのたった一度の失態で足を掬《すく》われる。

ここにいる貴族達のどれぐらいが今、ジルが本当に神託を受けたと信じているだろうか。

「お前自身が立ち会った訳でもないのに、確証もなく騒ぎ立てたと、そう言うのか？」

「確証もなく……？　陛下！　そのようなおっしゃり方は、ジルにあまりにも失礼ではありませんか！」

ジークフリートが、確証がないことを理由にクロードを窘《たしな》めることは想像がついていた。何故なら、物語中でもジークフリートは同じことを言うからだ。

物語では、アルバートに発言力があったことと貴族達がジルの可憐《かれん》さに目が眩《くら》んでそちらを信じたことで、結果的にジークフリートはジルを神子として受け入れるしかなかったが、そのことでジークフリートとクロード達の間に不和が生じる。

だが今は、まったく状況が違う。貴族達の疑いの目が、クロードとジルに注がれている。

ここにいないアルバートのほうが、きっと状況をよく分かっているはずだ。だからこそ、あの男はここにいないのだ。

今の自分が神託に立ち会ったと言っても、それだけでは弱いとアルバートには分かっただろう。話し合いが決裂したか、それともジルとクロードの独断か。もしかしたらアルバートは、二人がここに来ていることすら知らないのかもしれない。小狡《こずる》いあの男が、無策でこのようなことをするとは考えられなかった。

「ルブタン侯爵は跡継ぎであるクライス様にあのような仕打ちをするほどジル様を溺愛《できあい》していたのだから、ジル様のためにならいくらでも嘘を吐《つ》きそうだ」

「神託を受けた場にいたのがたった二人きりだなんて、あまりにも都合が良すぎますわ」

ひそひそと話す貴族達の会話が耳に入る。当然、ジルの耳にも入ったようで、ジルは顔を真っ赤にして叫んだ。

「本当に神託を受けたんです！　神様が僕の前に現れて、お前の身体がこの国の穢れを吸収している、穢れの原因を突き止めて排除すれば、お前の身体はよくなるって！」

ジルが必死にそう訴えても、貴族達は誰もジルと目を合わせない。ジル、お前はなかなか狡賢いが、見下されたり、哀れまれたりすると、途端に冷静さを欠くのが悪いところだ。立場が優位な時はいいが、それが失われると愚を犯す。

クライスはさも同情した声で、ジルに話しかける。

「ジル、もうやめろ。俺が悪かった。俺があの時、我慢しきれずに窓から飛び出したせいで、お前に嫌な思いをさせたよな。だからこんなことをして、皆の気を引こうとしたんだろ？」

「違う！　僕は本当に……！」

「お前はいい子だ。大丈夫、嘘を吐いたことを皆に謝って、やり直そう。俺がいくらでも話を聞くから」

クライスが親身になった表情でジルに話しかければそれだけ、皆の同情がクライスに集まっていく。

四面楚歌《しめんそか》。この場には大勢の者がいるが、そのうちの誰も、ジルとクロードの味方をする者はいない。

「嘘じゃない！　嘘じゃないんだ！」

オオカミ少年の話と一緒だ。嘘を吐いていたせいで、たとえ本当のことを言っていたとしてももう信じてはもらえない。

普段の行いというのは大事だ。神様が見ているから、などと言うつもりはない。怖いのは人間だ。見ている者は見ている。

憐れみの視線を向けてやると、ついにジルが爆発した。

「そんな目で僕を見るな！　お前が……お前如きが僕を哀れむなんて許さないからな！」

この瞬間、大声で笑い出さなかった自分を褒めたい。

「あ……！」

ジルがしまったという顔で口に手をやったが、もう遅い。

やった。ついにやった。やってやった。

この瞬間この場では、神託を受けたというジルの宣言は嘘だった、という認識に変わる。

神託を受けられるのは、神に愛された者だけ。心が穢れた者を神が愛するとは、誰も思わないからだ。

真実は知らない。そんなことには興味がなかった。必要なのは、ジルにとっての切り札が無くなったということだけだ。

「今の言葉を聞いたか？」

「可愛らしい顔をして皆を騙《だま》して、本性は何とも口汚いこと」

「やはり平民の子は駄目だな」

貴族達がジルを見る視線がひと際厳しくなる。

「ジル、君は……」

呆然《ぼうぜん》とした顔で、クロードがジルを見た。クロードの幻想が崩れた瞬間だ。健気でいじらしく、可愛らしいジルなどそこにはいない。お前が見ていたものは作られた虚像だ。

「クロード、これでもまだ彼を信じると言うつもりか？」

「陛下……私は……私、は……」

「これまで私は、お前に期待していた。いつかはお前も、この国を守るための力となってくれる。今はまだ迷っていても、いずれは私の右腕として働いてくれるようになるだろう、と」

「陛下……」

「だが、その期待も今日で終わりだ。お前は二度も冷静さを失い、状況把握を怠った。片方の意見にしか耳を傾けず、思い込みだけで他者を愚弄《ぐろう》し、自らの立場を忘れて傲慢《ごうまん》に振る舞った。挙句にこの国に穢れがあるかのように嘯《うそぶ》くとは。そのような者は王族として相応しくない。今日を限りに、お前の王族としての地位をはく奪する」

「お待ちください、陛下！　私はただ彼を信じただけです！　それだけで……！」

「連れていけ。神託を受けたと偽り、国民を混乱させた罪は重い。処罰が決定するまで独房に入ってもらう」

「は！」

ジークフリートの命を受け、近衛《このえ》騎士がクロードとジルを取り囲む。

「陛下！　お願いです！　もう一度だけ私に機会をお与えください！」

「僕は本当に神託を受けたんだ！　本当なんだよ！　後悔しても知らないからな！」

ジークフリートが彼らを見ることはなく、騒ぐ声が遠ざかっていった。そうしてジークフリートがその場に残る貴族達に「騒がせてすまなかった」と伝えると、貴族達はそれぞれジークフリートに礼をして、速やかに謁見の間から退出していく。

残ったのは、ジークフリートとクライスだけ。ジークフリートが「下がれ」と声をかけたことで、近衛騎士達も謁見の間の外で待機する。

ついにやった。クライス、俺はお前の復讐《ふくしゅう》をやり遂げたぞ。

この国では神の名を騙《かた》った悪事に対する罪が重い。このまま行けばあの二人は、近いうちに極刑になるだろう。

「クライス……弟が失礼なことを言って悪かった」

「貴方が謝ることじゃない。クロード殿下は、ジルを大切に思ってくれていただけだ」

そう。大切に思いすぎて、一緒に共倒れしてくれた。

王太子であるクロードに復讐するのは簡単ではない。ここでもしクロードがもっと早くにジルを切る選択をしていたら、クライスがクロードを追い詰めるためにはかなりの労力と日数が必要になったはずだ。

「まさか、弟を裁くことになるとは」

ジークフリートは額に手を当て、小さく首を振った。

自分にとっては復讐すべき相手だが、ジークフリートにとっては大事な弟である。ましてや、ジークフリートはクロードが自分を国王の座から引きずり下ろす存在であることも知らない。自分には家族の情というものが分からないが、弟を裁かねばならないことに、ジークフリートが心を痛めるのは当然のことなのだろう。

「申し訳ないが、君にはもう少しここに滞在してもらう。アルバートも捕らえねばならないし、これまでの経緯を考えれば、君からの証言が必要だ」

「……分かった」

クライスが頷《うなず》くと、ジークフリートはそれまでの憂いを払うようにもう一度首を振り、王としての表情で顔を上げる。

「愚痴を聞かせてすまなかった。宰相達を集めて、今後のことを決めることにしよう。すぐに案内を寄越すから、君はここで待っていなさい」

「ああ」

すぐに気持ちを切り替えられるのは、やはりさすがだ。それまでの憂いの残滓《ざんし》すら残さず、ジークフリートの足音が遠ざかっていく。

一人きりになった広い謁見の間で、しばらくぼうっと床を眺める。

ここで、クライスは死んだ。ジークフリートを助けるどころか、足手まといのまま。クライスの慟哭《どうこく》が蘇《よみがえ》る。

——復讐の機会を。

クライスのその願いは、今この時、叶《かな》えられた。

復讐をやり遂げたのだ。これでもう、殺されることはない。自分も、ジークフリートも。

「はは、ははは……ははははっ！」

これで全て終わったのだ。ここからは自由だ。好きなことをして生きていける。

何をしようか。侯爵家はクライスが継ぐことになるだろうから、まずはルブタン領を豊かな場所にしよう。孤児院の運営にも力を入れ、子供達の未来を明るいものにしよう。それから――

「……ぐっ！」

突然、背中に何かがぶつかった。どすっと背中に触れる衝撃と共に、身体中をぶわりと熱が駆け抜ける。

何が起こった？　明るい未来を思い描いて引き上がっていた口元が、震えて歪《ゆが》む。

「……っ、どう、して……」

痛みに胸元を見下ろすと、自分の胸から突き出しているものが見えた。それが剣先であることに気づいた時には、喉元《のどもと》をせり上がってくるものがあって。

「……かは……っ！」

血だ。足元に、血だまりが広がっていく。

運命を変えたはずだ。今度こそ、ここで死なずに済むはずだった。それなのに、また床一面に広がる紅《あか》。

背後で、誰かの息遣いが聞こえる。一体誰だ。ジルとクロードは独房に入れられたはずだ。全ては終わった。そのはずなのに、どうして。

「ぐ……ぁ……っ」

RUBY INFORMATION

January 2024

1

イラスト／笠井あゆみ

公式HP https://ruby.kadokawa.co.jp/　X(Twitter) https://twitter.com/rubybunko
〒102-8177 東京都千代田区富士見2-13-3　発行:株式会社KADOKAWA

オメガ令息が
愛されるまで

ゆず　イラスト／秋吉《あきよし》しま

もとに、寡黙で実直な騎士・
イナスを拒否していたアラン
ァでありながらライナスは誠

猫』イラスト／芦原モカ
のオメガ妃殿下』イラスト／アヒル森下

おやゆび王子の初恋

犬飼《いぬかい》のの　イラスト／笠井《かさい》あゆみ

家具職人のミルフェは、老婆の魔女を助けたお礼に花の妖精の種を貰う。立派な青薔薇に成長したその蕾が開くと、中から親指ほどの金髪の美しい男が目を覚ました。男は百年前に魔女に呪われて失踪した王子で…？

好評既刊『眠れる森の王』イラスト／笠井あゆみ
『赤ずきん王子』イラスト／笠井あゆみ
『シンデレラ王～罪を抱く二人～』イラスト／笠井あゆみ

ビー文庫　1月1日発売の新刊

短剣が引き抜かれる。焼けつくような痛み。がくりと膝《ひざ》をつき、うつ伏せで床に転がった身体は動かすことができず、必死に目を動かした。

誰だ。誰が、こんなことを。

「…………」

気配はする。けれど、何も見えない。

せめて、せめて自分を殺すのが誰か知りたいのに、開いたままの目に何も映らない。

「お前が死ねば、ジークフリートも終わりだ」

ぐんにゃりと歪んだ音が耳に届く。

やめろ、あの人には手を出すな！　そう言いたいのに、もう唇を動かすことすらできない。

そうして、謁見の間が静寂に包まれる。

——その後のことは、俺には分からない。


「は……っ！」

飛び起きて、自分のいる場所を確認する。しんと静まり返るそこは、屋敷の私室だった。

慌てて身体中に触れる。だが先ほど見た紅はどこにもなく、思わず自分を抱きしめた。

生きている！

生々しい感触はいまだ胸に残っていた。はっきりとした記憶もある。だからこそ分かった。これは夢などではない。

鏡に突進する勢いで飛びつき、自分の姿を見た。そこにいるのは、クライス・フォン・ルブタンだ。寝間着を開いて胸を確認しても、そこに突き刺された傷はない。

「死に、戻ったのか……？」

どうやら、死に戻りは一回きりではなかったらしい。あのまま全てが終わりにならずによかったと胸を撫《な》で下《お》ろすと同時に、背も震えた。

クライスの願いは叶えたはずだ。ジルとクロードには復讐できた。それなのに、また殺されて死に戻った。何故だ。一体どうなってる。誰に殺されたんだ。

全て終わったと思った。それなのに、またやり直しなのか？

復讐をすることがクライスの願いだったはずだ。それを叶えたのにまた死に戻ったということは、他にも何か願いがあるのか。

『お前が死ねば、ジークフリートも終わりだ』

誰かも分からぬ殺人者はそう言った。もしかして、あの後ジークフリートも殺されたのか？　クライスの願いの中にジークフリートの生存が含まれていたから、また死に戻った？

「……っ」

分からないことだらけで頭が混乱する。

やめろ、怖気づくな。どの道、ジークフリートを助けたいと思っていたはずだ。……だが、今はいつだ。一体いつからやり直さねばならないのか。

屋敷にいるということは、すでにルブタン邸を出た後だ。窓から入り込んだ月明かりが、すでに真っ暗な部屋の中を優しく照らしている。いつもそばにいる教授がいないところを見ると、今は王都に行く前日の夜か。

ベッドのそばに置かれた台の引き出しから、日記を取り出す。予想通りの日付であることを確認して、ぽすんとベッドに腰を下ろした。

「一体、何があったんだ……」

胸に触れる。誰かに背後から突き刺された。背後で聞こえた息遣いを思い出してぞっとする。ジルとクロード以外にも、クライスのことを殺したい者がいるのだ。

「誰だ……っ」

俺を殺したのは誰だ！

背後から一突き。迷いのない一撃だった。明確な殺意。なす術なく血だまりに倒れ、痛みと苦しみの中、何も分からないまま死んだ自分。

復讐を終えたと思った。これで終わりだと思った。けれどまだ、その先があったなんて。

「ジルとクロードだけじゃなかったのか」

これは俺が書いた物語のはずだ。それなのにどうして、こんなに訳が分からないことになっているんだ。

書いた覚えのない物語が、自分の知らないところで動き出している。

あれほど明確に自分に殺意を持っている者がいるのに、敵が見えない。

だが、やるしかなかった。やらねばやられるからだ。

「明日、か」

そう、明日。明日だ。

明日、またあの時間がやってくる。今度はあの時とは違って、自分が狙われていることを理解している。だから、絶対にあの時と同じにはならない。

大丈夫だ。怖くない。


「すぐに案内を寄越すから、君はここで待っていなさい」

「いや、この状況ではしばらく落ち着かないだろうし、自分で行くことにするよ。以前と同じ場所でいいよな？」

「ああ。あそこは君専用になっているから、遠慮せずに使うといい」

「ありがとう」

今回は、ジルとクロードが連れられていくのを見送ってすぐに客間に向かうことにした。とにかく早くここを離れたい。そう思ったからだ。

すでに一度観たつまらない映画をもう一度見るような気持ちで、前回と同じくジルとクロードを追い詰めることに成功したが、前回のような興奮はない。それよりも今は、自分の命を守ることのほうが大事だ。

あてがわれた客間の長椅子に腰掛け、一息吐く。

ここまで来ればもう大丈夫だろう。室内に人気はないし、扉が開けばすぐに分かる。

ほっとしたら喉《のど》が渇いた。台に置かれた水差しを手にし、グラスに水を入れてそれを一気に飲み干す。

——だが、それがいけなかった。

「……ぐふ……っ」

手からグラスが零れ落ちる。喉が焼けるように熱くて、喉を押さえながら台に突っ伏す。臓腑《ぞうふ》が焼けるような痛み。喉元を駆け上がってきた液体をぴしゃりと吐き出せば、台が血の色に染まっていく。

また、紅。

「……っ、……く、ぁ……！」

謁見の間から早々に立ち去り、何とか危機を脱したと思っていたのに、まさかこんなところにまで罠《わな》が仕掛けられていたなんて。

嘲笑《あざわら》われているような気がする。誰だ。一体、誰の仕業なんだ。

息が吸えない。目の中がちかちかと明滅し、息苦しさに悶《もだ》える。

はくはくと口を開けても、どうにもならない。窒息する苦しさは、想像を絶するものだった。

ふと、痛みと苦しみが軽くなる。

ああ、解放される、と思った。

この絶望から、ようやく逃げることができる。

意識が遠のく。それは眠りの世界に誘《いざな》われる時のような、抗《あらが》いがたい甘美な誘惑。

これで終わりだ。辛いのも、苦しいのも終わる。

——今回は。


「はあ、はあ、はあ……っ」

今度こそ、今度こそ、逃げられたはずだ。

息を整える。ここなら、周辺に近衛騎士もいる。周囲を見渡すこともできるから、容易に誰かがクライスに近づくことはできない。だから大丈夫だ。

——そのはず、だったのに。

「……っ!!」

正確にクライスの喉を射抜いた矢の先が、視界に入る。

そこから伝う、紅。

まただ。またやられた。一体どうして。

助けを呼びたいのに、声が出ない。王城の中庭。少し離れたところには城を守る近衛騎士達がいるはずなのに、彼らを呼ぶことができない。

痛い。苦しい。熱い。

ぼろぼろと涙が零れた。息を吸いたいのに、呼吸ができない。窒息する恐怖。

嫌だ。苦しい。どうして。どうして俺ばかりがこんな思いをしなくてはならないのか。

肺から酸素が失われていく。意識がぼんやりと遠くなり、ああ、これでやっと楽になれる、そう思った時、身体にまた衝撃が走った。

「……っ‼」

そうしてクライスの身体が、とさっと静かに頽《くずお》れる。

訪れる静寂。喉と心臓を射抜かれたクライスの身体は、もうぴくりとも動かなかった。


「……っ！」

ベッドから飛び起きる。

まただ。また殺された。

もう何度同じ夜に戻ってきただろう。十回を超えた辺りから、数えることをやめた。

どんなに抗っても、毎回必ず殺される。ある時は謁見の間で、ある時は客間で、ある時は王都の町中で。そして今回は、中庭で殺された。

どんなに警戒しても、場所を変えても、必ず殺される。何度も何度も殺されたのに、相手が誰かは分からないままだった。

ジルとクロード以外に、自分を殺す者がいる。それが分かっているのに、どうしても止めることができない。

ああ、嫌だ。

クライスはベッドに仰向《あおむ》けに寝転がり、両腕を交差させて顔を隠した。

明日になれば、また殺される。

それの繰り返し。

いっそ死に戻りの力などなければ、こんなに何度も殺されずに済んだ。

死に戻れるとは言っても、その時感じる痛みや苦しみは本物だ。もう嫌だ。痛いのも、苦しいのも、もうこれ以上味わいたくないのに。

駄目だ。弱気になるな。敵はジークフリートにも手を出すつもりだ。何が何でも、止めなければならない。

考えろ。あの時、自分を殺せるのは誰なのか。

最初は謁見の間で殺された。あの時、あそこに入れた時点で、アルバートではない。もしあの場にアルバートがいたとしたら、謁見の間に辿《たど》り着《つ》く前に捕まっているはずだ。

だが、他にクライスを殺したいと思う人物に心当たりがない。

気が狂いそうなほど、何度も何度も、ジルとクロードを断罪するあのシーンをやり直している。

それが終われば、その後クライスがどこにいても殺される。

「そうだ」

不意に思った。どうせ死ぬのだ。何度も、何度も。だったら、この命を餌にすればいいのではないか。これだけ死んだら、一度ぐらい増えたって同じだ。

「はは、そうだ」

逃げようとするから、相手を捕まえることができない。捕まえることができないから、相手が誰か分からないままなのだ。

痛いのも、苦しいのも、もう何度も経験しただろう？　この身体はどうせ、何度死んだって死に戻るのだ。


自分の死に場所を決めるのは、何だか不思議な気持ちだった。

まず、外は駄目だ。相手は正確に矢で射抜くことができる。どこにいるかも分からないうちに殺されて終わりだ。屋内がいい。ごちゃごちゃしておらず、隠れる場所がないと尚いい。それなりに広い空間なら、誰かが近づいてくればすぐに分かるだろう。

そうして選んだ死に場所は、謁見の間だった。

謁見の間は、王に危害が及ぶことのないように、ありとあらゆる魔力を封じる結界が張られている。この場でクライスを殺したいなら、本人が近づいてくるしかない。

原点に帰る、というやつだろうか。結局ここに戻ってくるのか、とおかしな気持ちで、「連れていけ」という、この茶番が終わる合図であるジークフリートの言葉を聞いた。

「神託を受けたと偽り、国民を混乱させた罪は重い。処罰が決定するまで独房に入ってもらう」

「は！」

ジルとクロードが近衛騎士に連れられて退場していくのを、何の感慨もなく見送った。どうせ今回も死ぬのだ。死んだらまた、この時間をやり直すことになる。

貴族達が退場していくのを見送って、ジークフリートから謝罪の言葉が出てくる前に、クライスは自分から切り出した。時間の無駄を省くためだ。

「ジークフリートが謝ることは何もないから、早くこれから先のことを話し合ってくるといい」

「クライス、大丈夫かい？」

大丈夫？　大丈夫なことなんて何一つない。だって俺は今からまた殺されるんだから。

そんなことを言えるはずがないから、機械的に笑ってみせて「大丈夫だ」と口にした。

「後はジークフリートに任せるよ。どうせ今日はもう帰れないだろ？　ここで待っているから、客間に案内してくれる誰かを寄越して欲しい」

「分かった。……クライス、本当に大丈夫なのかい？　何だか自棄《やけ》になっているように見えるが」

「俺が自棄になる？　全部解決した今になって、どうして自棄になんかならなくちゃいけないんだよ」

この会話も無駄だ。死に戻れば、なかったことになる。だからもうさっさとここを出ていって欲しかった。自分は今、殺されるためにここにいるのだ。

「クライス、何か悩んでいることがあるなら、私に話し――」

「お話し中に申し訳ございません。陛下、外で民達が騒いでおります。これからのことについて早急に決めねばなりません」

謁見の間に入ってきた宰相の言葉に、ジークフリートの言葉が止まる。こちらを見る目に逡巡《しゅんじゅん》が見て取れて、クライスは宰相に聞こえないように小さな声を出した。

「とにかく、今は行ってくれ」

「……分かった」

そうだ。それでいい。ジークフリートがここを立ち去らねば、あいつが俺を殺しに来ない。息遣いしか分からない、あいつが。

手が震える。

違う。これは怯《おび》えじゃない、武者震いだ。死ぬことなんて怖くない。だって、どうせまた死に戻れるんだから。

そうは思いながらも、ジークフリートの背中が遠ざかっていくごとに胸がざわつく。あの背中が見えなくなったら。そうしたら、始まってしまう。

「……せめて、痛くないといいな」

ジークフリートの背中が完全に見えなくなったところで、ぽつりと吐息のように言葉が零れた。

意図せず出た泣き言に舌打ちをする。ここでやらねば、また無駄死にするだけだ。

どうせ殺されるなら、一矢報いてやりたい。背後に手を回し、この時のために腰ベルトに忍ばせてきた短剣を確かめる。これまで自分が味わった痛み苦しみのほんの数分の一でいいから、やり返してやりたいと思った。

入り口に背を向けて立つ。初めての時と違うのは、自分の神経が研ぎ澄まされていること。ほんの些細《ささい》な音すら聞き逃さないように、音に集中する。

するとすぐに、微かな息遣いが聞こえてきた。用心して歩いているのか、足音はしない。それでもほんのわずかな衣擦《きぬず》れと息遣いが、相手がこちらに近づいてくるのを知らせていた。

さあ、来い。今すぐ振り向きたい気持ちを堪え、相手がそばに来るのを待つ。

相手の呼吸が止まった。その時が来ることを予感して、振り返ろうとした。

だが。

「クライス……！」

「……っ!!」

どんっという衝撃と共に、床に投げ出される。慌てて振り返ると、そこにいたのは——

「あ、あ……どうして……っ」

床に頽れていたのは、ジークフリートだった。

何故だ。何故ここにジークフリートがいる。

ジークフリートはこの時間、すでに宰相達と今後についての話し合いをしているはずだ。これまで何度も同じ時間を過ごしてきたのに、どうして、何故、今回に限って、ジークフリートがここにいるのか。

「ジークフリート！」

慌てて駆け寄ってジークフリートの身体を抱きしめれば、背中に触れた腕にぬるりとした感触が伝わった。クライスの身体ごと、ジークフリートの血に染まっていく。

「何で……何でだよ……！　貴方がここにいちゃ駄目だろ！」

嘘だ。誰か、嘘だと言ってくれ。これは夢だと、ただの悪夢だと言って欲しい。

こんなはずじゃなかった。これだけは起こってはいけなかった。こうならないために、ずっと藻《も》掻《が》いてきたのだ。ジークフリートが死んだら意味がない。そのために、命を投げ出そうとした訳じゃない。

「貴方が死んでどうするんだ！　それじゃあ意味がないだろ……っ！」

涙でジークフリートの姿が滲《にじ》む。まただ。また、自分のせいでジークフリートが死ぬ。

「クライ、ス……」

急速に熱が失われていくのを止められない。背中から切りつけられているのは、ジークフリートがクライスの身体を突き飛ばして庇《かば》ったからだ。自分の腕の中で命が失われていくのを感じて恐怖を覚えた。助けたいのに助けられない。このままではいけないと分かっているのに、どうすることもできない。

ここが謁見の間だったせいで、ジークフリートは魔力が使えなかった。だから、咄嗟《とっさ》に飛び込んできたのか。

庇う必要などなかった。自分は死んでも死に戻ることができる。何度死んでも構わない存在なのに。

「どうして俺なんかを庇ったんだ！　俺は死んでもよかったんだ！　それなのに……っ」

恐慌状態のクライスの頬に、震えるジークフリートの指が触れた。

「駄目だ、よ……君が死ぬことは、私には……受け入れ、られな……ぐふっ」

ああ、指先が冷たい。少しでも温めたくて血だらけのその手を掴《つか》み、頬に触れさせたまま懇願する。

「ジークフリート、いいからもう話さないでくれ！」

「君は、私にとって……」

「お願いだから……！」

血が失われていく。それをどんなに止めたくても、止める術がない。

「……っ、クライ……」

「待って、待ってくれ！　俺を置いていくなっ、ジークフリート……！」

呼びかけも虚しく、ジークフリートの瞼《まぶた》がゆっくりと落ち、身体から力が抜けていく。抱きしめる腕に重みがかかった。だらりと弛緩《しかん》する身体が、ただの空の器になってしまったことを教える。

「ああ……そんな……」

最期の瞬間までクライスを見つめていた瞳《ひとみ》から、一筋の涙が流れ落ちた。

震える指でそれを掬《すく》う。ジークフリートが最期に考えていたことは、果たして何だっただろうか。

苦しみか、痛みか、憎しみか。

これまでの自分の最期の瞬間を思い出し、唇を噛《か》みしめる。その中のどれ一つ、ジークフリートには味わわせたくなかった。

どうして、どうしてこんなことになったのか。分からない。何がいけなかったのか。

だが、一つだけ分かっていることがある。

「あらあら、まさかジークフリート様が死ぬなんて予想外だわ。困ったわね、千年に一人の逸材なのに」

――今、クライスの目の前に立っているこの人が、ジークフリートを殺した。

ジークフリートの身体を抱きしめながら、目の前に立っている人に向かって叫ぶ。

「どうして！　どうしてですか……!?　どうしてあなたが……!!」

色々な可能性を考えた。ジークフリートの側近であるライデンが裏切る可能性すら。けれどこの人だけは、ただの一度も疑ったりしなかったのに。

「どうしてですか、リステア様!!」

そう。クライスの目の前に立ち、こちらを見下ろしているのは、リステア・カーズ。ジークフリートの婚約者で、よき理解者で、クライスにも優しく接してくれていた……はずの人。

どうして彼女に命を狙われなければならないのか。

いつも穏やかな笑みを浮かべ、ジークフリートの隣に立っていた貴方が、どうして彼を殺して尚笑っているのか。

理解ができない。この状況でいつものように笑っていられるリステアのことを。

今、目の前に立つリステアは、まるで別人だった。

「ああ、いいな、その表情……信じていた人間に裏切られて絶望を感じる人間の表情は、何て素敵なんだろう」

くくく、と笑うリステアは、およそ今までと同じ人間とは思えない。

ここにいるのは一体誰だ。絶句するクライスの姿を見て、リステアは何かに気づいた顔で、顎《あご》に指を当てて考える仕草を見せた。

「魔力は強くないが、お前からは神気の気配もするな。……これなら、使えるかもしれない」

嬉《うれ》しそうに目を輝かせる意味が分からない。あの人はもう、失われてしまったのに。

「お前は今、復讐《ふくしゅう》に燃え滾《たぎ》る目をしている。そうだよ、その目だ。その目が欲しい。それだけの怒りがあれば、もしかしたらお前にもできるかもしれない。私がお前に力を貸してやろう」

「一体、何を……」

「今、確かに私がジークフリート様を殺した。けれど、果たして本当にそうかしら？　私だけがジークフリート様を殺すの？　他の誰もジークフリート様を殺さないと、どうして分かる？　今回は偶々《たまたま》私だっただけ。ジークフリート様はこの世界に愛されていなかった。全てこの世界が悪いのでは？」

「今、ジークフリートを殺したのは貴方だろうが！」

「ははは、そうだな。まったくそうだ。今回は私がジークフリートを殺した。それはお前達がジルとクロードを退場させたからだ。お前達があんなことをしなければ、私自ら出てくる必要などなかったのに」

「ジルとクロード殿下を操っていたのは貴方なのか!?」

「勘違いするな。ジルの性格が悪いのも、クロードが馬鹿なのも、別に俺のせいじゃない。まあ、強いて言えば、アルバートの責任とは言えるかもしれない」

何故ここでアルバートの名前が出てくるのか。アルバートの依頼だとでも言うつもりか。

「お前の弟の身体が弱いのは何故だと思う？　国の穢《けが》れを引き受けていたから？　違う。ジークフリートの強大な魔力を手に入れるために、お前の父が贄《にえ》にしていたからだ」

「贄……？」

贄とは何だ。彼女は一体何の話をしているのか。いや、そもそも目の前のこの人は、本当に彼女と呼ぶべき存在なのか。

背筋がぞわりとする。得体が知れない。こいつは一体何だ。

「お前達の父親は、気づかれぬようにジークフリートの魔力を掠《かす》め取っていたのさ。ジルに優しかったのはそのせいだ。あの男は自分だけが可愛いのだ」

リステアの口調がころころと変わる。リステア本来の話し方から、居丈高で乱暴な話し方へ。

「ジルは、神託を受けた、と言っただろう？　神託などあるはずがない。あれは俺が唆してやったんだ。神とその他の区別もつかぬ愚か者ども！　そんな奴らがお前の大事なジークフリートから長年魔力を掠め取っていたんだ！　まず手始めに、そいつらから血祭りにあげるというのはどうだ？　お前が復讐するというなら、俺が手伝ってやろう」

愉快そうに顔を歪《ゆが》めて笑ったリステアの言葉は、物語を根底から覆すものだった。

「……そうか。そう、だったのか」

それを知れば、色んなことの辻褄《つじつま》が合う。アルバートがジルを大事にする理由も、神に愛されるはずのない悪意の塊のようなジルが神託を受けた理由も。

アルバートはジルを贄にして、ジークフリートから魔力を掠め取っていた。だからジルの身体を調べた時に、ジークフリートの魔力の気配があったのだ。そのせいでジークフリートが国の穢れの原因であるとされたが、分かってしまえば簡単なこと。

「は、はは……」

やはり、ジークフリートはこの国の穢れなどではなかった。

「お前の父が憎いだろう。お前を長年蔑《さげす》み、いたぶり、お前の大事なジークフリートにまで危害を加えていたのだ。憎み、殺せばいい。ジークフリートを追い詰めるこの国も――」

「殺す？　はは、殺すだって？」

殺して何になる。だってもう、この世界にジークフリートはいないのだ。尊き太陽は消えてしまった。後に残るのは暗闇だけ。こんな世界に何の未練がある。

「は、ははっ、ジークフリートがいない世界には何の意味もない！　この世界が悪いから何だ！　復讐などして何の意味がある！　あの人がいなければ、何もかも虚しいだけだ……！」

自分は今、ジークフリートがいない世界に取り残されていた。もうこの世のどこにも、ジークフリートがいない。あるのは抜け殻となったこの身体だけ。

復讐したら、彼が戻ってくるのか？　そうであるなら喜んで復讐しよう。けれどもう、彼は戻ってこない。失われてしまった。こんなところで死んではならない人なのに、この人はまたしてもクライスのために命を懸けてしまった。

「ジークフリート……」

亡骸《なきがら》を抱きしめる。終わりだ。何もかも終わった。もうこの世界にいる必要がない。

『だから、それが恋なんじゃないの？』

教授の言葉を思い出す。あの時の自分はまるで分かっていなかった。自分の本当の気持ちから目を背けていた。恋など知らなかったから。愛なんて分かるはずもない。この気持ちは最早、恋なんて生易しいものではなかった。ただ好きだなんて軽いものではなかった。

この人がいないと駄目だ。

王として自分を律することが上手いはずなのに、俺の前でだけは感情豊かに喜怒哀楽を見せてくれる人。こんな俺のことを気にかけて、ほんの些細な兆候も見逃さず、こうして命がけで助けに来てしまう人。

ジークフリートがいない世界なんて、俺には何の意味もなかった。

クライスの願いを叶《かな》えなければ死ぬからではない。この国のためにジークフリートが必要だからでもない。ジークフリートのいない世界では生きていけないから、どんなことをしてでもこの人を助けなければならなかったのだ。

「皮肉なものだな」

自嘲《じちょう》混じりに呟《つぶや》く。目の前で完全に失って初めて、この胸の奥にある気持ちを認める気になった。尊敬だけではなかった。誰よりも、何よりも、この人を愛している。この人のいない世界で、息をすることさえ苦痛なほどに。

いつの間にか自分にとって、ジークフリートがこんなにも特別な存在になってしまっていた。クライスの本来の人生では見ることのなかった表情を、ジークフリートが自分に見せてくれた時。クライスの人生では知らなかったジークフリートの一面を見られた時。この人が向けてくれている感情が、クライスへのものではなくて自分へのもののような気がして嬉しかった。

自分でも気づかぬうちに、ジークフリートが心に住み着いていた。心を侵食するように、愛してしまっていた。

苦しい。今、ここにジークフリートがいない現実が。

ジークフリートが握りしめたままの剣に手を伸ばす。そっと指を外して剣を手に取り、目の前に翳《かざ》した。

「その剣で仇《かたき》を取ろうとでも言うのか？　馬鹿なことを。お前如きがこの俺を倒せると思ったら大間違いだぞ」

「倒す？　何のために？」

キラリと光る刀身に、呆《ほう》けた自分の顔が映る。髪はぼさぼさで頬には血がついていたが、そんなことはどうでもよかった。見られて困る相手はここにはいない。

剣を逆手に持つ。

「おいお前、何をしている」

「何をって、決まっているだろう？　帰るんだ」

あの人のいる世界へ。

この胸に剣が突き刺された時の痛みを知っている。二度と味わいたくないと思ったはずなのに、今はちっとも怖くない。

「おい、何のつもりだ。どうせ狂うなら、その怒りを世界に向けろ」

「ははは……馬鹿馬鹿しい。一人でやってろ」

世界などどうでもいい。滅ぼうが滅ぶまいが興味がなかった。

「はったりか？　油断をさせて攻撃するつもりか。そんなことをしても――」

「……っ！」

躊躇《ちゅうちょ》なく、胸に剣を突き刺す。ずぶりと体を貫いたそれを血が伝っていき、片手で抱きしめたままのジークフリートの身体にぼたぼたとクライスの血が降り注いだ。

「ああ……汚して、しまった、な……」

くぽり、と唇からも血が滴り落ちる。

「何をしている!?　貴様……っ、一体何のつもりだ!!」

何故か狼狽《うろた》えるリステアの姿が滑稽《こっけい》に思えて、クライスの口元が微笑みを形作った。ジークフリートを殺したくせに、今更死人が一人増えたところで何の問題があるのか。

「な、何故、何故だ！　何故、貴様が命を捨てる必要がある……！」

ああ、そうか。ゆっくりと意識が混濁していくのを感じながら、リステアの声を聞く。

この人には分からないんだ。誰かのために、自分を投げ出す人間の気持ちが。

「何故……？　簡単、だ……愛だよ、愛……これが、ね……」

ガタン！　遠くで聞こえたのは、自分の身体が頽《くずお》れる音か、それとも別の何かか。もうそれすら分からないほど、全てが遠い。

死が怖くない。あの人がいない世界にいることのほうが何倍も怖かった。

「待って、いて……」

すぐに戻るから。今度こそ、絶対に貴方を死なせないと誓うから。

『クライス』

遠くで優しい声が聞こえた気がした。


「は……っ！」

飛び起きて、自分のいる場所を確認する。これまで何度も死に戻った時と同じ、屋敷の私室のベッドの上だ。

胸に触れる。傷がない。腕の中で冷たくなっていたジークフリートもいない。

自分が死に戻れることを、ここまで感謝したことはなかったかもしれない。やり直せる。またやり直せるんだ。

（おかえり、と言うべきかな？）

「教授……？」

ベッドの上にぴょこんと飛び乗ってきた教授に驚く。これまでと同じ時間に戻ったのなら、教授はまだ子供達と森に行っているはずだった。それなのに、何故ここにいる？

もしかして、何かに失敗した？　死んだつもりが、死んでいなかった？　自分だけ助かってしまった？

死ななかったのかもしれないという恐怖に襲われる。だったら今すぐ死んで戻らないと。ジークフリートのいる世界へ。

目が短剣を探そうとしたところで、教授が（必要ないよ）と言った。

（今回は、これまでよりも少し前に死に戻ったんだ）

「少し前って……？」

（ジークフリートが屋敷に泊まった夜。この部屋を訪ねてきたジークフリートが客室に戻った直後だね）

どうして死に戻りする時間がズレたのか。これまでと違うことがあったとしたら——

（おそらくだけど、君が自らを刺して死に戻ったことで、その強い気持ちに呼応したのかもしれないね）

自分の胸に触れる。傷はなくても、痛みの記憶はまだ色濃く残っていた。

（先に謝らなきゃいけないんだけど、僕の留守中に君が何度も死に戻りをしていたことには気づいてたんだ。でもどうしても神気を補充する必要があって、まあ君は死んでも何度でも死に戻れる訳だし、と思って、しばらくほったらかしにしちゃった）

「ちょっと待て。俺が死に戻りしたことが分かるのか？」

（そのために契約をしたんだ）

「けい、やく……」

教授に名前をつけた時のことか。

（この姿では、さすがに世界の全てを見通すことはできないからね。契約は必要不可欠だった。そのお陰で、君がどんな経験をしてきたかもちゃんと見てたよ？　特に今回は君の心にあまりに負担がかかりすぎたからね。だから、神気の完全な補充を諦《あきら》めることにした）

そうだ。教授は見守る、と言った。見るだけで何かをしてくれる訳じゃない。

（その言い方はひどい……と言いたいところだけど、まあ、しばらくほったらかしにしたことは本当だしね）

教授はクライスの手に鼻を擦り寄せ、（ごめんね）と謝罪の言葉を口にした。

それに、どう反応したらいいのか分からない。

俺が散々死に戻るのを見てたって？　それでもほったらかしにしてたって？

あの絶望をただ覗《のぞ》き見《み》されていたことに怒りが湧いた。何をしたって殺される。その絶望の中で藻《も》掻《が》いていた自分は、どんなにかみっともなかったことだろう。それをただ見ていたというのか。

（……君は本当に無茶をする子だよね。でも、そのお陰であの子に一矢報いたみたいだ）

「あの、子……？」

（会ったでしょ、あの子に）

「もしかして、リステア様のことか……？」

（リステアに成り代わったもの、かな？）

やはり、あれは本物のリステアではないのか。

見た目は確かにリステアだった。けれどころころと変わる口調には、リステアではない別の何かの気配が色濃く出ていて、奇妙な違和感はずっとあった。

（本当は、僕は世界に干渉なんかしないんだ。僕が干渉すれば、世界は元のままじゃいられなくなる。でも、あの子がこの世界に干渉してしまったから――）

「さっきからあの子あの子って、結局あれは何なんだよ！　リステア様じゃないんだろ⁉　あの子が世界に干渉してしまったってことは、あれも人間じゃないってことか⁉　何が世界に干渉しないだ！　そもそも俺が何度も死に戻ってることだって、お前の言う干渉ってやつじゃないのかよ！」

あの子あの子と意味深に言うばかりで、いつまで経っても本題に入らないことに苛立《いらだ》つ。教授自身に自覚があるのかないのか知らないが、先ほどからずっとあの子よりもクライスの存在が軽んじられていることも。

そばにいても何もしてくれない。見守ると言ったのに、肝心な時にはそばにすらいなかった。そのくせ何度も死に戻らせて、けれど干渉はできないと言う。

「俺を何だと思ってるんだ！　俺が苦しんでるのを見て、そんなに面白いのか⁉」

（そうじゃない、ただ僕は――）

「見てたんなら知ってるだろ！　俺がどんな思いで何度も死に戻ったか！　みっともなく怖がる俺

はさぞ滑稽だっただろ！　ジークフリートが殺されて絶望する俺を見ているのは、さぞかし愉快だったんだろうな！」

これは八つ当たりだ。そもそも最初から、教授はただ見守るだけだと言っていた。誰かの助けなど、期待してはいけないことも知っている。いつだって、一人で歯を食いしばって生きてきた。自分で立ち上がらなければならない。そういう人生だったから。

だけど、身体の奥から怒りが湧き上がってくる。自分の置かれた状況の過酷さを知った上で放置されたなんて、あまりにも惨めだ。

（でも、君も僕を呼ばなかったでしょ？）

「何だって？」

（僕は君に、君が本当に辛い時に呼んでくれれば、どこにいても君のもとに駆けつける、と言ったけど、君は何度も死に戻ってる間、一度も僕を呼ばなかった）

「呼んだら来たって？　来たって何もしてくれないのに？」

睨《にら》みつけると、目の前でお座りをして教授が居住まいを正す。

（……分かった。こうなったらもう仕方がない。ちゃんと説明するよ）

「初めからそうするべきだったんじゃないのか？」

棘《とげ》のある言葉を返せば、教授は小さく息を吐いてから話し始めた。

（僕がこの世界に干渉したのは、あの子が先に干渉したからだよ。君達の世界では、堕天使、というのが一番分かりやすいかな）

「堕天使……？」

堕天使といえば、神に仕える身でありながら、神への疑心や傲《おご》り、様々な理由で神のもとを離れることになった者達のことだと、この世界の本で読んだことがある。

（可愛がっていたんだけど、どうにも嫌われてしまったようでね。神様なんていらないと怒り出して、飛び出していってしまったんだよ。神様に向かって神様なんていらないなんて、ひどいと思わない？）

「待て。神様に向かってって……お前、神獣じゃなくて神様なのか!?」

唖然《あぜん》として教授を見た。これが神様だって？ 子供と一緒になっておやつを強請り、いつでもごろごろと昼寝ばかりして、ちょっと叱れば不貞腐れる教授が？

「こんなに役に立たないのに!?」

思わず本心からの言葉を叫べば、教授がぐわりと牙を剝き出《むだ》しにした。

（失礼だな！ 役には立ってる！ 僕が君のそばにいさえすれば、あの子は君に手出しができないはずだったんだ！）

「え？」

（何もしなくても、そばにいるだけで充分役に立ってたんだってば！）

それなのに、君がおとなしくしていないから。そうぶつぶつ言う教授の言葉が、ちっとも頭に入らない。

教授はいつも、ただそばにいるだけだと思っていた。何の役にも立たないのに、お菓子ばかり要求する。だがまあ、犬を飼っているような気持ちで、癒しになるからいいか、と受け入れていたが、あれで役に立っていたなんて。

（神気と魔力は表裏一体でね。打ち消し合う効果がある。僕の神気が君のそばにある以上、あの子の力は君に影響を及ぼさない。それに僕に近づけば、たとえどんなに姿かたちを変えていようと、僕にはあの子が分かる。正体を知られたくない以上、あの子は僕には近づけなかったんだ）

「だったらずっと教授が俺のそばにいれば、堕天使は俺に手を出せないから殺されなくて済むってことか？」

（それが、そう簡単にはいかないんだなあ。この身体はこの世での仮宿で、僕の神気を無尽蔵に溜めておける訳じゃない。僕はずっと神気を垂れ流して、いわば威嚇してた状態なんだけど、この身体の神気が底をついてしまってね。だからそれを補充するために森に行った訳だけど、どうも思ったより神気の濃い場所じゃなくて、上手く補充ができないんだよね）

「要するに、燃料切れの役立たずってことか？」

（すぐに役立たずって言うのやめない？）

「なあ、あの堕天使も教授と一緒で……と、神様なんだったよな。敬語にして、教授って呼ぶのもやめるべきか？」

（今更そんなのいいよ。それに、教授って名も気に入ってるしね）

「ならいいけど」

いや、でも神様って転生する時に会ったあの偉そうな男じゃなかったのか。

（あれも僕）

「は？　いやいや、あっちはものすごく偉そうな感じだっただろ？」

（本来は、人間と接する時はあんな感じなんだよ？　やっぱり威厳って大事だからね。でもこの姿で君のそばにいる間、僕が神様だなんて知ってたら緊張させちゃうと思ったから、フレンドリーで行こうかなって）

「威厳……？」

すごく偉そうで人の話を聞かなかった記憶しかないな。

目の前にいるこの生き物が神様だと言われても、どうもピンと来ない。

そもそもとして、神を信じて崇めるような人生は送ってこなかった。どんなに助けを求めても、神など来ない。この世に神など存在しない。そう思って生きてきたから、目の前にいる教授が神様だと言われても、今更ありがたがるような心境にもなれなかった。

（言っとくけど、これはあくまでも仮宿で、ほんとの僕はもっと君が崇め奉りたくなるぐらいにすごいんだからね）

「まあ、それはどうでもいいんだけど」

（扱いがひどい！）

教授の文句を聞き流し、さっき浮かんだばかりの疑問を口に出す。

「あの堕天使も、教授と同じように死に戻りの影響を受けない力を持ってるのか？」

（それって、死に戻りの制約を受けないで記憶を持っていられるかってこと？）

「まあ、そういうことかな」

(そんなことができるのは、この世界で唯一僕……と、今は君だけだね)

その言葉を聞いて安心した。堕天使も記憶を引き継げるなら、すでに自分が黒幕であるとバレたことを知っていることになるので、この後どう出るか予想もつかないところだった。

(そもそもあの子は、君が死に戻れることすら知らない。だから、僕がすでにあの子の存在に気づいてることも分かってないんだ。僕が自分に気づいてないと思ってるから、僕の前に姿を現さない)

「堕天使は、教授のように神気が使える訳じゃないのか?」

(神気は神の力だ。神である僕のもとを去った子には使えない)

「だったら、そんなに強くはない?」

(神気は使えなくても、魔力は使える。それでも、神の子であった時とは比べ物にならないけどね。尚且つ、僕の神気がそばにあれば、相殺されてほとんど使えない。……本来ならね)

「何だって?」

最後の言葉を聞き逃して問いかけると、教授はそれには答えず、代わりに別のことを言った。

(だからまあ、僕が君のそばにいないあの時が、あの子にとっては君を殺す絶好の機会だったという訳だね)

「……結局、あの堕天使は何がしたいんだ? 逃げても逃げても俺を殺しに来たけど、俺なんかを殺すことに何の意味があるんだか」

クライスは本来、物語の中ではほとんどモブである。ジークフリートが狙われるのは分かるが、どうしてあそこまで執拗《しつよう》にクライスを殺そうとするのか、まったく理由が分からない。

(ああ……それは、ジークフリートのせいだね)

「ジークフリートの?」

(あの子がジルとクロードを使ってジークフリートを追い詰めようとしたのには、ちゃんと理由がある。あの子は僕を神の座から引きずり下ろしたくて、この世界を滅ぼそうとしてるんだ)

「ジークフリートが玉座を降りてクロードが後釜《あとがま》に座れば、この国は間違いなく滅ぶと思うけど、この世界を滅ぼすには足りなくないか?」

クロードがそれだけの何かをやらかすのだろうか? ……まあ、あの男ならやってもおかしくないような気もするが。

(玉座は関係ないよ?)

「え?」

(玉座に誰が座るかは関係ない。ジークフリートを追い詰めることが堕天使にとっては重要で、その鍵《かぎ》は君だ)

「俺?」

思わず自分を指差す。

(そう、君。君が死ぬことが重要なんだ)

ジークフリートを追い詰めるために、クライスが重要?

「クライスに危険が及べば、ジークフリートが助けに来ることを見越してってことか?」

（そうじゃなくて、君が死ぬことが重要なんだってば。だって……ジークフリートは君が死ぬと魔王になるんだから）

「…………は？」

死に戻りを繰り返しすぎて、どうやら脳がおかしくなったらしい。馬鹿らしい聞き間違いだ。

（聞き間違いじゃないってば）

「ジークフリートが、何になるって？」

（だから、魔王になるんだってば）

「誰が？」

（だから、ジークフリートが）

冗談にしても面白くなさすぎる。勝手に人の人生を覗《のぞ》き見《み》していた間にゲームを見ていたと言っていたが、それこそゲームの見すぎではないか。

（冗談なんかじゃないんだって。それはもうとんでもなく強大な力を持った魔王になって、その力でこの世を滅ぼすんだ）

「いやいや。あの人の二つ名を知ってるだろ？　献身王って言われてるような人だぞ？　何をどう間違ったら魔王になんかなるんだよ」

国のために尽くしてきたような人だ。そんな人が、この国どころか世界を滅ぼす？　さすがの俺でもそんな馬鹿なキャラ設定はしないぞ。

（ジークフリートは元々、ずば抜けた魔力を持ってる。アルバートに少しぐらい掠《かす》め取られても気

にもならないぐらいの、ね。でも無意識に理性で制御しているから、穏やかに生きている分には問題がないんだ）

だけどね、と教授は神妙な声で言った。

（君が死ぬと、その理性の箍《たが》が外れる）

「理性の箍が、外れる？」

（気持ちいいぐらいにすぱんとね）

「それで、ジークフリートが、魔王になる、と……？」

（ああ。それも、この僕を凌《しの》ぐほどの力を持った魔王で、この世界どころか、他の世界まで破壊されかねない事態になる。……君が死ぬと）

「俺が、死ぬと」

（そう、君が死ぬと）

何でそうなる。いくら俺でも、そんな馬鹿げた物語は書かないぞ。突拍子がなさすぎる。あのジークフリートの理性の箍が外れる？　挙句に、ジークフリートが魔王になる？　考えてみたが、全然想像ができなかった。

「嘘だろ」

（嘘じゃないんだって！）

「いや、だって、ジークフリートだぞ？」

（今でも結構片鱗《へんりん》見せてるよね!?）

ジークフリートが魔王だなんて、どう考えたってあり得ない。世界を滅ぼす？　あの優しい人が？　馬鹿も休み休み言え。

（とにかく！　君が信じようが信じまいが、そういう訳なの！　本来この世界に手出ししない僕がわざわざここにいるのも、君を死なせないようにして、このループから抜け出すためなんだからさ！）

「そのわりには、俺が何度も殺されてるのを黙って見てたらしいけど」

（仕方ないでしょ！　神気が足りなくなったんだから！　僕が本格的に干渉したら、この世界を更地にして最初から作り直すことになっちゃうんだよ！　そういうことは極力やりたくないの！）

「更地にしてやり直すだって!?　そんなことしたらジークフリートはどうなるんだよ！」

（……君ってば、ここでまでジークフリートの心配を真っ先にしちゃうんだ？　普通そこは、俺はどうなるんだ！　って言うところじゃないの？　あんなに何度も死に戻りで痛い思いしてるのに、今度はとうとう自分で自分を刺しちゃったし、僕が言うのも何だけど、そこまで来ると殉教者みたいだよね）

「俺だって別に好きで何度も死んでた訳じゃない！　それに今回は、ジークフリートが死んだから……死んだ、から……」

そこまで言ったところで、ぴたりと言葉が止まった。

そうだ。死んだのだ。ジークフリートが。目の前で。

ぶわりと身体中から汗が噴き出した。あの瞬間を思い出して、呼吸が浅くなる。

「ふ……、……っ」

(ああ……身体は何度でも死に戻ることができても、君の場合は心が痛みを覚えているからね。あまり思い出さないようにしないと……って、どこに行くつもり!?)

教授の言葉を最後まで聞くことなく、部屋を飛び出した。

確かめなければ。その思いで頭がいっぱいになる。

本当に生きているのか、この目で確かめなければ安心できない。この世界は、本当にジークフリートのいる世界なのか。

焦燥感と共に走る。ただひたすらにあの人のもとへ。

「ジークフリート!」

ジークフリートが泊まっている客室に飛び込む。殺風景な屋敷の中で唯一、ルーカスから届けられた調度品のお陰で整えられている部屋。天蓋付きのベッドで本を読んでいたジークフリートは、突然飛び込んできたクライスに目を丸くしたが、お構いなしにその身体に抱き着いた。

「クライス?」

生きている、生きている、生きている!

歓喜のままにジークフリートの身体をぎゅっと抱きしめる。ジークフリートが息を呑《の》んだが、それを気にする暇もなかった。

ジークフリートの胸に耳を当て、とくとくと主張する鼓動を確かめ、ほっと息を吐く。

これはジークフリートが生きている証《あかし》。ああ、ここはジークフリートがいる世界だ。

安堵《あんど》で涙が零れそうになる。この温もりを抱きしめられていることが、どれだけ尊いことか。少しずつ失われていく熱が怖かった。けれど今は、確かな温もりがクライスの心をも温める。

ふわり。頭にジークフリートの手が触れた。その手が優しく髪を梳《す》いてくれる。

「どうしたんだい？　さっき別れたばかりなのに。今度は君が、怖い夢でも見たのかな？」

その言葉にはっと我に返る。そうだ。ジークフリートの中では、さっき別れたばかりなのだ。

冷静になってみれば、寝間着姿で許可もなく勝手に部屋に踏み込み、しかも抱き着いてしまうという愚行。

「クライス、黙っていては分からないだろう？」

今さっき死に戻ってきたばかりだから混乱してしまって、なんて言えない。貴方が死ぬところを見てしまったから、生きていることを確認したかっただなんて言ったら、おかしくなったと思われるだろう。

「ご、ごめ――」

言い訳を思いつかず、それでも慌てて離れようとしたら、ジークフリートの腕がそれを阻んだ。きつく捕まえられ、顔を覗き込まれる。

「謝る必要はない。ただ、君が何にそんなに怯《おび》えていたのか知りたいだけだ」

「何でもない、本当に何でもないんだ」

言えるはずがない。言いたくもない。あんなことは、知らないままでいいのだ。

「どうしても言いたくない？」

「…………」

「分かった。では、聞かないよ。その代わり、こうして一緒に眠ろう」

ジークフリートが、クライスを掛布の中に引き込む。

「ジークフリート、俺は――」

「いいから」

こちらの困惑を他所に、ジークフリートはごそごそと位置を整え、先ほどのようにクライスを抱きしめ直した。

「ちょうどよかった。私も一人で眠るのは怖いと思っていたところだ」

嘘吐き。ジークフリートの優しさに、胸がぎゅっとする。……違う。この部屋に来てジークフリートに抱きしめられた時からずっと、胸がぎゅっと痛んでいる。

一度目の時は、自分が先に死んだ。けれど今回、目の前でジークフリートを失ったことで自覚してしまった。

この人を失いたくない。失ったら生きていけない。そう思うほどに、この人が自分の心に深く入り込んでいたことを。

これが何かと言われれば、愛だ。あの時、堕天使に言ったように。

頬に当たるジークフリートの温もりが苦しい。この人は、こんなに自分を大事にしてくれている。

けれどそれは、本来自分が受け取るべきではないものだ。

ジークフリートを騙《だま》している。本物のクライスではない自分は、ジークフリートに大事にされる資格などないのに。

「身体が震えている。寒いのかい？」

「…………」

この温もりが愛《いと》おしい。けれど、ジークフリートの優しさは、俺のためのものじゃない。分かっているのに、離れがたい。

「クライス、悲しいなら泣けばいい。腹が立つなら怒ればいい。私の腕の中にいる間は、何も偽らずに素直でいればいいんだ」

できない。ジークフリートの前では、偽ることしかできない。こんなに優しい言葉をかけてくれているのに、自分はこの人を裏切り続けることしかできないのだ。

「クライス、せめて私のそばでは君に安らぎを与えたい」

ジークフリートがクライスと名を呼ぶたびに、違う、と叫び出したくなる。俺は貴方のクライスじゃない。もしそう叫んだら、ジークフリートはどんな顔をするだろうか。

悲しみ？　怒り？　絶望？　どの表情も向けられたくなかった。

「ジークフリート、ごめん」

こんな夜中に突然押しかけて。本当のことを何も言えなくて。……貴方の大事なクライスを奪って。

謝罪には答えず、ジークフリートは代わりに体を揺らす。笑ったのだと分かったのは、鼻から抜ける小さな息が聞こえたから。

「子供の頃にも、こうして一緒に寝たことがあったね。覚えているかい？」

覚えている。遅くまで二人でベッドの中に隠れて色んな話をした。クライスはこの国をよくしたいと大層な夢を語り、ジークフリートは『だったら私は、そんな君が仕えて誇りに思えるような王になろう』と言った。

クライスが、ジークフリートに仕えることを決めた思い出。だがそれも、自分のものではない。本来のクライスとジークフリートの、二人だけの大切な思い出。

「クライスは今も昔も、真っすぐだ。私は君のそういうところが好ましい」

「……俺はもう、あの頃とはまったく違うよ」

だって、別人なのだから。

自分がここにいることを、間違いだったとは思わない。自分ではなくクライスが死に戻っても、きっと同じことの繰り返しになったはずだ。

物語の全容を知っていて、狡《ずる》くて意地の悪い自分だから、ジルとクロードからジークフリートを守ることができるし、これからは堕天使相手にだって引くつもりはない。

けれどジークフリートにとっては、それは果たして嬉《うれ》しいことなのだろうかとも思う。確かにジークフリートは死なずに済むのかもしれない。だが、ジークフリートの大事な幼馴染《おさななじ》みはもうこの世にはいないのだ。

「君は、自分のことを変わったと思うのかい？」

「……今の俺は、ジークフリートが思うよりはずっと狡い人間だと思うよ」

「ああ、ジルにわざと同情してみせたことか？　それとも、悲しげな顔をしてみせて、皆の同情を買ったことかな？」

「……っ、気づいて、いたのか？」

動揺で息が詰まる。まさか、気づかれていたとは思わなかった。

「私は君が思うより、君を見ているからね」

ジークフリートの大事なクライスなら、そんなことはしない。幻滅させてしまったのだろうかと身を固くしたが、ジークフリートが笑う振動が胸から伝わってきた。

「君がずっと、私のそばに来てくれるために努力をしてくれていることを知っている。私はそれを狡いなんて思わないよ。むしろ私は、君が自分から火の粉を振り払ってくれて安心したんだ」

「安心……？」

「そう。私の隣に立つなら尚更、我慢をしてばかりではいけない。自分を守るためには攻撃も防御のうちであると、覚えておいて欲しい。君に何かあれば、それは私にとって致命傷になり得る」

そうだ。ジークフリートの側近になるなら、クライスはそうあらねばならなかった。それができなかったからこそ、あの悲劇を生んだのだ。

クライスは優しかった。優しすぎた。だからこそ全ての理不尽にやり返さずに耐えて、耐えて耐えて耐えて、そのまま殺されてしまった。

その一方で、クライスの優しさを踏《ふ》み躙《にじ》った者達が許せない、あれだけ優しかったクライスに復《ふく》讐《しゅう》を願わせたこの世界をぶち壊してやる、そういう生き方をしてきたのが自分である。

「今の俺を、受け入れてくれるのか……？」

どんなに虐げられても家族を愛そうとした、あの心優しいクライス・フォン・ルブタンではなくとも？

「今の君も、昔の君も、同じ君だよ」

クライスを抱きしめるジークフリートの手が、ぽんぽんと優しく背中を撫《な》でてくる。優しい言葉なのに、その言葉にまた絶望に落とされる。

それは自分が求めている言葉ではなかった。ここにいるのがクライスではないと知らないジークフリートからそのような言葉が出てくるはずがないと分かっているのに、勝手に期待して裏切られ、落胆してしまう。

だが、ジークフリートは言った。

「君は自分のことをものすごく変わったと思っているようだが、変わらないものだってあるだろう？」

「……たとえば？」

「頑固で負けず嫌いで、人を頼ることを知らなくて――」

「ただの悪口じゃないか」

「好きなことに夢中になっている時はとびきり可愛くて、呆《あき》れたり怒ったりしている時は心配の裏返し」

「おい、誰が可愛いなんて――」

「自分がどんなに大変な時でも、自分を一番にできない。困っている人がいたら何だかんだ言い訳をつけながらも助けてしまうし、身分に関係なく、人の本質を見ることができる。そんな君だから、テオドールや子供達のように君の素晴らしさに気づく人間がどんどん増えて――」

「も、もういいからっ」

手放しで褒められているのかは怪しいが、それらは確かに今の自分にも言えることで。ジークフリートが盲目的に過去のクライスだけを見ている訳ではないのだと分かって、ほんのりと胸が温かくなった。

そうしたら。

「ほら、案外変わっているようで変わらないだろう？　全部、私が好きになった君のままだ」

「好き、って……」

心臓がどくりと音を立てた。聞いてどうする。そう思うのに、次の言葉を待ってしまう。

ジークフリートも、俺のことを好きでいてくれたのか？

「こうして今、君が腕の中にいてくれることが、私にとっては一番の幸せだよ。逃げないでいてくれるということは、クライスも少なからず私のことを好きでいてくれていると、自惚《うぬぼ》れてもいいのかな？」

好き？　そんな生易しい感情じゃない。貴方のことを愛している。何もかも捨ててもいいぐらい。貴方がいないと生きていけないぐらい。

自分が本当のクライスなら、一も二もなくそう言っただろう。けれど自分は違う。クライスじゃない。

記憶はあるのに。感情も全て持っているのに。それでも自分はこの人の大事なクライスではないのだ。

この人のことを愛しているからこそ、偽物の自分のままでこの人の思いに応えることができなかった。

嘘と偽りでできた自分が、この人の何になれるって？

「私が君を好きだと迷惑かい？」

「……嫌な聞き方をするなよ」

「私はただ、ずっと君のそばにいたい」

クライスを抱きしめるジークフリートの腕に、ぎゅっと力が籠《こ》もる。そうしてゆっくりと唇が唇に触れた。

「……っ」

生まれて初めてのキスだ。

自分の人生を生きていた時も、一度もキスをしたことなどなかった。それどころか、誰かを好きになったこともなかった。

恋とか愛なんて分からなかった。誰かに大事にされた経験がなかったから、誰かを大事にすることを思いつきもしなかった。一人で生きることに精一杯で、喜怒哀楽を誰かと分かち合うことなど考えたこともなかった。

たかだか皮膚同士の接触に何の意味があるんだ。そんな風にさえ思っていた。……こんなに泣きたくなるぐらいに感情を揺さぶられるなんて、知らなかった。

抱きしめられれば嬉しい。キスをされれば幸せで涙が出そうになる。それは初めての感情だった。だけど、これは全部、本当は自分が受け取っていいものではない。

「やめろよ、ジークフリート」

愛してる。貴方のためなら命も懸けられるほど。だからこそ、俺では貴方の気持ちを受け入れられない。

「俺のこの気持ちは、尊敬で愛じゃない。俺達は男同士で、貴方には婚約者もいるだろう？　だから、こんな馬鹿なことはやめてくれ」

上手く誤魔化せているだろうか。声は震えていないだろうか。ほんの少しも、この気持ちが漏れ出してはいないだろうか。

クライスを抱きしめるジークフリートの腕に再び力が籠もる。苦しい。胸が痛い。自分で胸に剣を突き刺したあの時よりもずっと。

「……分かった」

自分で言い出したことなのに、ジークフリートの了承の言葉に喉《のど》を絞めつけられたような心地がした。

今すぐ、嘘だ、愛してる、貴方に愛されたいと叫んでしまいたい。その気持ちをぐっと堪えて「そうか」と身体を離そうとするが、ジークフリートの腕には力が籠もったままで、解放してはもらえない。

「ジークフリート、悪ふざけはやめろよ」

「私が分かったと言ったのは、君の私への今の思いが尊敬であるということへの返事だ」

「だから、今すぐこの腕を――」

「君の気持ちは尊重するつもりだ。無理やりに君を私のものにするつもりはない」

ジークフリートの言葉に、身体から力を抜く。悲しいが、これが正しい。元のクライスがジークフリートに感じていたのは確かに尊敬だった。それを自分が歪《ゆが》めるなんてことは、あってはいけない。

「でもね」

ごそっと動いたジークフリートが、抱きしめたクライスの顔を覗《のぞ》き込んでくる。

「だからといって、諦《あきら》める気もないよ？」

「……え？」

「言い訳と思われるかもしれないが、リステアとの婚約はあくまでも時間稼ぎで、私は彼女を王妃にするつもりはない。そのことは彼女も知っている。私が君を愛していることも」

「……っ！」

「男同士であることは、愛の前には関係のないことだと思っている。君が私を受け入れてくれたら、堂々と皆に発表する覚悟もある。だからクライス、君のその私への尊敬の気持ちが愛に変わるまで、頑張るよ」

ジークフリートはにっこり笑ってそう言って、クライスの額に優しくくちづけた。

「このぐらいなら、親愛の印として許されるかい？」

「ゆ、ゆ、ゆ、許される訳ないだろっ！」

ジークフリートの唇が触れた額を手で押さえて顔を真っ赤にして叫んでも、ジークフリートはどこ吹く風で。

「だったらここに、君への忠誠を誓おう」

クライスの手を取り、ジークフリートの唇が指輪にキスをした。ジークフリートに贈られたあの指輪だ。

「心配はいらないよ、クライス。私はとても気が長い。ゆっくり私のことを好きになるといい」

王として生きる彼が、少しのことでは動じない鋼の心の持ち主であることは知っていた。けれどまさか、それがこんなところでまで発揮されるなんて。

だが、諦めないジークフリートにほっとしたことも事実だった。

何て狡い男なんだろう、俺は。


ジークフリートの魔力でできた鳥が窓から外へ飛び立っていくのを見送り、クライスはため息を吐《つ》いた。

「とうとう、明日か」

明日は、王城に行かなければならない。ジークフリートとの関係が微妙に変わったことで、もしかしたら、と思ったが、孤児院の運営に関する書類にサインをしに来るようにという連絡は、前回と同じように届いてくれた。

もしジークフリートから連絡が来なければ、こちらから連絡しなくてはならなかった。何故なら、明日はジルとクロードが王城にやってくる。……堕天使からの偽の神託を受けて。

行かない、という選択肢はなかった。ジルとクロードを追い詰めるには、あの時あの場所が絶好の機会なのだ。……だが、その後は堕天使がクライスを殺しに来る。何度も考えたが、まだこれぞという打開策は思いつかない。それでも、やるしかなかった。

(いよいよだね。でも、今の僕は神気が足りないから、君を守り切れるかどうか)

教授と二人で話がしたかったので、テオドールには別の仕事を与えて執務室から遠ざけていた。お陰で、誰の目を気にすることなく会話ができる。

「いや、教授はしばらくどこかに隠れててくれ」

(ええ!? そんなことしたら、また殺されちゃうじゃない!)

「堕天使が俺を殺そうとするのはジル達を断罪した後だ。それまでは油断させておきたい。わざわざ敵に考える時間を与えることはないだろ?」

教授はクライスの死に戻りの記憶から堕天使の存在を捕捉《ほそく》したが、堕天使はまだこの神獣の中身が神本人であることを知らないはずだ。堕天使にとって、神というのは良くも悪くも特別な存在だろう。吉と出るか凶と出るかは分からないが、相手を混乱させるためのカードは多いほうがいい。

(なるほど。僕は最強のジョーカーって訳だね)

「いや、そこまで役に立つとは言ってない」

（失礼な！）

明日はやらなくてはならないことが山ほどある。できれば、明日中に全てに決着をつけたい。

（焦りはよくないと思うよ？　一度僕と一緒に森に避難して、神気が溜《た》まるのを待つという選択肢もある）

「どれぐらいで神気が溜まるんだ？」

（一ヶ月ぐらいかなあ？）

「話にならないな。そもそも、神気が溜まったところで、あの堕天使を何とかしない限り、そのうちまた神気が切れることになる」

（……まあ、そうなんだけど）

何だか不服げな教授を無視して、鳥のために開け放していた窓を閉めようとすると、先ほど飛び去っていったばかりの鳥が戻ってきて、クライスの横を通り抜け、ふわりとソファの背に留まった。

「どうして戻ってきたんだ？」

首を傾げると、鳥からジークフリートの声が聞こえてくる。

『言い忘れたことがあってね』

「言い忘れたこと？」

前回の会話を思い出してみたが、抜けている部分はなかったように思う。何か状況が変わったのかと身構えたら、鳥が……いや、ジークフリートが言った。

『明日、会えたら君を抱きしめてキスをしてもいいかな？』

「……っ！　い、いい訳ないだろ!!」

『残念だな』

くすくすと笑う声にからかわれたと憤ったら、すぐにまた鳥が……いや、ジークフリートが言った。

『今日の君も好きだ。気が変わったら、君もいつでも私を好きだと言うといい』

「さ、さっさと帰れ！」

こんな恥ずかしい台詞を、よくもさらっと言えるな！　顔を真っ赤にして叫ぶと、ジークフリートは……いや、鳥はふわりと飛び上がって窓から出ていく。

『明日の君に、好きだと言えるのが楽しみだ』

……なんて言葉を残して。

（いやあ、熱烈だねえ）

飛び去っていく鳥を見送りながら、教授が感心したように呟《つぶや》いた。

（あんなに君のことが大好きなのに、どうして受け入れてあげないの？　君だってジークフリートのことを好きでしょ？）

「……ジークフリートが好きなのは、俺じゃない」

（君だよ。今さっきも言ってたじゃない。今日の君も好きだって）

「あんなのは、俺が本当はどんな人間か知らないから言えるんだ」

（そうかなあ。ジークフリートは、今の君を見た上でああ言ってると思うけど）

教授の言葉は毒だ。そのまま受け入れてしまいたくなるが、頭の中にある、クライスとジークフリートが歩んできた年月が、そうすることを許さない。

ジークフリートが求めているのは、共に歩んできたあのクライスだ。入れ替わった偽物の俺じゃない。

「なあ、教授」

（なぁに？）

「俺とクライスを入れ替えることはできるのか？」

それはジークフリートに好きだと言われてから今日まで、ずっと考えていたことだった。それなりの覚悟で尋ねたのに、教授はそれにあっさりと答える。

（できるよ）

「……そうか」

その返事を聞いて、心が決まった。

――この身体を、元の持ち主に返す。

汚れ仕事は、全部俺が引き受ける。今、元のクライスに戻っても、きっとジークフリートを助けることはできない。返すのは全てが終わった後だ。

だから。

その代わりに、ほんの少しの間だけ、あの人の愛情を盗むことを許して欲しい。全てが終われば、ちゃんとこの身体を返すから。

(君は、本当に馬鹿がつくほど融通のきかない子だねえ)

「神様がそういうこと言っていいのか？」

(どこが狡《ずる》くて意地の悪い人間なんだか)

教授はぷいっとそっぽを向いて、ソファーの上で丸くなった。

「何だよ、急に何拗《す》ねてるんだよ」

(拗ねてるんじゃないよ、呆《あき》れてるの。別に気にしないで幸せになっちゃえばいいのに)

「さっきから、神様とは思えない台詞ばっかり言ってるぞ」

(神様だって腹が立つことはあるもん)

教授が、俺のことを思って怒ってくれていることは分かっている。それだけで、この世界で一人ではないと思える。全てが終わって俺の存在が消えても、教授だけはきっと、俺の全部を覚えていてくれるのだ。

(そんなので満足しないでよ)

「この世界にあまり干渉したくないんだろ？　俺とクライスを入れ替えて元に戻せば、その干渉ってやつも最小限で収まるじゃないか」

(まあ、そうだね。それが一番丸く収まる。それは分かってるし、そうしようとも思ってるよ。だけど、君のその殉教者みたいな考え方が気に入らない)

どうやら、この話はいくらしても平行線らしい。理解して欲しいとは思わない。教授が望み通りにしてくれるなら、それで構わなかった。

これ以上この話をしても空気が悪くなるだけだと悟って、教授の隣に腰を下ろし、その身体を優しく撫《な》でながら別の話をすることにする。

「なあ、堕天使ってどれぐらい強いんだ？」

（堕天使とは言っても、元は僕に連なるものだからね。あの子自身が直接的にこの世界を滅ぼすことはできない。でも今この世界で、僕の神気での相殺なしであの子に勝てる者は誰一人いないだろうね）

ちょっと自慢げな響きが入っているのが腹立たしい。

「おい、分かってるのか。俺達はそいつを倒さなきゃならないんだぞ」

（倒す、か……とりあえず、明日は凌《しの》ぐだけの方向で――）

「そんな弱気なことを言ってたら、また殺されるだろうが。太陽の光が苦手だとか聖水をかけたら消えるとかないのかよ」

（あのねえ、堕天使になったとは言っても、君達人間よりはよほど僕に近い存在だった子だよ？そんな儚《はかな》い存在だと思われるのは心外だね）

「だったら、神の怒りだか何だとかでバシッとやっつけろよ！」

（それもできないよ。反抗していても可愛い我が子だよ？　それに僕がそんなことをしたら、それこそこの世界が壊れちゃう）

「役立たず！」

（あの子と戦えるのは、ジークフリートだけだよ。それも、アルバートに魔力を盗まれた今のままだと駄目。君が死んで理性の箍《たが》が外れればあの子を倒せるけど、そうしたら世界は崩壊するし、君は死に戻るからやり直し。そうならないためには、魔力を取り戻すしかないね）

「ジルが処刑されれば、贄《にえ》がいなくなって契約が自動的に終わるんじゃないか？」

（あの子はジークフリートの婚約者に成り代わっているんでしょ？　きっとジルが極刑になることはないと思うね）

そうだ。リステアは次期王妃殿下で、すでにそれなりに発言権を持っている。ジルを減刑させるのは難しくないだろう。

「だったら、アルバートのほうから契約を切らせるというのは？」

（君がアルバートだったら、契約を切ると思う？）

確かにそうだ。独房に入れられることになるアルバートにとって、魔力は生命線だ。唯一、独房を脱出できる可能性がある力を、手放すとは思えない。

「だったら、もうあれしかないな」

一つ、考えがある。クライスの考えを読んだ教授が、驚いて頭を上げた。

（ねえ君、少し焦りすぎじゃない？　そんな乱暴な方法で――）

「そんなことを言ってたら、いつまで経っても終わらないだろ！」

こんなことを長く続けていてはいけない。一刻も早く全てを終わらせて、この身体をクライスに返さなければ。そうしないと、いつか自分の心が欲に負けてしまう。

「さっさと終わらせて、元に戻さなきゃ」

（……そうだね。それが正しいのかもしれないね）

自分で言い出したことなのに、教授に肯定されると胸が軋《きし》んだ。引き留めて欲しい訳じゃないのに、惜しまれたいと思っている浅ましい自分が嫌で、それすらも教授に読まれているのだと思うと、ああもう早く何もかも終わらせたい、と思った。

そうしたら楽になれる。何も考えずに済む。

……愛されたいなんて、思う必要もなくなる。

「最近、陛下が足繁くクライス様のもとを訪ねていると聞いたのですけれど」

王城の中庭にある、薔薇《ばら》の咲き誇る庭園。そこで紅茶を楽しみながら、優艶《ゆうえん》な微笑みを浮かべているのは、リステア・カーズ。ジークフリートの婚約者で、この国の次期王妃殿下となられるお方。

……というのは仮の姿で、彼女こそが堕天使。全てを裏で操っていた諸悪の根源。

一体いつから、この人はリステアではなくなっていたのだろう。最初からそうだったのか、それとも自分達のように途中で入れ替わったのか。

穏やかな微笑みを浮かべている今の姿と、あの時ジークフリートを刺し殺して笑っていた姿が一致しない。あの光景をこの目で見ていなかったら、この人を疑うことは絶対になかった。

「……クライス様？　どうかなさって？」

「……っ、申し訳ありません」

状況も忘れ、リステアを観察しすぎてしまった。警戒させる訳にはいかないのに、と慌てて取り繕う言葉を探していると、隣に座っていたジークフリートの手がクライスの手に触れた。

「リステアに見惚《みと》れるなんて、許せないな」

「ち、ちが……っ」

「まあ、それは大変ですわね。私、陛下と争うつもりはありませんの。クライス様、申し訳ありませんが、貴方の思いにはお応えできませんわ」

「さすがリステアだ。私も君と争わずに済んでほっとしたよ」

「叩《たた》き潰《つぶ》さずに済んで、の間違いではありませんの？」

今日はいいお天気ですね、そうだね、なんて会話しているかのような和やかな表情で交わされているのに、会話の内容がおかしい。

「お、お待ちください。リステア様は、何か誤解をされていらっしゃるのではないでしょうか？」

「あら、陛下が私に見せつけるようなことをされていらっしゃったので、ついに思いが通じたのだと思っておりましたが、私の早とちりだったのでしょうか？」

「お、思いが通じただなんて、そんなこと――」

「言っただろう？　リステアは、私の君への思いを承知している」

「ええ、もちろん。純愛って素晴らしいですわよね。けれどクライス様、王族の婚姻というのは一筋縄ではいきませんの。クライス様のお気持ちが陛下に追いつくまでは、私という代理がこの場にいなければなりませんでした。陛下の婚約者が不在のままでは、貴族同士の不毛な争いが激化していたことでしょうから」

こちらを見るリステアの目には慈愛が満ちている。全てを理解した上でジークフリートの共犯者になった令嬢、という視点で見れば、やはり次期王妃殿下に相応しい方だ、となったかもしれないが、すでに堕天使の本性を知ってしまっている以上、彼女が優しく振る舞えば振る舞うほどぞっとしてしまう。

ここまで完璧《かんぺき》に偽ることができる彼女を、たとえジークフリートに告発しても信じてもらえるはずがない。

それでも、リステアとジークフリートが笑い合う姿を見ると心穏やかではいられなかった。

ジークフリートをいつでも殺せるほど近くに堕天使がいる。結果的にジークフリートを殺すことにはなったが、堕天使の狙いはあくまでもクライスである。そう教授に教えられはしたが、それでも焦燥に駆られてしまう。

ジークフリートの思いを知っていたから、クライスに目をつけたのだろうか。今回も、堕天使の狙いは変わらずクライスのままでいてくれるだろうか。

疑問と不安で頭の中がぐちゃぐちゃだ。ティーカップを持つ指先が震えているのに気づいて、ぎゅっと握りしめて誤魔化した。落ち着け、今は怪しまれる訳にいかない。

堕天使は教授のように心を読むことはできない。だが、だからといって安心はできなかった。少しの油断が致命傷になり得る。

「あの……陛下のお気持ちはありがたいと思っておりますが、私は臣として陛下に仕えたいと思っております」

「まあ、陛下を袖《そで》にする方がいらっしゃるなんて。陛下の傷心を慰めるための茶会を開くべきかしら？」

「必要ないよ、リステア。私はクライスの気持ちが愛に変わるまで、変わらず愛し続けるつもりだからね」

「それでこそ、陛下ですわ。陛下にはクライス様が必要ですものね。……クライス様がいなくなったら、壊れてしまいそうなほど」

頬に手を当てて話すリステアの表情は、感心とほんの少しの心配を読み取らせる。だが、目を伏せた一瞬の隙、口端が上がったのを見逃さなかった。それは、堕天使の本性を知らなければ見逃してしまうほど、些細《ささい》な変化。

「……っ、お二人とも、お戯れはやめてください。……陛下、お寛ぎのところ、大変恐縮なのですが、そろそろ書類の確認をさせていただきたく思います」

思わず問い詰めそうになったのを堪えたが、これ以上リステアと時間を過ごせば、こちらのぼろが出そうだ。あれが悪夢でも何でもなく事実であることは確認できた。ティーカップに残っていた紅茶を飲み干して促すと、ジークフリートは目を細めて見当違いなことを言い出す。

「ああ、ほら、リステアのせいで、クライスが機嫌を損ねてしまった」

「あらあら、それは申し訳ございません。私としたことが、お幸せそうな陛下が妬《ねた》ましくて、少々からかいすぎてしまいましたわ」

「ふふ、私はそんなに幸せそうに見えるかい？」

「ええ。どうぞ、そのお幸せを大切になさってくださいませ」

ジークフリートの幸せを喜ぶような表情であったというのに、クライスの耳はどうしてもそこに含みを感じてしまう。

二人が穏やかに微笑み合う姿を、以前なら仲睦《なかむつ》まじいと思えたのに、今はすぐにでも引き剝《は》がしたい衝動に駆られた。

完璧な淑女の顔の裏にジークフリートへの悪意を隠しているこの人を、ジークフリートの視界にすら入れたくない。

そっとジークフリートの袖を引く。非礼であることは分かっていたが、どうしても我慢できなかった。ジークフリートはすぐにそれに気づき、からかうことなく袖を引くクライスの手に手を乗せ、

「そろそろ行くことにするよ」とリステアに声をかけて立ち上がった。

「リステア様、失礼いたします」

ジークフリートに引かれるままに立ち上がってリステアに礼をすると、リステアも立ち上がって美しく礼の形を執る。

「クライス様、またお会いできるのを楽しみにしておりますわ」

次に会う時は、その仮面を剝ぎ取ってみせる。

ジルとクロードに対する断罪は、恙《つつが》なく行われた。もう何度も経験しているから、誰がどのような行動を取るのか手に取るようによく分かる。

初めての時はここが終着点だと思った。だが今は、ここが通過点でしかないことを知っている。

「クライス、大丈夫かい？」

「大丈夫……と言いたいところだけど、さすがに少し堪えたな。父上も、ここに連れてこられるのか？」

「ああ。さすがに無関係という訳にはいかない。クロードの証言がある以上、彼がジルと共に神託を偽ったことは事実だ」

「そうだな。……一つ、お願いがあるんだ」

「何でも言うといい。この件に関しては、君は当事者であると同時に被害者だ」

「……会議にはリステア様を呼んで欲しい」

「リステアを？　どうしてだい？」

「ありがたいことだけど、貴方は俺に肩入れしすぎているだろ？　彼女なら客観的な意見をくれるだろうから」

嘘だ。リステアがジル達の情状酌量を求めることは分かり切っている。だが、リステアを野放しにするよりは遥《はる》かにましだ。

会議はおそらくそう短時間では終わらない。何せ、ルブタン侯爵家はそれなりに力を持った貴族

はずだ。おまけにクロードもいる。王太子という立場にいるクロードの処罰は、そう簡単にはいかない

最低でも、半日ほどは時間を取られるだろう。下手をすれば一日や二日では決まらない可能性もある。それもその場しのぎでしかないが、その間にやっておきたいことがあった。

「それは私が、君のことを愛しすぎてると言いたいのか？」

「……ジークフリート」

「ああ、すまない。別に君を困らせたかった訳じゃないんだ。……分かった。リステアも呼んで、話し合うことにしよう」

「ありがとう」

王としてのジークフリートの仕事ぶりにケチをつけたようなものなのに、ジークフリートは怒るどころか優しくそれを受け入れてくれる。申し訳ない気持ちになりながらもそれを撤回することはできないので、ただ頭を下げるしかなかった。

「ただし、君にはしばらく王城に留《とど》まってもらう」

「ああ、そうさせてもらうよ」

宰相に呼ばれて足早に出ていくジークフリートを見送ると、音もなく教授が背後からやってくる。

（僕の出番かな？）

「ほとんど神気がないんだろ？」

（君は一人じゃないってこと）

「見てるだけだけどな」

（素直じゃないなあ。ひとりぼっちじゃなくてほっとしてるくせに）

「心を読むな」

確かに、これまでとは違って一人じゃないということに、ひどくほっとしている自分がいるのは事実だ。

「リステア様はジークフリートが足止めしてくれる」

（でもまあ、時間の問題だよね）

「だから、今のうちにできることをする」

おそらくそう時間がかかることなく、アルバートが王城に連れてこられるはずだ。それを待って、アルバートに会いに行く。

（君は本当に無茶ばかりするなあ）

「最悪死んでも、またやり直せばいいんだからな」

（そういう考え方、どうかと思うよ？　だって、その時々の痛みは本物でしょ？）

死は怖い。意識が遠のく瞬間、もしかしたらこれで終わりかもしれないと何度も思った。それを望んだ瞬間も、それに怯《おび》えた瞬間もある。

死に戻りの能力があるとは言っても、本当に死に戻れるのかどうかは、実際に死んでみないと分からない。

神様だかの気まぐれで、今回で終わりだった、なんて可能性があるかもしれない。最初の何回かはそう思って怯えていた。その後の何回かは死ぬことが辛くて、もう終わりにして解放してくれと思った。

そして今は、あの人のためなら何度死んだって構わない、と腹を括っている。痛さが何だ。苦しさが何だ。それを乗り越えれば死に戻れると分かっている。

痛みも苦しみも、全部俺が引き受ける。ジークフリートの大事なクライスの代わりに。

(人間って、そう簡単には変われないものだねえ。あんなに何回も死んでも、それでもやっぱり自分の幸せを真っ先に考えないなんて信じられないよ)

「考えてるさ」

あの人が本当に愛する者をその腕に抱いて笑うことが、俺の幸せだ。

(はいはい。今の君に何を言っても無駄だってことは分かってるよ。とりあえずアルバートが連れてこられるまでどこかで休もう。僕、お腹空《す》いちゃった)

すっかり呆《あき》れた様子で、尻尾《しっぽ》をふりふり、教授は謁見の間を後にしようとする。

(ほら、早く！　まずは一緒に腹ごしらえだよ！)

「はいはい、分かりました。この食いしん坊が」

途中で振り返った教授に駆け寄り、一緒に歩き出した。呆れながらも一緒にいてくれる教授に、感謝しながら。

「何だ、わざわざ私を嘲笑《あざわら》いに来たのか？」

客室に案内してくれた近衛騎士にアルバートが到着し次第教えて欲しいと頼んだお陰で、想像していたよりも早くアルバートと会うことができた。

アルバートは神託を受けたと自ら宣言した訳ではないからか、独房ではなく見張りつきの部屋で捕らえられていたが、その扱いも大変ご不満らしい。

部屋を訪ねたクライスに挨拶《あいさつ》する暇も与えず、開口一番これである。

「わざわざ嘲笑いに来る価値があるとは思いませんが。侯爵の地位をはく奪されれば、貴族としての品位も失うのですか？　まさか訪ねてきた客に挨拶もせずに暴言を吐くとは思いませんでしたよ、父上」

「まだ地位をはく奪された訳ではない！　調子に乗るのもいい加減にしろ！」

抵抗したのか、それともここに着いてから暴れたのか、アルバートの服装や髪が乱れているのが内心の焦りを表しているようだった。

この期に及んで、まだ何とかなると思っているらしい。あの場にいなかったから、現状を正確に理解できていないのかもしれない。それとも、まさか侯爵家の祖父母から援助が来るとでも思っているのか。

祖父母からはすでに、クライスを後継に指名する書類が届いている。慰めの言葉も、哀れみの言葉も、謝罪もなく、至って事務的なものだったが、それで充分だ。

すでに今、ルブタン侯爵の地位は実質的にクライスのものであることを、アルバートはまだ知らない。

（往生際が悪いのも考えものだねえ）

ゆったりと歩いてきた教授が、クライスの背後を守るようにお座りをする。これまでアルバートは一度も教授の存在を気にしている様子がなかったが、今回は教授に怯えるような仕草を見せた。

「そ、そいつをけしかけて私を嚙《か》み殺《ころ》させるつもりか？」

「まさか。そのようなことをする必要がありません」

貴方は放っておいても裁かれることになるのだから。

「だったら何をしに来た。今更、自分のしたことの愚かさに気づいて謝罪でもしに来たか」

どういう思考回路をしていたらそうなるのか。呆れ果てて腕組みをし、クライスはそれまで示していた最低限の礼儀を放り捨てた。

「俺があんたに謝罪をするだって？　冗談だろ？　あんたの馬鹿さ加減にはうんざりするな。ジルのほうがあんたより遥かに狡《ずる》賢い。爪の垢《あか》でも煎《せん》じて飲ませてもらったらどうだ？」

「貴様……！　誰に向かって口をきいている！」

「さあ、今目の前にいるあんたは誰なんだろう？　すでにルブタン侯爵の地位は俺に引き継がれている。縁を切られたあんたは、ただのアルバートってところかな？」

「何、だと……？」

アルバートの目に絶望が浮かぶ。アルバートにとってはルブタン侯爵の地位が全てだ。それを取り上げられれば、この男には何の価値もない。

「そもそも、大した魔力も持っていないのによくも今まで皆を謀ったな」

「……っ！　な、何の話をしている」

ここからが核心だ。クライスは余裕たっぷりな顔で、あんたの秘密を知っているよ、と笑いかけた。

「ないものは奪えばいい、か。それをまさかこの国の王様相手にやるなんて、あんた正気じゃないよな」

「ど、どうして……いや、違う！　誰から何を聞いたのか知らないが、お前は騙《だま》されているのだ！　私が一体何をしたと――」

「ジルの身体が弱かったのは、どうしてだろうな？」

「……っ」

「可哀想に、子供の頃から身体が弱かったジルの唯一の拠《よ》り所はあんたに誰より大事にされていることだったのに、その理由が愛じゃなかったと知ったら、どんな顔をすると思う？」

言い逃れることができるなんて思うな。こちらは全てを知っているのだと、アルバートに突きつける。クライスが一歩足を踏み出せば、アルバートは怖気づいたように一歩後ずさった。

「自分の子供を生贄《いけにえ》にするなんて、あんたは悪魔だ」

仮にも血の繋《つな》がった我が子だ。それを生贄にして平気な顔をしているなんて、畜生にも劣る行為だ。

「お前に何が分かる……！　正統な侯爵家の血筋でもない人間が貴族達の間で生き抜くためには、

力が必要なんだ！」

「そのためにこの国の王の魔力をくすねたって？　自分の子供を生贄にして？　その話を貴族達の前で披露すればいい。一体どれぐらいの貴族があんたに同情してくれるかな？」

怒りで真っ赤になっていたアルバートの顔は、今や真っ青だった。この話が表に出れば、アルバートは問答無用で極刑だ。法的にも人道的にも許されることではない。

「ま、待て、クライス……その話はどこで知ったんだ？　知っているのはお前だけか？」

「だったらどうだって言うんだ」

「私と取り引きをしよう。侯爵家のことなら、私が何でも知っている。お前の知りたいことを何でも教えてやるから」

「必要ない。うちの執事は優秀でね。さっそくルブタン侯爵邸に入り、あんたが隠していた宝石やら帳簿やら、何もかもごっそりと見つけ出したとすでに報告があった」

「勝手に私の部屋を漁《あさ》ったのか!?」

「もうあんたの部屋じゃないからな」

「……っ」

アルバートは今にもクライスに殴りかかりたそうだったが、クライスの背後にいる教授の存在がそうさせない。

クライス一人ならともかく、教授とも戦うとなると騒ぎになるのは避けられず、王城内で問題を起こせばすぐに近衛騎士がやってくる。騒ぎを聞きつけてジークフリートがこの場に来れば、アルバートは終わりだ。

教授が一緒に戦ってくれるとは思わないが、そばにいてくれるだけで充分な抑止力となった。

「終わりだ。もう全部分かってる。これ以上、ジークフリートの魔力は奪わせない」

「お、お前は何も分かっていない！　私はお前達のためにやったんだ！　お前達を守るためにはより強い魔力が必要だった！　お前が大事だから生贄にしなかったんだぞ？　お前が大事だから、あんな能力も何もない役立たずの子供を引き取ってきて生贄にしたんだ！　この父の気持ちが分からないのか？」

よくも今更、そんなあからさまな嘘が吐《つ》けるものだ。クライスのことが大事なら、あのような扱いはしなかったはずだ。何が父の気持ちだ。お前のような男の気持ちなど、一生分からなくて構わない。

「分からないね。分かってるのは、あんたにとっては自分だけが大事ってことだ」

冷めた眼差しをアルバートに向ける。この男が無様な姿を晒《さら》せば晒すほど、心が凪《な》いでいく。こんな男の言動に振り回される必要などない。

「俺を説得しようとしたところで無駄だ。あんたにできることは、今すぐにジークフリートの魔力を盗む契約を切って、証拠を隠滅することぐらいだな。そうしたら、同じルブタン侯爵を名乗っていた男に対する最後の情けで、この件に関しては口を噤《つぐ》んでもいい」

「……契約を切ることはできない。契約は、私の命が終わる時まで続く」

「やっぱり、そうか」

堕天使とは言っても、ほとんど悪魔のようなものだ。文献によると悪魔との契約は命を代償として行われる。特別な取り決めがあれば別だが、そうでなければ契約は死ぬまで続く。

「もしかしたら、別の道があるかもしれないと思ったが、そう簡単にはいかないよな」

「……！　貴様……っ！」

クライスが胸元に隠していた短剣を取り出すと、アルバートが顔色を変えた。

「わ、私を殺すつもりか!?」

「だって、もうそれしか方法がないだろ？」

アルバートを殺さなければ、ジークフリートの力を取り戻せない。力を取り戻せなければ、堕天使を倒すことはできないのだ。

短剣の柄《つか》を握りしめる。逃げようと後ずさったアルバートの足を、土の魔力を使って拘束する。床から溢《あふ》れた土に足を取られ、抜け出せなくなって倒れたアルバートの前に立《た》ち塞《ふさ》がった。

拘束する際にアルバートの魔力を封じてある、と近衛騎士から説明を受けている。魔力を封じることができるなんて知らなかったが、お陰で今なら魔力の差は問題にならない。

「分かっているのか!?　父を殺すなどと、そのような大罪は神がお許しにならない！」

確かに、神は許していない。その証拠に、教授はクライスが短剣を取り出してからずっと何かを訴えるような表情をこちらに向けていた。けれど引けない。やるしかないのだ。

そう決意してここへ来たのに、何故だろう、手が震える。

クライスをずっと虐げていた男だ。こんな男は死ぬべきだ。分かっているのに、いざ自分が人を殺すとなると、踏み出すのには覚悟が要《い》った。

短剣を握りしめ、浅く息を吐く。覚悟を決めろ。こいつをやらなければ、未来が絶たれる。

「あ、あいつが勝手に契約していたことにしよう！　ジルだ！　ジルを犠牲にすれば、まだ私達親子はやり直せるはずだ！　ジルが死ねば、生贄がいなくなって契約は無効になる！　私が死なずとも――」

「どこまで自分勝手なんだ。自分の出世のためにジルを生贄にして、今度は自分の命のためにジルを犠牲にするって？　ジルのやったことに同情はしないが、せめてあんたは、最後まであいつと一緒にいるべき――」

「冗談じゃない。誰が僕の気持ちを代弁してるんだよ、気持ち悪い」

突然、続きになっている部屋の扉が開く。現れたのはジルだった。まさかこんなところにジルがいるとは思わず、不意を突かれた隙に短剣を奪われる。

「……どうして、お前がここにいるんだ」

「情け深い次期王妃殿下のお力でね。可哀想だから独房ではなく監視付きの部屋にと言ってくれたらしいよ？　お貴族様のお情けには反吐《へど》が出るよね」

「ジル、リステア様は本当に私達のことを心配してくれているんだ」

ジルに付き添うようにして隣に立ったのはクロードだ。二人をアルバートの隣の部屋に入れるなんて、警備は何を考えているのか。……いや、リステアに上手く誘導されたのかもしれない。

「まあでも、お陰で着くなり面白い話が聞けたから、次期王妃殿下には感謝しなくちゃいけないかもね」

短剣をクライスに向けながら、ジルの視線がアルバートに向いた。頬を引き攣らせているところを見ると、アルバートもジルが隣にいることを知らなかったらしい。

「ジ、ジル……分かっているとは思うが、全てはクライスを宥《なだ》めるための嘘で本心ではない。私にとっては、お前が一番大事な——」

「詰めが甘いよねえ」

ジルはアルバートを無視して、クライスに視線を戻した。

「こんなところにのこのこやってきてさ。僕だったらジークフリート様に泣きついて一緒に来てもらうところだけど、それができないのがクライス兄様の甘さだよ」

「何故だ」

「何が？」

「隣にいたってことは、全部聞いていたんだろう？　それなのに、どうしてその男を庇《かば》う」

「分かってないなあ、クライス兄様は。生贄だって何だって、お父様の役に立つうちは安泰だったってことでしょう？　あんたよりよっぽど役に立つ存在だったたってことじゃないか」

嘲《あざけ》るように言うくせに、表情がそれを裏切っている。口元は笑みを浮かべることに失敗し、顔がくしゃりと歪《ゆが》んだ。

初めて、ほんの少しだけどジルに同情した。虚勢を張っているのが分かる。アルバートに愛されているということが、ジルに自信を与えていたのだ。それが全て虚構だったと知って、冷静でいられるはずがない。

「もうやめろ」

「うるさい」

「これ以上罪を重ねても、お前の不利になるだけだ」

「うるさいうるさいうるさい！」

怒りで我を忘れた顔で、ジルがクライスに向かって短剣を振りかざす。クライスが土の魔力を使う前に、アルバートに後ろから羽交い締めにされてしまって。

「放せ！」

「ジル！　早くやってしまえ！」

厚顔無恥なアルバートは、先ほどジルを犠牲にしようと言ったのと同じ口で、今度はクライスを殺せと唆す。

「あははは！　もっと早くにこうしておけばよかった！」

しまった。油断した。土の魔力を使おうにも、魔力を封印されたアルバートに触れられているせいでその力に巻き込まれているのか、魔力が使えない。

思わず視線が泳いで、教授を見てしまった自分に腹が立つ。教授は助けてくれないと分かっているはずなのに。

（その役目は僕じゃない）

「さようなら、クライス兄様」

ジルの顔が歪《いびつ》に笑う。クロードは何か言いたそうな顔をしたが、結局ジルを止めることはなかった。

自分を助ける者はいない。最初から分かっていたことだ。

ここまで来てまた死に戻るのかと思いながら、諦《あきら》めて身体の力を抜く。そして、ジルの振りかざした短剣がクライスの首筋に当たる……と思った瞬間、おかしなことが起きた。

「クライス……！」

突然、周囲に風が吹き荒れ、ジル達が吹き飛ばされる。誰かの身体が背中に当たった。背後から温かな腕に抱きしめられる。

……この温もりを知っていた。でも、どうして。

「ジーク、フリート……？」

何故、ここにいるんだ。扉が開いた気配はなかったのに。

訳が分からず、背後のジークフリートを見上げる。クライスを抱きしめる腕にぐっと力が籠《こ》もり、ジークフリートが唸《うな》るように声を絞り出した。

「君の指輪に、魔力を注いでおいた……君の身に危険が迫った時は、どこからでも私が駆けつけられるように」

「いつの間に……」

「君に好きだと伝えた日に。勝手なことをしたことは謝る。けれど、後悔はしていない」

声に怒りが満ちている。これは誰に向けられた怒りだろうか。ここにいる全員かもしれない。

……俺も含めて。

「お前達は現在、身柄を拘束されている立場だ。その上でこのような問題を起こして、ただで済むとは思っていないだろうな」

「へ、陛下っ、私は何もしておりません！　これはちょっとした兄弟喧嘩《きょうだいげんか》で――」

「ちょっとした兄弟喧嘩？　私が助けねばクライスは命を落としていたというのに、これをただの兄弟喧嘩だと言うのか？」

ジークフリートから、魔力が漏れ出す。ジークフリートの怒りが部屋を侵食し始めると、アルバートとクロードからは喉《のど》を絞められたような悲鳴が漏れた。

「ひ……っ」

「ぐ……！」

魔力が強い者ほど、漏れ出した魔力の影響を受けやすい。ジークフリートはまだ何もしていないのに、上から何かに押さえつけられているような圧迫感に襲われた。背後からジークフリートに抱きしめられて守られている分、クライスは彼らより遥《はる》かにましだろうが。

「陛下、やめてください」

「やめない。君を殺そうとした者達を庇うつもりかい？」

ジークフリートがこちらを見ない。視線はジル達に向けられたままで、顔からは表情も消えてしまっていた。

「お願いです、落ち着いてください」

このままでは駄目だ。何とかジークフリートを止めなければならない。もしもの時はアルバートやジルを殺してでも、と思いはしたが、ジークフリートの手を汚させるつもりはなかった。

「ジークフリート！」

音が出るほどの強さで頰を挟み、ジークフリートの顔を無理やりにこちらに向ける。目を見開いたジークフリートがようやく自分を見たことにほっとして、クライスは「俺は生きている」としっかりとした口調で伝えた。

「貴方が落ち着かなくてどうするんだ」

ジークフリートの視線がクライスに注がれる。それは永遠にも思えるような時間だったが、じっとその目を見返して、ジークフリートが落ち着くのを待った。

「……ああ、すまない」

ぱちり、と瞬《まばた》きをした後、ジークフリートの顔にようやく表情が戻ってくる。それと同時に場に満ちていた魔力も霧散して、その場にいるジークフリート以外の全員が、ほっと息を吐いた。

「どうしてこのようなことになったか、説明してもらえるか？」

「それは……」

できれば、アルバートがジークフリートの魔力を掠《かす》め取っていたことは黙っておきたかった。ジークフリートがそのことを知れば、ジルに同情をするかもしれない。そうなれば、情状酌量でジルの罪が軽くなる可能性がある。だがここまで来れば、もう仕方がないのかもしれない。そう逡巡《しゅんじゅん》している間に先を越された。

「陛下の魔力を、お父様が掠め取っておられたそうですよ」

口火を切ったのはジルだった。アルバートは慌てて「ジル！」と怒鳴ったが、クライスが驚いたのはジークフリートの反応のほうだ。

「そうか」

ジークフリートの表情には、驚きや困惑といった感情が浮かんでいなかった。諦観《ていかん》に近い態度に、ある疑念を抱く。

「……もしかして、知っていたのか？」

「…………」

この場合の沈黙は肯定だ。

「知っていたならどうしてやめさせなかったんだ！」

自分の魔力が盗まれているのを知って、それでも放置していたなんて信じられない。突き飛ばす勢いでジークフリートから身体を離して向き合うと、さっと目を逸らされた。

「ジークフリート、説明してくれ」

「…………」

「いつから知っていたんだ」

「……気づいたのはジルに会った時のことだ。彼から、私の魔力の残滓《ざんし》を感じた」

「どうして、その時に言わなかったんだ！」

「自分の魔力の残滓だから私には分かったが、それが魔力を盗まれているからだと証明するのは簡単なことではない。それに……このことを公にすれば、ルブタン侯爵家はただでは済まないと思った」

「やったことを考えれば、当たり前のことだろ⁉　それなのにどうして――」

「ははは！　まったく鈍いなあ、クライス兄様は。要するに陛下は、クライス兄様を守りたかったってことでしょ？」

吐き捨てるように言ったジルが、乱暴な仕草で髪をかき上げる。

「……俺？」

「ルブタン侯爵家を告発すれば、クライス兄様は今頃、長男としてお父様に道連れにされていたかもね。いや、それどころかもしかしたら、罪を着せられてた可能性だって大いにある」

先ほどのアルバートを思い出せば、充分にあり得る話だ。自分が一番可愛いアルバートのことだ、クライスに罪を着せるのに何の罪悪感もなかっただろう。

「俺の、ために……？」

「違う。私自身のためだ」

ジークフリートの手が、クライスの手を握った。

「君を、どうしても失いたくなかった。もちろん、ずっと放置するつもりだった訳ではない。君を守れる状況が整ったら、すぐにでも取り戻すつもりはあった」

「だけど、そんなの……」

クライスのために、分かっていて魔力を奪わせていたというのか。自分の大事な力が、誰かに奪われるのをただ許していたなんて。

「馬鹿なことをしていたのは分かっている」

けれど、どうしても君を手放せなかった。

ジークフリートの呟《つぶや》きに、それ以上言葉を返せなくなる。この人のクライスに対する愛は、愚かなぐらいに一途《いちず》だ。

ここまで愛されているクライスのことを羨《うらや》ましいと思う。早く、二人が幸せになればいいのに。

そのためには、自分が早く消えなくてはならない。

「馬鹿馬鹿しい」

そう呟いたジルが、足元に落ちていた短剣を蹴飛《けと》ばした。

「結局のところ、愛されてたのはお前だけだった」

ははは、と声を上げて笑うけれど、その目からはぽろりと涙が零れ落ちて。一粒のそれが顎《あご》を伝うと、決壊したように次々とジルの頰を濡《ぬ》らしていった。

「どう？　滑稽《こっけい》でしょう？　あれだけお前を馬鹿にして、愛されてるのは僕だと天狗《てんぐ》になっていたのに、僕はただの道具だった。こんな馬鹿げた話がある？　笑いなよ、いっそそのほうがすっきりする」

「ははは」

「よくも笑えるな！」

途端にこちらを睨《にら》みつけてきたのはクロードだった。

「笑えって言ったのはジルだろ」

笑いなよと言われたから笑ったのに、怒るなんてひどい話だ。

「ジルのことを可哀想だと思わないのか!?　ジルがこうなったのは環境のせいだ！　こんな環境に生まれていなければ、ジルはこんなに歪まずに――」

「違うな。ジルがこうなったのは環境のせい？　冗談だろ？　ジルと同じ環境で育ったら、百人が百人、本当にジルみたいになると思うのか？」

環境のせいだという言葉は大嫌いだった。

確かに人生とは環境に左右されるものだ。生まれた環境が違うせいで、どんなに頑張っても届かない場所というものは実際にある。だがそれを、自分が犯罪に走った言い訳に使うのは違う。

「いいか、ジルの人生がこうなったのは、ジルの性格が悪いせいだ。そこに同情の余地なんかない。そもそもジルだって、自分は可愛がられている特別な存在だと思って好き放題していたのに、実際は愛されてなかったと分かった途端に不幸ぶるのは違うだろ？　いい加減にしろよ、みっともないにもほどがある」

今更お涙頂戴《なみだちょうだい》で切り抜けようなんて、と顔を顰《しか》めようとしたが、それより先に鼻を鳴らした者がいた。

「まったくだね。僕のこの性格は元々だ。環境のせいだなんて同情されるのはまっぴらだよ」

ジルだった。髪をかき上げてうんざりした顔をしたジルは、慌てて肩を抱こうとするクロードの手を払い除《の》ける。

「最初から最後まで役立たずだな、あんたは。王太子殿下なんて肩書じゃなかったら、誰があんたなんかに触らせるもんか」

「ジル……」

クロードが悲しげにジルを見た。この人はジルの本性を知っても尚、まだジルを心配しているらしい。クロードには、自分には見えないジルの何かが見えているのだろうか。ジルの見た目に騙《だま》された馬鹿な男だと思っていたが、クロードがジルに対して持っているものは、本当に愛情なのかもしれない。

ジルがふっとクロードから視線を逸らす。それから振り切るように一つ大きな息を吐いて、ジークフリートに向き直った。

「……陛下、取り引きをしましょう」

「取り引き？」

ジルが足元の短剣を拾う。そこからの動きにあまりにも迷いがなくて、反応する暇もなかった。

「ぐふ……っ、きさ、ま……っ！」

次の瞬間には、アルバートの胸に深々と短剣が突き刺さっていて。容赦なく心臓に突き立てられた短剣から血が滴り落ちるのを呆然《ぼうぜん》と見つめている間に、がくりとアルバートの身体が膝《ひざ》から崩れ落ちた。

「ジル、お前……！」

「契約を終わりにするには、この男が死ぬか僕が死ぬか。だとしたら、こいつが死ぬのが筋でしょう？　でもどうせクライス兄様にはできないだろうから、僕が代わりにやっておいたよ」

確かに、契約を切るにはどちらかに死んでもらうしかない。これからの話し合いで二人が共に極刑になる可能性もあったが、それには時間がかかる。だからこそ自分はここに来たのだ。

「あっけないものだね。あんなにこの人の愛情を必要としていたのに、要らなくなるのは一瞬だったな」

ジルの視線が、床に倒れたアルバートに落ちる。すでに動かなくなっているから助けようもないが、まさかこうも簡単にアルバートが死ぬとは思わなかった。

「取り引きというのは、これのことか？」

父親の命すら利用するなんて、何て男だ。

「もちろんこれだけじゃありませんよ。僕が全部証言します。今、お父様が言ったことも含めて全部。その代わり、そこの男の命は保障してください」

ジルが指差したのは、クロードだった。

「ジル？　君は一体何を……」

「あんたみたいな役立たずの馬鹿が仲間だなんて思われるのは心外なんだ」

「自分の命乞《いのちご》いはしなくていいのか？」

「必要ありますか？　父上が何と契約してそんなことになったか、その辺りのことが全て分からない限り、生贄《いけにえ》だった僕をそう簡単には殺せないと思いますけど」

アルバートが死んだことで、本人の口から真実を聞くことはできなくなった。全てを明らかにするのは簡単なことではないだろう。それも計算した上でアルバートを殺したなら、やはりジルは相当に狡賢《ずる》い。

「それに、父親に生贄にされていた可哀想な僕に同情してくれる貴族は、それなりにいるはずですよね？」

「同情されるのは嫌だったんじゃないのかよ」

「お前に同情されるのはまっぴらだけど、生きるためにお貴族様達の同情を買うのはやぶさかではないいね」

転んでもただでは起きない男だ。だからこのことを公にせずに片をつけたかったのに。

「いいだろう。但し、未来は明るくないぞ」

「ジークフリート……！」

「望むところだよ」

ジークフリートが取り引きを受け入れたことに抗議しようとしたが、これ以上はどうしようもなかった。ジークフリートの決定は、王として正しいものだ。全てを明らかにするためには必要なことで、それを歪《ゆが》めろというのはジークフリートに王としての矜持《きょうじ》を曲げろと言うのと同じこと。

それに、もしかしたらジルにとっては、クロードの前でこれまでの自分の悪意を全て曝《さら》け出《だ》すことこそが一番の罰なのかもしれない、と思ったから。

（君にはやっぱり、復讐《ふくしゅう》なんて向いてないね）

それまで何もせずに傍観していた教授の声が頭に響く。

やっぱりって何だ。それに、復讐はまだこれからだ。

全ての黒幕である堕天使が、まだ残っている。


あの後すぐに近衛騎士団が駆けつけて、拘束されたジルとクロードは今度こそ独房に送られることになった。

そして自分はと言えば、無言のジークフリートに腕を引かれ、王城の長い廊下をひたすらに歩いている。

「お、おいジークフリート、ちょっと腕を放してくれないか？」

「……」

「なあ、痛いんだって」

主に皆の視線が。

ジークフリートらしくもなく、クライスを引き摺《ず》るようにして早足で歩き続けているから、すれ違う者が皆驚いた顔でこちらを振り返ってくるのだ。

「なあ、ちょっとだけでいいから……うわっ！」

ようやく入った部屋は、おそらく客室の一つだった。入るなりベッドに突き飛ばされ、顔から突っ込む。起き上がろうと慌てて身体を捻《ひね》ったら、それを待ち受けたようにジークフリートが腰に跨《また》がってきた。

「おい、一体何のつも――」

「どうしてこんなことをした！　命を何だと思っているんだ！」

両手を押さえてベッドに縫い留められ、至近距離で怒鳴りつけられた。

「ご、ごめん」

咄嗟《とっさ》に謝りはしたが、命なんて今の自分にとっては一番軽いものだった。だって、何かあって失敗したって、どうせ死に戻れるのだ。

「死んだらどうするつもりだったんだ！」

死んだら、やり直すつもりだった。何度でも、正解を引くまで。

「どうしてあんな無茶をする！　どうして自分を大事にしてくれない！」

死に戻れるからだ。俺の命なんて、大事にする価値がない。

けれど、そんなことを言えるはずもない。こちらを見下ろすジークフリートの表情は、あまりにも悲痛だった。

「心配させて悪かった」

「そんな風に謝って欲しいんじゃない」

自分を大事にして欲しいだけなんだ。ぽすりとクライスの顔の横に額をついて、懺悔《ざんげ》をするようにジークフリートが呟く。

「……何度も、君の死んだ夢を見る」

「え？」

「最初は、私の目の前で君が刺される夢だった。君を助けたいのに、手が届かない。私の身体はこれっぽっちも動かなくて。君がこと切れるのを見ていることしかできなかった」

息を呑《の》んだ。

その光景を知っている。最初の死に戻り。ジークフリートの目の前でこと切れる寸前の、クライスの慟哭《どうこく》を思い出す。

「君の命が散る寸前、涙が零れ落ちていく姿が忘れられない。君を助けられない自分に絶望して、君がいないこの世界のことが許せなくなって。そうしたら突然身体が熱くなって、何もかもを破壊して、それでようやく君の身体を抱きしめても、君はずっと冷たいままなんだ」

ジークフリートの声が震えている。泣いているのかもしれない、と思った。その震える声に、自分の心までが震わされる。

「それからも、何度か君の死んだ夢を見た。いきなり背後から刺されたり、喉《のど》を矢で貫かれたり。その時の私は、何故か君になっていて。痛みや苦しみ、絶望。それらがない交ぜになった君の心の叫びを体感するんだ。辛かった。苦しかった。君がこの痛みを抱えていると思うことが。いつか、この夢が本当になってしまうことが」

唇を噛《か》んで悲鳴を堪える。そうしなければ、嗚咽《おえつ》が漏れてしまいそうだった。

それは、夢ではない。全て……全て、クライスの体験したことだ。

死に戻るのは自分だけ。だから痛いのも苦しいのも自分だけだと思っていた。

何度も死ぬ経験なんて、誰もしたことがないだろう。絶望を味わうことに慣れることなんてない。

それでも自分を誤魔化していたが、どういう作用か分からないが、ジークフリートの心に自分の絶望の記憶が残っているなんて。

いや、もし残っていなくて、それがただの夢だったとしても、それでも。

「私は、あの夢が正夢になることが怖い。君が、自分の命を軽視しているように見えるから……どうしてなんだ、クライス。どうして、自分をもっと大事にしてくれない……っ」

ジークフリートの震える手が、クライスを抱きしめる。この人は今、クライスを失うことに怯《おび》えているのだ。……それはまるで自分がジークフリートを失うことに怯えていた時のようで。だからこそクライスは、抵抗することもできずにジークフリートの腕の中に収まった。

「大怪我《おおけが》をしたら、痛いじゃ済まないんだぞ……!?」

そうだ、痛かった。ものすごく痛かった。

「あんな……あんな痛みや苦しみを、味わわせたくない……!」

ぎゅっと抱きしめられ、胸が苦しくなった。

ああ、そうだ。自分は誰かに、こうして分かっていて欲しかったんだ。

堪え切れなくなった嗚咽と共に、涙がぼろぼろと零れ落ちる。

これまでずっと虚勢を張って生きてきた。

他人に優しくできるほど、心に余裕もなかった。いつでも自分を守ることに精一杯で、まるで針鼠のように周囲を威嚇して強くあろうとしてきたが、その棘がぽろぽろと剝がれ落ちて、本来の弱い自分が顔を出す。

「……っ、う、うぅ……っ、ご、ごめん……」

「二度とするな！」

「う、うん、うん、二度と、しない……しない、う、う……っ」

一人だけの孤独な戦いだと思っていた。だけど、この人の心にほんの少しでも傷をつけていたのなら。これからは自分をもっと大事にしなくては、とクライスは心に決めた。

ジークフリートにあんな思いを二度とさせてはいけない。自分自身、あんなことに慣れてはいけなかった。

「いっぱい泣いていい」

その言葉に、これまで我慢していた何かの箍《たが》が外れた。

「ひ、ぅ、う、うあああああっ」

縋《すが》りつくようにジークフリートを抱きしめ、その胸に顔を埋めると涙が止まらなくなる。

辛かった。怖かった。痛かったし、苦しかった。ずっと誰かに助けて欲しかった。

「心が傷ついたはずだ。一人で会いに行ったのも、アルバートが素直に罪を認めてくれさえすれば、と思ったんだろう？」

「………………」

それはひどく見当違いな言葉だと思ったが、ほんの一縷《いちる》だけ、望みを持っていたのも本当だ。アルバートが素直に全てを白状して、クライスへの謝罪を口にすることを、ほんの少しだけ、本当にちょっとだけ期待した。部屋に入った瞬間に、あり得ないと打ち消したが。

「これからは、一人で無茶をしないで欲しい」

「二人なら、いいのか？」

「そうしたら、君の分の無茶は私が受け持つよ」

ベッドに腕をついて少し体を離したジークフリートが、頬に残ったクライスの涙を吸い取るようにくちづける。その唇が啄《ついば》むように、クライスの額に、瞼《まぶた》に、鼻先に触れ、最後にゆっくりと唇に合わさった。

「ふ……っ」

一度だけ、唇にキスをされた。けれどこんな風に長くくちづけられたのは初めてで。抵抗しようにも覆い被さられている体勢では上手くいかず、空気を求めて口を開けば、待ち兼ねたように舌が入り込んできた。

「ふ、ぁ……や、やめ……っ」

「私に怖い思いをさせたんだ。少しだけ、甘やかして」

何度も、何度もくちづけられる。こんなにしたら、唇がふやけてしまいそうだ。初めての感触に蕩《とろ》けて、頭がぼうっとなってしまう。

舌で舌を絡め取られ、唇を食《は》まれ、また深く合わさる。そんなことを何度繰り返しただろう。いつしか夢中になってそれに応えていたら、硬いものが腿《もも》に当たった。

「……っ！」

びっくりして体を震わせると、ようやく唇が離れていく。

「い、今のは、その……」

「私だけじゃない。君もだろう？」

「ぁ……っ」

ぐっと膝《ひざ》で自分の硬くなった性器を刺激され、思わず息を詰める。あまりにくちづけが気持ちよくて、知らないうちに勃《た》ってしまっていた。慌てて腰を引こうとするが許されず、ジークフリートの大きな手がそこに触れてくる。

「駄目かな？」

「だ、駄目に決まってる……！」

「最後まではしないから、少しだけ」

「す、少し、だけ……？」

「そう。少しだけ」

そう言う間にもジークフリートの指がやわやわとクライスの性器を刺激してくるから、欲求に負けそうになる。だが、ぎりぎりのところで欲に打ち勝った。

「お、俺の気持ちが追いつくまで、待ってくれるって言った……！」

途端にジークフリートががっくりと肩を落とし、こつんとクライスの額に自分の額をぶつける。

「ああ、ひどいな。そんな風に言われたら、いい子でいるしかない」

こんなになっているのに。そう言ってまたクライスの性器に触れてこようとする手を、ぺちりと叩《たた》く。これ以上は駄目だ。ただでさえぐずぐずな理性が蕩けてしまう。

「駄目だって！」

「だったら、くちづけだけ」

「くちづけ、だけ？」

「そう。私は君の言うことを聞いたから、君も私の言うことを聞いて？」

「……くちづけ、だけなら」

いいかな？

了承の言葉を飲み込む勢いで、唇に唇を塞《ふさ》がれた。

「クライスの唇は、どうしてこんなに甘いんだろう」

「あ、甘い訳……ん、ん……む、ぅ……」

言葉は全て、ジークフリートのくちづけに呑み込まれる。身体を絡め合い、舌を絡め合い、目が合えば微笑み合ってベッドで睦《むつ》み合う。

「クライス、私が君を愛していることをちゃんと覚えていて」

鼻と鼻を擦りつけるようにして甘えられると、うんと頷《うなず》くことしかできなくて。

「私の愛している君を、ちゃんと大事にして欲しい」

ああ、そうだ。この身体は自分のものであって自分のものではない。ジークフリートの大切なものなのだから、大事にしなければ。

ふわふわと甘い綿菓子を食べているような気分で、意識が甘やかに蕩けていく。

朝からずっと気を張りっぱなしで、自分で思うより疲れてしまっていたらしい。考えないといけないことが、まだ山ほどあるのに。

駄目だと思うのに、優しいくちづけの感触が瞼に触れるともう限界だった。

「嫌だ、寝たく、ない……こわ、い……」

こうしている間にも、堕天使は何かを企んでいるかもしれない。

眠りに落ちる瞬間は、死ぬ瞬間に少し似ている。このまま意識を失えば、それで終わりかもしれない。寝ている間に殺される可能性だって、ゼロじゃない。

「大丈夫。私がそばにいる。怖いものから守ってあげるよ。だからゆっくりおやすみ」

ジークフリートの唇から、温かいものが流れ込んでくる。それが魔力だと分かった時には、背中を優しく押されるようにして眠りに落ちていた。

「寝ている時ぐらい、私のことだけを考えて」

夢の中では、幸せな二人でいられるだろうか。


朝の光の中、目を覚ます。

「う、ぅ……ん」

「おはようございます、クライス様」

「テオドール……今、何時……？」

「もう朝食の時間は過ぎておりますよ。ジークフリート様はすでに部屋を出られました」

「ん……ジークフリート……ジーク、フリート……？」

どうしてテオドールがジークフリートの話を？　昨日は一体何をしていたんだっけ。

「ジル様の証言のお陰で、城内は大騒ぎとなっております。ジークフリート様の魔力がアルバート様によって盗まれていたことを証明するには、まだしばらく時間がかかりそうですが」

そうだ。ジルがアルバートを殺して、証言をすると言い出して、その後ジークフリートに無理やり部屋に連れ込まれて、それから――

「うわああああああっ！」

その後の記憶までが一気に蘇《よみがえ》って飛び起きた。

ジークフリートにキスされた。それもものすごく濃厚なやつ。無意識に唇に触れたところで、視線を感じて顔を上げた。

「クライス様、顔が真っ赤でいらっしゃいますが、体調でも崩されましたか？」

「いいいい、いや!?　大丈夫だ！　全然そういうんじゃない！　大丈夫だから！」

慌てて掛布をすっぽり頭まで被る。

(まったく、あまりにもチョロいなあ。もうちょっと出し惜しみしないと、ああいう子は甘やかすと調子に乗るよ？)

お前もいたのか！

(昨日は空気を読んで二人きりにしてあげたんだから、感謝して欲しいよ)

「み、見てたんじゃないだろうな!?」

掛布を撥《は》ね除《の》け飛び起きると、ベッドに顎《あご》を乗せてこちらを見ていた教授がぴすぴす鼻を鳴らす。

(僕はそこまで野暮な神様じゃないよ。扉の前で番をする間、囁《ささや》き声を聞くぐらいにしてあげたんだから、感謝してよね)

「思いっきり聞いてるだろうが！」

「クライス様？　本当に大丈夫ですか？」

しまった。テオドールがいることをすっかり忘れていた。

「だ、大丈夫だ！　ちょっと教授の視線がうるさかったから、注意してただけだから！　それより、どうしてここにテオドールがいるんだ？」

苦し紛れに話を変えただけのつもりだったが、テオドールから返ってきたのは異変の知らせだった。

「執事として屋敷を空けることがあってはならないのは百も承知ですが、どうしてもクライス様のお耳に入れたいことがございまして」

「……手紙じゃ駄目なのか？」

「実は……ジークフリート様の提案で、私の仲間の何人かがこの王城で働いているのですが、そのうちの一人と連絡が取れなくなりまして。もう少し様子を見ようかとも思うのですが、その少し前に来ていた定期連絡の内容が何やら怪しかったもので、クライス様にご報告したく参上いたしました」

「定期連絡の内容は？」

「どうやら、クライス様のことを調べている者がいるらしい、と」

「誰か分かっているのか？」

「そこまでは。ただ、その者が仕えていたのが次期王妃殿下候補のリステア様でしたので、証拠を残す形でお知らせする訳にもいかず――」

「リステア様だって⁉」

リステアがクライスのことを調べていたのは、殺すのに最適な場所や時間を探っていたのかもしれない。それが容易に想像できるだけに、いなくなったというテオドールの仲間の安否が心配だった。

「すぐに探しに行こう」

「まずはお着替えを」

「分かってる！」

ベッドから飛び出し、テオドールの手を借りながら着替えを済ませる。だが、そこであることに気づいた。

「ちょっと待て。この服は何だ？」

自分が今着せられた服に見覚えがない。だがやけに身体にしっくりくるし、縫製も生地も、最高級のものであることが嫌でも分かった。

「急な宿泊でしたので、私のほうでも着替えをお持ちしたのですが、ジークフリート様がこちらをお出しするように、と」

クライスが普段着ているものとはレベルが違う高級品だ。デザインも今流行《はや》りのもので、これがいくらするのか考えただけでも頭が痛くなる。

「すぐに脱いで返し――」

「ああ、クライス。やはりよく似合うね」

無作法にもノックもなしに入ってきたのはジークフリートだ。この王城は全て余すところなくジークフリートのものだが、もしクライスがまだ着替えている途中だったらどうするのか。

文句を言ってやろうと思ったが、ジークフリートの顔を見た途端、昨日のことを思い出してしまった。あの唇が自分に触れ、何度も舌が――

ああ、駄目だ！　やめろ！　考えるな、俺！

「こんなものを借りる訳にはいかない。すぐに脱いで返す」

「貸すつもりはない。私からクライスへの贈り物だ」

「尚更困る」

「どうしてだい？」

「こんな高級なものを貰《もら》う理由が――」

「クライス。お前はこの私から魔力を盗み取っていた者を、白日の下に引き摺《ず》りだしてくれた。これはそれに対する礼だ。受け取りなさい」

こういう時に王の顔をするのは狡《ずる》い。返す言葉が見つからなくなって黙り込めば、ジークフリートはふわりと表情を崩して「我《わ》が儘《まま》で悪いね」と笑った。

「それより、君さえよければお茶でも飲みながら事件についてのこれまでの経過報告をしたいのだけれど」

「悪いが、すぐに出なければならないんだ」

「……クライス、今度は何をするつもりだい？」

昨日のジークフリートの言葉が脳裏をよぎる。

『これからは、一人で無茶をしないで欲しい』

話すべきだろうか。

(話すべきだろうね)

頭の中で逡巡《しゅんじゅん》すれば、教授がそれに答えた。

(ここはジークフリートの縄張りだよ。彼に聞くのが一番早い)

確かにそうだ。まだ何か問題が起きたと決まった訳ではないし、あてもないのにうろうろするよりもジークフリートに聞いたほうが早い。

(すぐにジークフリートを頼れないのは、君の悪い癖だね)

教授のお小言を聞き流し、「聞いて欲しいことがある」とジークフリートに席を勧めて腰を下ろした。だが、正面の席を勧めたのに、ジークフリートはクライスの隣に座った。近い。近すぎる。唇がすぐそばにあると落ち着かないから、離れて欲しいのに。

「何か問題が起こったのかい？」

「ま、まだ分からないんだが、ここに出しているテオドールの仲間の一人と連絡が取れなくなったらしい」

「誘拐や拉致《らち》の可能性は？　このようなことは言いたくないが、ここに出入りする貴族達の誰かに見初められ、無理やり連れていかれた可能性もあるかもしれない」

貴族にも色々いる。誇りをもって民のために行動する者もいれば、自分を神か何かと勘違いする者だっている。

（まったく、神になるためには健全な精神が必要だっていうのに）

教授に健全な精神が宿っているかと言われたら……食いしん坊な精神は健全と言えるだろうか。

「テオドールの話では、俺のことを調べている者がいるらしいという定期報告があったのが最後だって」

ジークフリートが、顎に指先を当てて考え込む仕草をした。

「何か、心当たりがあるのか？」

「私もつい先ほど、ライデンから報告を受けたばかりだ」

「ライデン様から？」

諜報《ちょうほう》活動を主としているライデンからの報告とあっては、聞かずにはいられない。

「どうやら、リステアが君のことを探っているらしいと聞いた」

「……！」

まさか、ここでリステアが尻尾《しっぽ》を出すとは思わなかった。王家の諜報部隊が優秀なのか、それともアルバートが死んだことで堕天使に焦りが出てきたのか。

「奇遇ですね。行方《ゆくえ》不明になった私の仲間も、リステア様のおそばで仕えておりました」

「やはり、そうか」

ジークフリートを見つめる。リステアは表向き完璧《かんぺき》な女性だ。だからこれまで、ジークフリートにリステアが黒幕だと言えずにいた。ことによっては、こちらが不敬罪に問われかねないからだ。

だが今、ジークフリートの目がリステアに向けられている。ジークフリートは果たして、彼女をどうするだろうか。

「もし彼女が私達の子に何かしたのなら、一刻を争うかもしれない」

「ちょっと待て。私達の子ってどういうことだ」

「君が世話をしている子供達は、私にとっても可愛い子だからね。父としては、助けに行ってやらねばならない」

子供達に父上と呼ばれるようになって、すっかり父親気取りである。自分もその点に関しては人のことは言えないが。

「まずはリステアに会いに行こう」

「会いに行って、正直に答えてくれると思うか？」

「答えないなら、それは後ろめたいことがあるということだろう？　彼女が何を考えているか知らないが、時間は与えないほうがいい」

リステアが何を考えているかは知っている。だがそれをジークフリートに話すかどうか、躊躇《ちゅうちょ》した。

信じてもらえるだろうか。

不安な気持ちが視線に出てしまい、彷徨《さまよ》った視線がジークフリートとぶつかった。

「クライス、どうしたんだい？　そんな顔をして」

ジークフリートの指が、頬を優しく撫《な》でてくれる。ほんの些細《ささい》な変化にも気づいてくれた。この人に愛されていることを強く感じる。

この人のクライスへの愛は本物だ。だから、信じてみよう。ようやく、そう心を決めることができた。

これまで、誰かを頼ろうと考えたことはほとんどなかった。誰かを頼るということは借りを作ることだ。そう思って生きてきた。

けれど、ジークフリートなら。そう思う気持ちが湧いたのは、ある種の願いなのかもしれない。リステアよりも自分を信じて欲しい。誰かにそんな期待するのは初めてのことだった。

「ずっと、貴方に黙っていたことがある」

切り出すと、ジークフリートはクライスの手を握って微笑んだ。大丈夫だと勇気づけられているようでほっとする。

「リステア様が、黒幕なんだ」

クライスの手を握るジークフリートの指が、ぴくりと動いた。

お願いだから、俺を信じて。

「貴方の魔力を奪うように父を唆したのは、リステア様だ。……いや、リステア様と言っていいのかどうか分からない。堕天使、と呼ばれるものだ」

「堕天使……人間ではないということかい？　そのようなものが一体何故……？」

「貴方を、魔王にしたいんだ」

「私を、魔王に……？」

「そのために、貴方を傷つけようとしている」

「待ってくれ。私を魔王にしたいなら、何故私の魔力を奪う？」

「え？」

ジークフリートに問われて初めて、そのちぐはぐさに気づいた。

確かにそうだ。どうして今まで気づかなかったんだろう。魔王にしたいのに、わざわざ魔力を奪ってジークフリートを弱らせる理由がない。

生贄《いけにえ》というやり口の悪辣《あくらつ》さと黒幕がリステアであるという衝撃で、深く考えることがないままここまで来てしまっていた。

（そこからは僕の出番かな？）

教授の言葉に、これまで一度も反応したことがなかったジークフリートが反応する。

「どこから、声が聞こえているんだ？」

（ここだよ、ここ！）

正面の席にちょこんとお座りした教授に驚いた顔をしたのは、ジークフリートだけではなかった。

「教授がしゃべった……!?」

叫んだのはテオドールだ。すっかりテオドールがいることを失念していた。驚く二人の顔を見て、教授は満足そうに頷《うなず》いて胸を張る。

(聞いて驚け。我こそは神なり)

「え？」

「教授が、神……？」

二人がぽかんとした顔をした。分かる、分かるよ。まさかこんな食いしん坊が神様だなんて思わないよな。

(そこ！　失礼なことを考えない！)

教授はクライスに向かって牙《きば》を剝《む》いてから、今度はジークフリートを見た。

(そこも！　僕が話せると分かった途端、排除することを考えるなんてひどいよ！)

「もしかして、心が読めるのか……？」

驚愕《きょうがく》したのはジークフリートだ。分かる、分かるよ、ジークフリート。考えたことを読まれるなんて気持ち悪いよな。

(もう！　君達、テオドールを見習いなよ！)

「神様が、本当にいたなんて……」

テオドールは教授の前に跪《ひざまず》き、祈りを捧《ささ》げていた。何て素直な子なんだ、テオドール。こんなに素直な子が暗殺者なんかにならなくて、本当に良かった。

「いいのか、教授。見守るだけじゃなくて」

(君達なら、僕のことを知ったからといって、それを悪用して世界を歪《ゆが》めようとしたりはしないでしょ?)

ジークフリートとテオドールは、教授の信頼を得たということか。

(まあ、もし悪用したら、その時はこの世界がなくなると思ってもらえばいいよ)

「さらりと脅迫したな。それでも神様なのか?」

(脅迫なんかしてないでしょ。僕は事実を述べただけだよ?)

古今東西、様々な神に纏《まつ》わる逸話があるが、考えてみれば神様なんてものは気まぐれで自分勝手で容赦がなかったりするものだ。その逸話の全ての源になったのが目の前の教授だとすれば、なるほど、と思った。

人間とは善悪の区別も微妙に違うのだろうから、教授にとっては本当に脅迫したつもりはないのかもしれない。ただの事実だとしても嫌だが。

(……とにかく、時間がないから手短に言うね。堕天使は元々僕のそばにいた子なんだけど、僕に怒って出ていって、僕が作ったこの世界を破壊しようとしているって訳)

ものすごく手短に言ったな。

「教授が、この世界を作ったのかい?」

(そうだよ)

「それほどの力があるなら、どうして教授が堕天使を排除しないんだい?」

(確かにこの世界を創造したのは僕だけど、僕はこの世界には干渉しない。正確に言えば、間接的に干渉することはあっても、直接僕が手を下すことはできない。僕自身が干渉すれば、この世界の均衡が崩れて一から作り直しになるからね。それじゃあ寂しいでしょ？）

「教授が干渉すれば、どの道この世界は無くなってしまうということか。それで、どうして教授はクライスのそばにいたんだい？　私を魔王にしないためなら、私のそばにいるべきだと思うのだけれど」

（君にとって彼が特別だからだよ。言ってる意味、分かるよね？）

教授の視線がクライスを示すと、ジークフリートは納得した顔で頷いた。

「確かに、私にとってクライスは特別だ。……何よりも」

（そう。彼の生死が、君が魔王になるかどうかの大きな転換点になる。それから、君は強大な魔力を持っているが、その魔力は本来魔王になるためのものじゃない。次代の神になる可能性を秘めたものなんだ）

「へ？」

意識せず、素《す》っ頓狂《とんきょう》な自分の声が聞こえた。何だそれ。次代の神？

「おい、聞いてないぞ！」

（言ってないからね）

「俺を騙《だま》してたのか!?」

（騙してないよ、言わなかっただけ。本来、そこは重要なことじゃないと思ったからね）

ジークフリートが次代の神になるかもしれないだなんて、そんなことがどうして重要じゃないと思えるのか。

（僕は神でいることに少し飽きてしまった。だから僕の代わりの神を作って、代わってもらおうと思ったんだ）

「そんな、転職するみたいに簡単に言うな」

（ジークフリートは生まれた時から強大な魔力と穢《けが》れなき魂を持っていて、この子なら、と思った。でも堕天使に、僕がジークフリートに目を付けたことに気づかれちゃってね。神になれる力を持つということは、魔王にもなれるということだから。でも、放っておけば君がいつか神になってしまうかもしれない。それを防ぐために、堕天使はジークフリートの魔力を少し削《そ》いでおいたんだろうね）

「ジークフリート様が、次代の神になる……」

テオドールが呆然《ぼうぜん》とした顔をジークフリートに向けたが、ジークフリートはそれにあっさりと首を振った。

「悪いが、丁重にお断りさせてもらうよ」

（まあ、そうだろうね）

こちらは今聞いたばかりの話で頭がぐちゃぐちゃだというのに、ジークフリートと教授は互いに分かり合った顔であっさり話を終わらせる。

「いや待て待て！　そんな簡単に、お断りします、分かりました、みたいなことでいいのか⁉」

（いいも何も、ジークフリートには神になる資質がないと、僕にはすぐに分かったからね）

「……え？」

（神は、たった一人に必要以上に肩入れしてはいけない。この世界を滅ぼすほど……なんて、論外でしょ？）

「ふふ、そうだね。私はとてもじゃないが、神様にはなれそうにない」

ジークフリートと教授は楽しそうに笑っていたが、それに何と言えばいいのか分からない。

ただ、ジークフリートが神様にならなくてよかった、とほっとする気持ちはあった。神様になってしまったら、元のクライスを取り戻すことができても、ジークフリートは彼のそばにいられないから。

「私はあくまでも、君と幸せになりたい」

「……っ」

「だからまずは、その堕天使とやらの話を聞いてみよう」

（話して分かってくれるとは思えないけど）

「それでも、対話を諦《あきら》めたくは——」

「その必要はない」

不意に聞こえた声に慌てて声の主を探せば、いつの間に現れていたのか、扉の前にリステア……いや、堕天使が立っていた。

「神様、俺が貴方の気配に気づかないと思いましたか？」

（久しぶりだね。少し見ない間に、随分様変わりしたようだけど）

「それはお互い様ですね。そのような姿は、貴方に相応しくない」

（そうかな？　とっても気に入ってるんだよ？）

まったく気配を感じなかった。落ち着いているところを見ると、教授は分かっていたらしい。どうして教えてくれないのか。

「ごきげんよう、クライス。私のところにうるさい蝿《はえ》がいらっしゃったので、排除させていただきましたわ」

こちらを向いた途端、堕天使の口調ががらりと変わる。

「うちの子を蝿呼ばわりするな。……殺したんじゃないだろうな？」

「さあ、どうかしら？」

腹立たしいが、飛び掛かっても返り討ちにされるのは分かっている。堕天使から漏れ出る魔力の量は尋常ではない。

「まさか、そちらから訪ねてくれるとは思っていなかったよ、リステア。弁明を聞かせてくれるのかい？」

「弁明だなんて心外ですわ、陛下。陛下の推薦で雇い入れた者に我が家を荒らされて、私のほうが困惑しておりますのに」

「君がアルバートに協力したと聞いたが、もしかして行方不明になった子供が何かを知っているのではないか？」

「陛下、憶測で私を疑うなんて陛下らしくありませんわね。それとも、何か証拠でも？」

堕天使は余裕たっぷりの態度だったが、それを聞いたジークフリートは足を組み替えて「ふむ」と顎《あご》に指を置いた。

「なるほど。捕らえる前に逃げられたか」

「……！」

「賢い子のようだね。君に気づかれたことを察知して、自ら身を隠しているようだ」

「ジークフリート、本当か？　本当に、生きているのか？」

「本当に彼女が子供の行方を知っているのなら、私に、何か証拠でも？　などとは聞かなかっただろう。問いかけは、こちらから得たい情報がある証拠だ」

「…………」

沈黙は肯定である。殺された訳ではなく自分で身を隠していると知ってほっと胸を撫《な》で下《お》ろすと、堕天使がふんと鼻を鳴らした。

「まったく……せっかく長い時間をかけて場を整えてきたっていうのに、神様のせいで全部台無しだ」

それまでの気品ある姿を放り出したかのように、その顔が悪辣に歪む。

「だが、時間をかけた甲斐《かい》はあった」

堕天使の身体から漏れ出す魔力の質が変わる。それまでよりぐっと強くなった魔力の気配に息が詰まりそうになったが、立ち上がったジークフリートの背に庇《かば》われると、周囲の空気が少し軽くなった。

「それは、私の魔力だな」

クライスも立ち上がり、ジークフリートの背にそっと触れる。堕天使はジークフリートの陰に隠れるクライスに一度視線を向けたが、すぐにジークフリートへと向き直った。

「如何にも。堕天使というものは厄介でね。神様のそばを離れた途端、与えられていた力を大幅に失う。だから少しずつ、お前の魔力をいただいておいたんだ」

「アルバートに魔力を盗まれていると知った時、おかしいと思ったんだよ。私の魔力を使っているにしては、アルバートの魔力は弱かったからね」

「あいつは本当に馬鹿な男だよ。自分の息子を犠牲にしてまで盗んだ魔力の大半が、実は俺に流れているとも知らないで、泣いて喜んでいたな」

違和感はあった。ジークフリートから盗んでいるわりには、アルバートの魔力は弱い。契約までして盗んでいるにしては少なすぎると思ったが、騙されていたのか。

「それだけの力があれば、自ら魔王になればいいのではないかな？」

「俺が魔王になるのでは意味がない。お前が魔王にならないと」

「……？　どちらにしても世界が滅ぶなら、同じだろう？」

魔王が世界を滅ぼす存在になるのなら、自分でやっても同じじゃないのか？　クライスの疑問に、堕天使は呆《あき》れた顔をした。

「世界などに興味はない。くだらないな」

「え？」

一体どういうことだ。世界に興味がないだと？

問いかけようとする前に、ドンッ！　と世界が揺れる。

「うわっ、何だ……!?」

「クライス様！」

倒れかけたクライスを、慌ててテオドールが支えた。

「後ろに隠れていなさい」

クライスの前に立《た》ち塞《ふさ》がったまま、こちらを振り返ることなくジークフリートはそう言って、自らの魔力を解放する。

「おいおいジークフリート、まさかお荷物を抱えたまま、俺に勝てると思っている訳じゃないよなあ？」

堕天使の周囲を火が囲む。あれはジークフリートの魔力だ。よりによって火の魔力を盗み取っていたのか。

床に火がつき、それが一気に広がっていく。

「ジークフリート様！　このままでは王城中に火が燃え広がります！」

（こっち！）

いち早く窓を開けた教授が、外へ飛び出していく。心得た顔でテオドールがクライスの手を引こうとすると、それより先にクライスの身体を抱え上げたジークフリートが、テオドールに怒鳴った。

「早く出ろ！」

テオドールが窓から飛び出してすぐに、クライスを抱えたジークフリートが続く。中庭に飛び降りると、王城内を警備していた近衛騎士が窓から上がる煙に気づいて飛び出してきた。

「陛下！」

「お前達はすぐに消火に当たれ！」

「はい！」

地面に降ろされている間に、堕天使も中庭に現れる。空中に浮遊するその魔力も、ジークフリートのものだろう。

「ジークフリート！　俺のことはいいから、堕天使を――」

「できない」

「ジークフリート！」

このままではただの足手まといになる。こうなったら先手必勝、自分も戦うしかないと土の魔力で壁を作ったが、クライスの魔力など到底及ばず、すぐに破壊されてしまった。

「そうだ。精々、大事なものを守るといい。それが失われる絶望を、存分に感じられるだろう」

堕天使が手を翳《かざ》す。頭上に大きな火の渦ができて、騒ぎに気づいて中庭に出てきた者達が、呆然とその様を見上げていた。

「全員、逃げろ！」

クライスの叫び声に気づき、はっと皆が散り散りに逃げ出す。だが、堕天使が手をひらめかせるのが見えて、咄嗟《とっさ》に指輪が嵌《はま》ったほうの手を翳した。

「俺のありったけを食らえ!!」

ジークフリートから貰《もら》った魔導石に、ありったけの魔力を込める。クライスの魔力が大したことなくても、これはジークフリートが作った魔導石だ。ほんの少しの魔力で大量の湯が出せるのだから、ありったけの魔力を込めれば――

ピカッ！　と魔導石から閃光《せんこう》が走った。今にも落ちてこようとする炎を突き破り、炎に穴が空いたと思った次の瞬間。

ズシャア、と大きな音を立てて、頭上から湯が降ってくる。

「やった！」

周囲は水浸しになったが、炎を打ち消すことに成功した。その間に逃げ出した者達の背中をほっと見送る。

だが、そんなものはただの時間稼ぎでしかなかった。

「いつまでそうやっていられるか、楽しみだな」

今度は、堕天使の頭上に水の球体が現れる。思わずぐっと拳《こぶし》を握りしめたが、無茶をしたせいか、指輪についていた魔導石が跡形もなく砕けてしまった。

「……っ！」

ジークフリートから貰った大切なものなのに。だが、嘆いている暇はない。

「ジークフリート！　お前の力で、一体どれぐらいの者を守れるかな？　それとも、クライスただ一人を守り続けるつもりか？」

堕天使が手を振り下ろすと、球体から矢のように水の粒が次々に飛び出す。それらはまるでいたぶるように逃げる人々の手足を貫き、人々の悲鳴と呻《うめ》き声が辺りに広がった。

「大丈夫か!?」

すぐそばで倒れた人に駆け寄れば、ジークフリートが「すぐに戻れ！」と叫ぶのが聞こえたが、自分だけ安全圏に隠れているなんてことはできない。

「ジークフリート！　貴方ならあいつを倒せるはずだろう！　それなのに皆を見捨てるつもりか!?　そんなのは、俺の好きな貴方じゃない!!」

「……っ！」

ジークフリートが見捨てようとしている訳ではないことは分かっていた。だがクライスを失った夢の記憶が、ジークフリートに二の足を踏ませている。離れることを怖いと思わせていたけれど、それでは駄目だ。戦わねばやられる。ここにいる全員が。

ジークフリートが、ぎゅっと目を閉じた。そうしてゆっくりと目を開ける。

「ほう、覚悟が決まったか」

堕天使がにやりと口元を歪《ゆが》めた。

そして。

ジークフリートと堕天使の魔力がぶつかり合い始める。空は禍々《まがまが》しい色に変わり、寒気がするほど強い魔力が周囲に満ちた。空中で繰り広げられる戦いを、地面に這《は》いつくばった者達は見上げることしかできない。

「こんな虫けらみたいな人間どもに、神様は一体何の期待をしているのか！　憎らしい！　人間の中から次代の神を出すだと!?　そんな馬鹿げた話があってたまるか！」

「それがこんなことをする理由か？」

「人間は神になどならない！　力を持つ者は魔王になり、悪の心に染まる！　そうと分かれば、神様も神の座を人間などに渡そうとは思わないだろう！」

堕天使は、ジークフリートにこの世界を滅ぼさせようとしている訳ではないのか？　教授が人間を次代の神にと考えていることが気に入らない？

「そんなに神になりたかったのかい？」

「は！　馬鹿を言うな。神はただ一神だ」

堕天使が拳に魔力を込めてジークフリートにぶつけると、ジークフリートの身体が吹っ飛ぶ。

「ジークフリート！」

「あははは！　それがお前の精一杯か！　この程度で神様に目をかけられたというのか？　くだらない！」

「お前が魔力を盗んだからだろうが！」

どの口が言うんだと怒鳴れば、戦いの最中であるにもかかわらず、水の礫《つぶて》がこちらにまで飛んできた。

「クライス！」

「クライス様！」

ジークフリートの叫び声に反応したかのように、間一髪のところでテオドールがクライスに飛びつく。地面に投げ出されてすぐに起き上がれば、テオドールがすぐそばで蹲《うずくま》っていた。

「テオドール！」

「クライス様……お怪我、は……？」

「お前が庇ってくれたお陰で何ともない！　けど、けど、お前が……っ」

慌てて抱き上げたテオドールの背中から、ぬるりとした感触が伝わる。

「俺のせいだ……俺の、せいで……」

どうして、どうして俺なんかを庇うのか。この世界に来るまで誰かに大事にされたことなんかないのに、この世界の人達は、どうして俺なんかをこんなに大事にしてくれるんだ。

「これぐらい、大丈夫です。それより……早く、お逃げください……」

「お前を置いて逃げられる訳がないだろ！」

「私なら、大丈夫……っ」

「どこがだよ！」

上空で戦うジークフリートと堕天使を見上げた。最初は対等に戦っているように見えたが、段々押されてきている。少しずつ体力と魔力を削られてきているのだ。

このままでは、全員殺される。

圧倒的な力の差の前には、手出しすることすら叶《かな》わない。下手に手出しをすれば、邪魔になるだけだ。けれどこのまま待っていても、ジークフリートの体力と魔力が尽きる。

「ははは！　疲れてきたようだな、ジークフリート！　そんなことで皆を守れるのか？」

　ジークフリートが攻撃の手を緩めると、途端に水の礫が地面に降り注いだ。咄嗟に土の魔力で屋根を作って凌《しの》いだが、防ぎきれなかった一部が身体のあちこちを貫いていく。

「……っ！」

　せめてジークフリートに気づかれないように、悲鳴を噛《か》み殺《ころ》した。これ以上、足手まといになりたくない。幸いなことに致命傷にはならなかったが、もう動くことはできない。それを、悟られたくなかった。

「クライス！　クライス、大丈夫か!?」

「大丈夫だ！」

　上空にいるジークフリートは、すでに満身創痍《まんしんそうい》だった。身体中傷だらけで、肩で息をしている。

　あんなものを、自分一人でどうにかするつもりだったのか。ジークフリートほどの魔力を以《もっ》てしても、ああなのに。

　何回死に戻れば、あれを倒せるのか。見当もつかない。

「ほら、油断するなよ、ジークフリート。お前が油断すれば、クライスが死ぬぞ」

　また、水の礫がクライスに向かって降り注いでくる。逃げようにも、水の礫にあちこちを貫かれた身体が言うことをきかない。

　ああ、ここまでか。

　これ以上足掻《あが》いても、どうにもできない。だったらまた、死ぬべきか。

諦《あきら》めたくない。簡単に死ぬことを受け入れたくない。けれど、どうにもならないことに絶望した。

その時である。

「とうさま！」

誰かの身体がドン！　とクライスの身体にぶつかった。衝撃にテオドールごと横倒しになれば、すぐそばに見覚えのある身体が飛んでくる。

「シリル!?」

どうしてだ。どうしてここにいるのか。クライスを庇《かば》って水の礫で足を撃ち抜かれたシリルは、それでもその足を引き摺《ず》って立ち上がった。

「とうさまは、わたしたちがまもる」

「シリル、やめろ！　今すぐ逃げるんだ！　シリル！」

必死で呼びかけても、シリルは両手を広げてクライス達の前に立ち塞がったまま動かない。それどころか、どこから現れたのか、他の子供達までがクライス達を守るように両手を広げて前に立った。

「おとうさま、だいじょうぶ。ぜったいにまもるから」

「ちちうえのぶんまで、ぼくたちが」

「やめろ！　何してるんだ！　今すぐ逃げろ！」

ルブタン領で生活しているはずの子供達が、何故ここにいるのか。クライスの疑問に答えたのは、腕の中で息も絶え絶えのテオドールだった。

「私が、連れて、きました……」

「何故だ！」

「自分、達も、仲間を探す、と……きかなかった、ので」

「馬鹿野郎！」

どうしてこんな時に限って、子供達がいるんだ。こんな目に遭わせるために引き取った訳じゃない。才能を伸ばして、それぞれが新しい人生を生きられるように。そう願っていたのに。

「おやおや、人間を盾にするとは、クライスもなかなか悪人だ」

「君の相手は私のはずだ」

「あまりに手応えがなくてつまらないもんでね」

堕天使が手を振り翳す。

「やめないか！」

ジークフリートが堕天使に飛びかかる。だがそれはさらりと躱《かわ》され、ジークフリートは逆に片手で拘束されてしまった。

「く……っ」

「やめろ！　やめてくれ！」

せめて子供達は助けてくれと、力の限り懇願する。だが、手は振り下ろされてしまった。

水の礫が、上から降り注ぐ。

「とうさま！」

「おとうさま！」

「みんなでまもれ！」

「やめろ！　守らなくていい！　逃げろ！　逃げろって！」

子供達の身体が、次々と上から覆い被さってくる。そうして降り注いでくる、子供達の悲鳴と呻き声。

重みが、温もりが、自分を絶望させる。上から、生温かいものが流れ落ちてくる。それが子供達の血だと気づいた時には、目の前が真っ赤になっていた。

「クライス！　子供達は無事か⁉　クライス！」

ジークフリートの呼びかけにも、答えられない。

何故だ。どうしてだ。どうして、こんなひどいことができるのか。

子供達が何をした。ただ必死で生きていただけだ。何のためにこんなことをするんだ。

「よくも……！　よくも子供達を……っ！」

ジークフリートの怒りに満ちた声と、更に辺りに満ちる魔力。それでも、堕天使には及ばない。

(絶望は、あの子を喜ばせるだけだよ)

見てるだけのお前が、偉そうな口を叩《たた》くな！

教授の声も、今は腹立たしい。子供達がこんな目に遭っているのに、今までどこに隠れていたんだ。

(君が死んだら、あの子の思うつぼだ。だから、死んでやりなよ)

「やり直せっていうのか？　全部やり直して、なかったことにしろ、と？」

（違う。本当に死ななくていい。このまま、死んだことにしよう）

「一体、何を言って――」

（まさか、覚醒《かくせい》前のジークフリートとあの子の力の差がこれほどとは思わなかった。これ以上攻撃されたくなかったら、黙って僕の言う通りにして）

その言葉に、口を噤《つぐ》む。まだ、子供達の呻き声がところどころで聞こえている。声がするということは、まだ生きているということだ。少なくとも何人かは。攻撃されれば、その何人かも失われてしまう。

沈黙を是と取ったのか、教授は大袈裟《おおげさ》に声を上げた。

（ああ、こんな……ひどいよ！　どうして……！）

「教授！　皆は無事なのか!?」

頭上からジークフリートの声が聞こえる。訳が分からないまま黙っていると、教授がこそっと言った。

（死んだふりを）

「え？」

ぱっと頭上が明るくなる。子供達の身体を優しくかき分け、教授がクライスの身体を引っ張り出したのだ。

（ああ、僕が目を離したばっかりに！　こんなひどい目に遭うなんて……！）

「おい、教授……」

（黙って死んだふり！）

ものすごい勢いで怒られて、慌てて目を瞑《つぶ》る。だが、ぐったりと身体の力を抜いて横たわってみても、頭上からは何も聞こえてこない。

「……？」

もしかして、こんな緊迫した場面で死んだふりをしているのがバレたのではないか。薄目を開けて状況を確認しようとした時だった。

——ドンッ!!

それまでとはまったく質の違う衝撃と共に、大地が揺れた。

「クライスが、死んだ……？」

低く大地を揺るがすような声は、本当にジークフリートのものなのか。疑いたくなるほど、常とは違う怒りを含んだ声。

「何だ、もう死んだのか？　せっかくだからもう少し遊んでやろうと思ったの、に……？」

堕天使の嘲《あざけ》りの声が、不自然に途切れる。空気がざわりと揺れたのが、目を瞑ったままでも分かった。

「お、まえ……っ」

「…………」

ジークフリートの声が聞こえてこない。我慢しきれずにそっと目を開けたクライスは、上空に広がる光景に絶句した。

ジークフリートの腕が、堕天使を貫いている。

堕天使は驚愕《きょうがく》の表情をジークフリートに向けていたが、ジークフリートの目は堕天使を見ていなかった。……いや、あの目は何も見ていない。空洞だ。

堕天使が後ろに飛びすさる。

「まさか、ここまで魔力が跳ね上がるとはな……！　だが、これでもうお前の魂の穢《けが》れは取れない。お前はもう、神様になることは……ぐはっ！」

話の途中にもかかわらず、ジークフリートは堕天使の首を摑《つか》んだ。無感情な目を堕天使に向けるジークフリートとは対照的に、堕天使の目は大きく見開かれて。

「誰が話していいと言った。お前にはこの世界の空気を吸う権利すらない」

「ぐ……はっ！」

堕天使が風の魔力を使い、ジークフリートの手から抜け出した。だが、慌てて逃げようとする堕天使の身体を、瞬間移動したジークフリートが蹴《け》り落とす。

「ぐぁあああっ」

ぐしゃりという鈍い音と共に、堕天使が地面に落ちる。その衝撃で中庭がひび割れ、大きな穴が空いたが、ジークフリートは気にする様子もなく手を空に翳《かざ》した。

「先ほどお前がやったのと、同じことをしてやろう」

水の球体が現れると、そこからひっきりなしに水の礫《つぶて》が飛び出して、堕天使へと降り注ぐ。

「ぎゃあ！　ぐ、あ、ひ……っ、やめ、ぐあああっ！」

堕天使の悲鳴が止んでも、水の礫《つぶて》は降り注ぎ続けた。堕天使のそれとは威力がまったく違う。地面にどんどん穴が空いて、地獄のような光景が広がっていた。

（ああ、何度見てもすごいものだねえ。人の執着って本当に恐ろしい）

「おい！　何やってんだよ！　ジークフリートが魔王になっちゃったじゃないか！　このままじゃ世界が滅びるんじゃないのか!?」

（そうだよ。このままだったら世界が崩壊する。君の死後の世界の崩壊を何度か見たけど、これはこれまででも一番のものになりそうだねえ）

「呑気《のんき》なことを言ってる場合か！　世界が滅んだら意味がないだろうが！　このままだったら全員死ぬぞ！」

ジークフリートの目はすでに正気を失っている。魔力の暴走はこの世界の均衡を崩し、大地は不自然に揺れ続け、大気は炎のように熱い。

「やめ、やめろ……！　話を聞け！　この身体は――」

「…………」

とうとう言葉すら発さなくなったジークフリートは、無表情で堕天使を攻撃し続けていた。

クライスが死ねば、ジークフリートが魔王になる。

教授から確かにそう聞いてはいたが、まさかここまでだとは想像もしていなかった。

「ジークフリート！　ジークフリート、やめろ！」

必死で叫ぶが、最早耳も聞こえていないのか、ジークフリートがクライスの声に反応することはなかった。

ジークフリートが再び空に手を翳す。今度は空中に炎が渦巻き始めたが、その規模は堕天使とは比べ物にならないほどに強大だった。

あんなものを叩きつけたら、この世界ごと壊れてしまう。

それなのに、どんなに呼びかけてもジークフリートはこちらを見ない。

段々、腹が立ってきた。クライスのことを好きで、クライスが死ねば壊れてしまうほど愛しているくせに、この声が聞こえないとはどういうことだ。

俺が、本物のクライスじゃないからか。だから、王子様を眠りから起こすには足りないって？

「ふざけんなよ……！」

これまでずっと、貴方のために頑張ってきたのは誰だと思っているのか。一度ぐらい、その頑張りに報いてくれたっていいだろうが。

地面に手を翳す。土の魔力を込め、ジークフリートのいるところまで、足場を作った。

満身創痍《まんしんそうい》だ。身体中傷だらけで、本当はもう、指先一つ動かしたくない。いっそ死んだほうが楽だ。死んでやり直せば、この痛みからは今すぐ解放される。

それでも。

今目の前で絶望に染まるあの人を、あのままにしておけない。

歯を食いしばって立ち上がる。一歩歩くごとに身体が悲鳴を上げたが、それを無視して地面を踏みしめ、ジークフリートのいる場所まで駆け上がった。

そして。

「いい加減にしろ！」

思い切り両手で頬をパン！　と挟み、至近距離で怒鳴った。

「俺は生きてる！　それなのに、俺ごと世界を壊すつもりなのか!?」

目の前には、洞のように光のないジークフリートの目があった。その目からはとめどなく涙が零れている。

クライスが死んだら、貴方はこんなに絶望するのか。可哀想に。これほど愛したクライスは、もっと前からすでにいなかったのに。

でも大丈夫だ。貴方の大事なクライスは、ちゃんと返すから。

「戻ってこい、ジークフリート」

そっと、唇にくちづける。銅像のように反応がなかったジークフリートが、ようやく口を開いた。

「クラ、イス……？」

ジークフリートの目に、ゆっくりと光が戻ってくる。ジークフリートが帰ってきた。そのことにほっとして足から力が抜けそうになったが、頽《くずお》れる前にジークフリートの腕に力強く抱きしめられた。

「生きて、いる？」

「ああ」

肌を嬲《なぶ》るような大気が収まり始めると、地鳴りも落ち着き、空は急速に青さを取り戻す。

「クライス、クライス……！」

「うわっ、待った……！　痛い痛い痛いっ、今度こそ死ぬって！」

更に強く抱きしめられ、悲鳴を上げる。こちらは満身創痍なのだ。必死に痛みを訴えるとジークフリートは慌てて力を緩めたが、抱きしめた腕が離れることはなく、そっと頬を擦り寄せてきた。

「ジークフリート、喜んでくれているところ悪いが、まだ終わりじゃない」

地面を指差す。情け容赦のないジークフリートの攻撃で虫の息ではあったが、そこではまだ堕天使が息をしていて。

「分かった、行こう」

クライスを抱きしめたまま空中を移動したジークフリートは、堕天使の前にふわりと降り立つ。

「何か、懺悔《ざんげ》でもするかい？」

そっとクライスから身体を離し、ジークフリートが手を開いて上に向けると、手のひらから銀色の剣が現れた。ジークフリートはそれを手に取り、堕天使に向かって構える。

「懺悔？　懺悔などするものか。そもそも、お前に俺を殺せるのか？　俺はこの娘の身体を乗っ取っている。俺を殺すということは、無実のこの女を殺すということだ。聖人君子ぶったお前に、果たしてそれができ――」

ずぶり、とジークフリートの剣が堕天使の胸を貫いた。微塵《みじん》の躊躇《ちゅうちょ》もなく。

「その程度で迷うと思われているのなら、心外だ」

ぐっ、と剣を持つ手に力が籠《こ》もる。

「知っているかい？　君が乗っ取っているその子は、大層性格が悪かった。うんざりするほどね。もし君が彼女を乗っ取っていなかったら、リステアが婚約者の座につくことはなかっただろう。そういう意味では、君は実に理想的な婚約者だった。お陰で、私は一途にクライスを思っていられた。それは感謝しているよ」

けれどもう役目も終わりだ。お疲れ様。ジークフリートはそう言って剣に火の魔力を込め、堕天使を内側から焼き尽くした。

「ぐあああああああああ！」

断末魔の叫び声と共に、堕天使の姿が消えていく。

（どうしてこんなことをしたんだろう）

教授の悲しそうな声が脳内に響いた。自分のもとを去っても尚、教授にとっては堕天使も可愛い我が子の一人らしい。

自分には、少しだけ堕天使の気持ちが分かるような気がした。

堕天使が言っていた言葉。

『神はただ一神だ』

あれが堕天使の動機の全てではないか。堕天使は、教授が神様でなくなるのが嫌だったのだ。神様がいなくなるぐらいなら、他の全てを犠牲にしてもよかった。人間に強大な力を与えればこの世界を滅ぼすのだと、見せつけて考えを改めさせようとした。

（……馬鹿な子だね）

きっと堕天使にとっての教授は、クライスにとってのジークフリートだったのだ。

「これで終わりだ」

ぼそりとジークフリートが呟《つぶや》いた。けれどその顔には安堵《あんど》ではなく罪悪感が浮かんでいるのを、自分だけは見逃さない。些細《ささい》な変化も分かるほど、この人を見ているから。

「恨むなら私を恨みなさい」

ジークフリートの囁《ささや》きは、リステアに向けられたものだろう。堕天使につけ入る隙を与えないためにああ言っただけで、ジークフリートがこれから罪悪感を背負っていくのだろうというのは想像に難くない。そういう人だから、クライスが好きになった。……そして、俺も。

「自分だけ悪者になろうとするなよ」

「仕方がない。私は魔王だからね」

正気に戻っても、ジークフリートの力は覚醒《かくせい》したままだった。強大な魔力がジークフリートの中に流れているのが、魔力の弱い自分にも分かる。

「魔王、か……魔王で王様なんて、恰好《かっこ》いいよな」

敢えて深刻にならないように、そう言ってみせる。ジークフリートは少し驚いた顔をした後、「そうだね」と笑った。

きっとこれから、大変なことは色々とあるだろう。魔王が国王だなんて前代未聞だ。だがジークフリートなら、きっとやり遂げるだろう。……クライスと一緒に。

さあ、お別れの時間だ。

「なあ、教授」

(何だい？)

「俺が頼んだことを覚えているか？」

(入れ替える、だったよね)

「今、それを果たしてくれ」

(君ってせっかちだねえ。せっかちな子はモテないんだよ？)

別にモテる必要なんかない。だって自分の役目は、ここで終わりなのだから。

「どういうことだい？　一体何の話をしているんだ。教授、私にも分かるように説明してくれ」

(この子はね、君のために自分は必要じゃないと思ってるんだよ)

「教授、余計なことを言うな」

「待ってくれ、何をするつもりなんだ！　私に君が必要ないなんて、そんなことがあるはずがないだろう!?」

「違うんだ、ジークフリート。俺は貴方の好きなクライスじゃない」

「何を馬鹿なことを言っているんだ。君はクライスだ！　私が誰より愛している、クライス・フォン・ルブタンだ！」

ジークフリートを説得する必要はない。元に戻れば、ジークフリートにはそれが正しいことだと分かるはずだ。

「教授、やってくれ」

（仕方ないなあ）

教授の言葉と共に、クライスの身体が光に包まれる。

「クライス！」

ジークフリートが飛びつこうとするが、透明の壁に阻まれたように、クライスには近づくことができなかった。

最期にもう一度だけ、触れておけばよかったな。

「クライス！　どこに行くんだ！　私を置いていくつもりか!?」

「違うよ。クライスは戻ってくる。そして、今度こそずっとそばにいてくれるはずだ」

笑え。

必死に口元を引き上げる。あの人が最期に覚えている自分の表情は、笑顔がいい。クライスの身代わりとして消えていったなんて、あの人に罪悪感を抱かせないために。

「クライスと再会しても、少しぐらい、俺のことも覚えてくれると嬉《うれ》しい」

目を瞑《つぶ》る。

「クライス！　クライス！　クラ――」

ジークフリートの声が遠のいて、自分を取り巻く空気が変わったのが分かった。

ああ、これで何もかも終わりだ。そう思った。これまでの死に戻りとは違う。意識が内に向き、頭の中に映像が流れ出す。

クライス・フォン・ルブタンの誕生。ジークフリートとの出会い。そしてジルとクロードに殺される結末まで。これはクライスの人生の走馬灯だろうか。クライスの意識がこれから目覚めるのだろうと身構えたが、また頭の中に映像が流れてくる。

「………？」

日本で生まれた自分。両親を亡くして孤児となり、バイトしながら食いつないで売れない小説家としてボロアパートで暮らしていた日々。

これが自分の人生。ぱったりと倒れて突然死するところまでを見せられ、今度こそ終わりかと思ったら、今度は最初の死に戻り直後の人生が流れ始める。

そして今に追いつき、映像が途切れた。ようやく全てが終わる。

ゆっくりと自分の意識が消え、クライスの意識に置き換わる。……そう思ったのに。

（これが、君の人生）

「……え？」

（君の魂が辿《たど》った道筋）

教授の言葉に目を開ける。そこは、先ほどと同じ場所だった。

「クライス！」

クライスのそばには近寄れないものの、ジークフリートも同じ場所で見えない壁を叩《たた》き続けている。

おかしい。何故、まだ自分がここにいるのか。

「クライスはどこだよ」

（クライスは、ここ）

教授の指が、クライスを指差した。どこまでも頓珍漢《とんちんかん》な神様だ。この器がクライスなのは知っている。俺が言ってるのはクライスの魂の話で――

（だから、君がクライスの魂）

「………………え？」

（今流れたのが正しい君の道筋。クライス・フォン・ルブタンとして生まれ、死んで、別の世界に転生し、死んで、元の世界に戻ってきた）

「待て。待て待て待て待て。おかしいだろ⁉　順番が違う！」

俺は日本で本来の人生を終わらせ、それからクライスの人生を追体験して、死に戻りの人生を始めたはずだ。

（違っていたのは、君の記憶のほう。それを入れ替えて元の形に戻してあげたんだ）

「も、元の形って……だって、だってそれじゃあ……」

俺が本物のクライス・フォン・ルブタンだということになるじゃないか！

（そういうことになるね）

「そういうことになるね、じゃない！　どうして今まで黙ってたんだ！」

（君には強くなってもらわないといけなかったから）

「強く……？」

（考えてもみてよ。君はこの世界に戻ってから様々なことをした訳だけど、クライスと自分が別人だと思っていたからできたことじゃない？　もしクライス本人だという自覚があったら、きっと今の君のようにはできなかった。何度もループを繰り返して、心が壊れて、それを延々と繰り返す。でもそれじゃあ困るんだ）

教授は、愛おしそうな目をクライスに向けてきた。

（クライス・フォン・ルブタン。僕の愛し子。優しすぎる君には、強くなってもらう必要があった。だから僕は君を、他の世界に送った）

教授に初めて名を呼ばれたことに気づく。クライス。それがまさしく自分の名であると、今この瞬間、宣言された気がした。

「だって、この世界は、俺が書いた物語の世界で……っ」

（逆だよ。君の中にこの世界の記憶が残っていたから、あの物語を書いたんだ。その証拠に、この世界の実際とは違っていたでしょ？）

確かに、腹が立つほど内容が違っていた。自分の才能のなさに何度がっかりさせられたことか。

（君はこの世界で辛い思いをしすぎた。その辛い思いを無意識に封印し、いっそ自分が悪者であったほうが救いがあった、それなら殺されることに納得もできた、という思いがあったから、無意識にああいう物語を書いてしまったんだろうね）

「そんな……」

ずっと、自分はこの身体の持ち主ではないと思っていた。この身体は借り物で、ジークフリートが好きなクライスは自分じゃなくて。だけど、ジークフリートが思っていた相手は、本当に俺だった。

ぐちゃぐちゃだった記憶が、頭の中で整頓《せいとん》されるように馴染《なじ》んでいく。ああ、そうだった。自分はクライス・フォン・ルブタンだった。あの痛みも、苦しみも、慟哭《どうこく》も、全部俺自身のものだったのだ。

「は、はは……何て馬鹿なんだろう……っ」

俺はずっと、自分に嫉妬《しっと》していたのか。

「クライス！」

見えない壁をぶち破ったのか、それとも教授がそれを解いたのか。ジークフリートがクライスの身体を攫《さら》うように抱きしめた。

「君はクライスだ！　クライス・フォン・ルブタンだ！　何度もそう言っただろう！」

「うん……うん、そうだった。でも、貴方の親友だった正直で優しいクライスはもういないんだ。俺、スレて嫌な奴になってしまった。こんな俺でも、愛してくれるか？」

「当たり前だろう！　私は昔も今も君を愛している！　私のために努力していた君も、私のために変わった君だって……！」

「ジークフリート……」

涙が頬を伝った。この人に愛されてもいいんだ。もう、我慢しなくてもいいんだ。

「ジークフリート、聞いて欲しいことがあるんだ」

ジークフリートの頬を挟んで顔を上げさせ、クライスはくしゃりと顔を歪《ゆが》めて言った。

「貴方を愛してるんだ。本当は、ずっと愛してた」

「クライス……！」

ぎゅっと抱きしめられる。痛いはずなのに、痛みを感じないほどの歓喜が湧きあがった。ジークフリートの腕の中に戻ってこられた。今度こそ、この人とずっと一緒にいられる。

……この人と、このまま一緒にいていいのか？

不意にそんな疑問が湧いたのは、これが果たして大団円と言えるのかと思ったからだ。確かに堕天使は倒した。けれど、失ったものが多すぎる。

死に戻ってやり直せば、今度こそ全員で生き残れるルートを見つけることが――

(そういうところが、君の悪い癖だね)

「……っ、だって……！」

(ここで君に一つお知らせがあるんだけど)

ぽてぽてと近づいてきた教授は、ちょこんとお座りしてクライスを見上げた。

(僕の愛し子ってどういう意味だと思う？)

「え？　愛し子って言ったら、可愛い子とか、そういう――」

「待ってくれ、教授。もしかしてクライスは、神の祝福を受けたと、そういうことかい？」

(さすが、ジークフリートは話が早いね)

「かみの、しゅくふく……？」

「クライス、君は聖者になったんだ」

「待て。待て待て。聖者ってあれだろ？　神様からのお告げを伝えたり、神聖な力で傷を癒したりする……」

神託を受けるだけの神子より更に上だという、ほとんど伝説に近い夢物語。

（そう。おめでとう、クライス。君はこの世界で五人目の聖者だ）

「嘘だろ――!?　ていうか、五人目!?　意外と多いな！」

（この世界の長い歴史の中での五人目だから、そんなに多くはないと思うけど？）

「まあ、そう言われてみたらそうか？」

（それに、大事なのはそこじゃない。聖者になった君は、神聖力を使って人の傷を癒すことができる）

「人の傷を、癒す……？」

（そう。今なら、ここにいる全員の傷を癒せるぐらいはいけると思うよ？）

僕、こう見えても義理堅い性格だから、皆今は瀕死《ひんし》の状態だけどぎりぎり生きてるからね。

「本当か!?　本当に、本当か!?」

（これは頑張った君に、僕からのご褒美だよ）

教授に言われた通りに祈ると、周囲に力が広がっていくのを感じる。それは範囲内の全ての人の傷を癒し、人々が驚いた顔をしながらそこかしこでゆっくりと立ち上がった。

「こんなことができるなら、もっと早く教えてもらいたかった」

（ご褒美だと言ったでしょ？　神の力というものは、何の努力もなしに与えることのできるものじゃない。対価が必要なんだ）

「対価？　じゃあ、俺は教授にどんな対価を払ったんだ？」

（無償の愛を見せてくれたこと、かな）

無償の愛だって。身体が痒《かゆ》くなるような台詞だな。

（自分が消えてでも、ジークフリートの愛する人を取り戻そうとした。それが無償の愛じゃなくて何なの）

「……私はまだその件について言いたいことが山ほどあるけれどね」

「……えっと、すみません」

ジークフリートから伝わる怒りに首を竦《すく》めていると、離れたところから「とうさまー！」と叫ぶ声が聞こえてくる。

「シリル！」

回復した子供達がこちらに向かって駆けてくるのを見て、クライスはぐしゃぐしゃの泣き顔でその場に膝《ひざ》をつき、思い切り両腕を広げた。

そこに向かって全員が、ぼろぼろ泣きながら走り込んできて。

「とうさま！　いきてた！」

「ちちうえも！　ちちうえもいきてた！」

胸に飛び込んできた子供達を受け止め、クライスはおいおいと泣いた。

「馬鹿！　馬鹿馬鹿！　お前達はちっとも俺の言うことをきかないで！」

子供達は口々にごめんなさいと泣きながら、クライスと、それからジークフリートと教授にもしがみつく。

「皆で私の大事なものを守ってくれてありがとう」

「ちちうえ、ぼくたち、やくにたった？」

「ああ、ものすごくね。でも、二度とこんな危ないことはしないで欲しい。君達は私とクライスにとって大事な家族なんだ」

その言葉を聞いた子供達がわんわんと大きな声で泣く。それを聞いているクライスもわんわん泣いて、子供達とクライスにもみくちゃにされた教授が、やれやれ、と呟《つぶや》いた。

（おやつが食べられるのはいつになることやら）

「そうだ、おやつ！」

クライスは子供達から身体を離し、大きな声を出す。

「皆でおやつを食べよう！」

「クライス？」

「まだまだこれから、やらなくちゃいけないことが山ほどある。だからまずは、腹ごしらえをしなくちゃな！」

腹が減っては戦ができぬ。食べることは生きることだ。

「はあ……楽しかったなあ……！」

ぱふん、とベッドに飛び込む。最高級のマットレスは、クライスの身体を難なく受け止めた。さすが、王様のベッドは違う。

「まさか、こんな時間までパーティーをすることになるとはね」

ジークフリートと堕天使が暴れた中庭……どころか王城の一部も含めてぼろぼろで、それどころか世界では一時的に天変地異が起こったりもしたらしい。

だがそれらは全て、堕天使のせいということにした。そしてジークフリートは、その堕天使を退治した英雄、という訳だ。

悪を退治したと言えばどうなるか。祭りである。本日は国中がお祭り騒ぎ。王城内でも大規模なパーティーが開かれていた。

「私が魔王になったことで、もう少し問題が起きるかと思ったが、あんなに歓迎されるとは思わなかったな」

「あれだけの魔力を見せつけられて、貴方を退治しよう！　なんて言い出す人はなかなかいないだろうな」

「それを言うなら、聖者になった君の評価もとても上がっていただろう？」

そうなのだ。あの場にいた人々に回復魔法をかけたことで、クライスが神の祝福を受けた聖者であることは、あっという間に周知の事実となった。

「お陰で、私と君がこうして一緒にいても、誰にも何も言わせなくて済む」

ベッドが揺れ、うつ伏せのクライスの腰を、ジークフリートが跨《また》いだのが分かった。首筋にジークフリートの唇が触れて、びくりと身体が揺れる。

そうだ。深く考えずにジークフリートについてきてしまったが、すでに熱烈に告白してしまった後だった。もしかしてもしかしなくても、この流れってもしかして？

「あ、あのさ……っ、今日は疲れただろ？　俺も客室に戻って——」

「帰すと思うのかい？」

ですよねー！

互いにパーティーから戻ったばかりで、まだ正装のままだ。軍服姿のジークフリートの恰好《かっこ》よさは格別で。パーティー会場で正装したジークフリートを見た時、あんなに綺麗《きれい》な人が自分を愛しているなんて信じられないと思った。

「クライス、焦《じ》らさないで」

ジークフリートが上着を脱ぐ気配がして、ばさりとそれがベッドに落とされる。

「ま、待ってくれ、俺はこういうのに慣れていなくて……！」

やめさせようと背後を振り返ると、髪をかき上げたジークフリートが自らのベルトに手をかけるところだった。

「もちろん、私もそうだ。子供の頃から、クライス一筋だからね」

ごくり。つばを飲み込む。何だ、この色気は。ベルトを引き抜いて放り投げたジークフリートの指が、シャツの一番上のボタンを外す。

「自分で脱ぐ？　それとも、脱がされたいの？」

選択肢はそのどちらかしかないのか。そう言いたかったが、ジークフリートの目にはもうすっかり情欲が宿っていて、とてもじゃないが引いてもらえそうになかった。

「じ、自分で、脱ぐ……っ」

そうは言ったものの、緊張で上手くいかない。脱いだら、どうなるんだ？　やっぱり、そうなるんだよな？　ＢＬ小説なんかに触れなければよかったのに！　書くために色々詰め込んだ知識が、クライスを追い詰める。

「どうしても、私を焦らしたいの？」

「ちち、違う……指が、動かなくて……っ」

「だったら、こうしよう」

「え？」

気がついたら、クライスの着ていたものが全て無くなっていた。一瞬で、魔法みたいに。

「いや、魔力を使っただろ！」

「そうだよ？」

何の覚悟もなく全てをジークフリートに晒《さら》すことになり、慌てて身体を隠そうと両手を動かせば、すぐに捕まえられてベッドに縫い留められた。

「クライス、怖がらないで欲しい。くちづけは、好きだっただろう？」

「……ん、ん……ぅ……」

しっとりと合わさった唇が、深く貪《むさぼ》るようなものに変わっていく。胸にジークフリートの肌が触れて、いつの間にかシャツを脱いでいるのが分かったが、激しいくちづけに息も絶え絶えになって、抵抗すら忘れてしまう。

「クライス、ようやく君を確かめられる。ここに君がいることを」

首筋に嚙《か》みつくようにくちづけた唇が、色々なところに触れていく。喉《のど》に、肩に、鎖骨に触れたそれが、胸の尖《とが》りを軽く摘まんだ。

「ぁ……っ！」

「もっと聞かせてくれ。君の全てを、私にだけ見せて。もう二度と、私に隠し事などできないように、全部曝《さら》け出《だ》してくれ」

じゅるりとそこを口に含まれ、舌で愛撫《あいぶ》される。初めての刺激は擽ったいような、痛いような、たまらない感覚で、身体をくねらせて逃れようとしても、きつく手首を押さえつけられていて逃げることができない。

「ここがぷっくりと尖っている。こうされるのが好きかい？」

「わ、分からな……っ、あ、ぁ、嚙むの……だめ……っ」

痛みと快楽の狭間で腰が重くなるのを感じた。すぐに気づかれ、ジークフリートの長い指がクライスの性器に触れた。

「ああ、ここもう濡《ぬ》れているね」

「や、やめ……あ、あっ」

「君だけじゃない。私だって同じだよ」

パツ、とボタンを外す音がして視線を下に向ければ、寛げたそこから、ジークフリートの硬いものが取りだされるのが見えて。

「クライス、怖がらないで。ただ、愛し合っているだけだ」

「愛し、あってる、だけ……？」

「そう。どちらかだけが恥ずかしい訳じゃない。お互いに全部曝け出して、愛し合おう」

できるかい？

そう言われてしまうと、負けん気が顔を出して頷《うなず》いてしまう。すぐに後悔することになると、分かっているくせに。

「クライス、愛してるよ」

甘い吐息を耳に流し込まれ、それだけでひくんと性器から白濁が零れてしまう。ジークフリートは濡れた指で自分のものとクライスのものを一緒に握り、「腰を揺らしてごらん」と唆してくる。

「大丈夫、気持ちいいだけだから」

ほら、と腰を揺らされ、快楽で頭がぼうっとする。気持ちいい。こんな気持ち良さは知らない。クライスが知っている快楽は自慰だけで、それだって機械的に手を動かすだけのお粗末なものだった。

おずおずと腰を動かす。ぬるりとした自分の先端がジークフリートの逞《たくま》しいそれを撫《な》でると、凄《すさ》まじい快感が襲ってくる。駄目だと思うのに、もっとそれを感じたくて腰が動いてしまう。

「あ、ん、ん……ぁ……っ」

「ああ、すごくいい……クライス、このまま最後まで……」

キスされて、舌で粘膜を嬲《なぶ》られながら腰を揺らされた。自分の動きとジークフリートの動きが齎《もたら》す快感に夢中になる。

「あ、あ、ジークフリート、だめ、だめだっ、あ、出る、出ちゃ……ア……ッ!」

「……っ!」

ぶしゅりと白濁を撒《ま》きながら腰を振った。キスが噛みつくようなものに変わり、ジークフリートの腰もびくりびくりと精を吐き出す動きを見せる。

吐き出し切って、ほっと息を吐いた。恥ずかしいけど、気持ち良かった。こんなに気持ちがいいなら、またしてもいい。

だが、ここで終わりではなかった。もちろん、この先があることは知っていたが、まさか本当に自分がこんなことをする日が来るとは思わなくて油断した。

「ジ、ジークフリート……ッ、何を……あぁっ!」

達してくたりと力が抜けていた間に、ほとんど無理やりに腰を持ち上げられる。逆さにされて驚いていると、重力に耐えられず開いた足をそのままに、ジークフリートの舌がクライスの尻《しり》の奥の蕾《つぼみ》に入り込んだ。

「な、何を考えて……ひ、ぁっ、そ、そんなとこ、あ、あっ、いやだっ、なめ、あ、あぁっ」

「ここを濡らさないと、君と一つになれない」

どうして自分が抱かれる側一択なのか、という気持ちはすぐに霧散した。この時代は地位で全てが決まる。同性同士の恋愛がない訳ではないが、その場合も、当たり前に地位の差が入り込んだ。

「あ、あ……濡れ、濡れてる、や、ぁ……もう、濡れ……やだ、も、入れ……っ」

唾液《だえき》を送り込まれ、じゅぶじゅぶと音を立てて、舌を、指を、差し込まれる。そんな状況に耐え切れずにもういっそ入れてくれと訴えれば、ようやく身体がベッドに寝かされた。

「クライス、ようやく……ようやく君を私のものにできる」

ひたり、と蕾にジークフリートの先端が当てられる。怖いと思うのに、期待するように蕾がきゅっと先端を食い締めた。

「……っ、意地悪をしないで」

「ち、ちが……っ、ひ、ぁ、あー……はい、入って……あ、あ……」

にゅくりとジークフリートのものが入り込んでくる。先の太い部分が収まると、馴染《なじ》ませるようにそれを出し入れされた。

「声を我慢しないで、好きなだけ感じなさい。どこがいいか教えてくれないと、君を喜ばせられないだろう?」

ジークフリートの指が、クライスの性器に絡む。腰の動きに合わせて擦られるのがたまらなく善かった。

「い、いやっ、それ、いや……っ、あ、あ、だめっ」

「どうして、駄目？」

「め、めくれちゃう、から……っ、あ、やめっ、だめって、言った、ぁっ、あ」

先端が、中の気持ちいいところを擦り上げていく。嫌だやめてと首を振ったら、「じゃあ、奥まで入れてしまおうか？」と耳元で囁《ささや》かれ、今よりはましだろうと頷いてしまったのがいけなかった。

「……っ、かは……っ！」

ぐっ、と腰を突き入れられ、一気に奥まで貫かれる。あらぬところを割り開かれる恐怖と、身体がおかしくなりそうなぐらいの快感が波のように交互にやってきた。

「ああ、クライス……やっと、やっと君の中に入れた……君の鼓動を感じる……君が、生きてる……！」

奥にぐっと突きこまれたと思ったら、苦しいぐらいに抱きしめられる。そうされてようやく、クライスはジークフリートがまだ恐怖の中にいたことに気づいた。

「生きてる……ぁ、あ、ちゃんと、一緒に、いる……」

「二度と……二度とあんなことはごめんだ……君が死んだと思った……っ、全てが終わったと思ったんだ……！」

ジークフリートの慟哭《どうこく》。それを受け止めて、クライスは震える背を撫でる。

ジークフリートが目の前で死んだ時、全てが終わったと思った。この人のいない世界に、一秒だっていたくなかった。あの時の慟哭を思い出せば、ジークフリートの心の痛みが嫌というほどに分かる。

「愛してるんだ、ジークフリート……ぁっ……だから、俺の全部は、貴方の、もの……ひ、ぁ、あ、あっ、待って、まだ、あ、あっ」

「君の全部を、私のものにしていいと言った……！」

両手で腰を摑《つか》まれ、がむしゃらに腰を振られた。腰骨がぶつかる音がするほど強く。

「愛してるっ、君をもう二度と、離すものか……！」

「あ、あっ、だめ、だめだっ、達《い》く、いく、あ、あ、出る、あ、も……あ……っ！」

「クライス……！」

共に頂に駆け上がる。身体が震えるような快楽と、泣きだしたくなるぐらいの幸せ。

この夜、クライスはそれを何度も味わうことになる。

ジークフリートが安心して眠るまで。

（いやあ、ジークフリートにも困ったものだよねえ）

「…………」

（毎日これじゃあ、孕《はら》むのもすぐじゃないの？）

孕む訳ないだろ。俺は男だぞ。

あ、しまった。

頭を空っぽにしようとしていたのに、つい考えが浮かんでしまったことに舌打ちすると、教授が

いやらしく（ひひひ）と笑った。

（交尾ぐらいで照れなくていいのに）

交尾って言うな！

何とか表情に出すのは堪えたことを褒められたい。

（そりゃあ、式典の最中に交尾のことを考えてたなんてバレたら恥ずかしいもんねえ）

いやがらせか？　いやがらせなんだろ？　ジークフリートだっているのに、俺にだけ聞こえるように話しかけてくるなんて！

（神様と話せるのは、聖者の特権だからね。遠慮なく享受するといいよ）

「何が享受だよ、押しつけだろうが」

「クライス？　どうかしたのか？」

「い、いや、何でもない」

隣に座るジークフリートに話しかけられ、クライスは慌てて愛想笑いを浮かべた。

現在、式典の真っ最中である。クライスを聖者としてお披露目する式典で、現在のクライスは本日の目玉、最大の見世物であると言っていい。

こんなことになるとは思っていなかった。数日前の自分の軽率さを思い出し、頭を抱えたくなるのを堪える。

式典の場には大勢の目があった。王城のバルコニーに設置された玉座が二つ。本来は、王と王妃が座るべきもの。それに仲良く並んで座っているのは、ジークフリートとクライスである。

何故か。聖者をこの国に囲い込む、という名目で、ジークフリートがクライスとの婚姻を貴族達に了承させてしまったからである。今この場では、聖者のお披露目と、ジークフリートとクライスの婚約が、同時に発表されている状況なのだ。

聖者を囲い込むという大義の前では、男同士であるということはほとんど問題にならなかった。後々問題になりそうな気もするが、今のところとりあえずは。

(いいことじゃない。ジークフリートの隣に立つのが夢だったんでしょ？)

それはそうだが、側近として隣に立つ夢は見ても、このような形で隣に立つ未来など考えたこともなかった。

(ジークフリートは、クライスが了承してくれたって嬉《うれ》しそうにしてたけど？)

私と共に生きてくれないか？　と言われたから、分かった、とは言った。だがそれもそもそもベッドであれやこれやされている最中の出来事で、正直なところまともに何かを考えられるような状況ではなかったし、ジークフリートが言ったのはあくまでも、共に生きてくれないか？　であって、婚姻などという言葉はまったく出ていないはずだ。

(爛《ただ》れてるねえ。まともに何も考えられない状況って、どんな状況なの？)

「うるさいな！」

思わず声に出して、しまった！　と口を塞《ふさ》ぐ。だがしっかりジークフリートには聞かれていて、

「こら」と小さな声で怒られてしまった。

「また私抜きで、二人だけで会話をしているだろう。教授、クライスを独り占めするのはやめて欲

しいと、前にも言ったはずだよ」

(クライスが、ジークフリートと婚姻を結ぶのは嫌だって)

「何だって!?」

「しっ！　大きな声を出すなよ！」

式典の最中に突然王が立ち上がったから、下で見ている民達がびっくりしてるじゃないか！

ジークフリートはこほんと咳払《せきばら》いをして、「すまない、気にせず続けなさい」と促してから、小さな声で「だって」と言った。

「婚姻が嫌だなんて」

「言ってない言ってない。そうじゃなくて、こんな大袈裟《おおげさ》なことになるとは思ってなかったってこと」

「私としては、大いに大袈裟にしてもらって、世界中に君が私のものであることを知らしめたいと思っている」

「頼むからやめてくれ」

(そうだよ。クライスはただでさえジークフリートに毎晩へろへろにされて、今だって腰が立たない状態なのに)

「教授！」

「ほら、また二人きりで会話をしている」

教授の言葉がジークフリートに伝わっていなくてほっとしたが、今度はジークフリートがじっとりとした視線を向けてくるから困る。

「今夜、覚悟するように」

「今夜も、の間違いだろ」

式典の最中にこんな会話をしているなんて民達に知れたら、献身王の名ともお別れだな。

「そういえば、ジルとクロードの獄中での婚姻を許したと聞いたけど」

「ああ。この国に聖者が現れた祝いということで、許されることになった」

「男同士で、しかも獄中で、認められるものなんだな」

「そうしたほうが、君のためだと思ったからね」

「俺のため？」

「婚姻に際して、彼らには条件をつけた。ジルのルブタン家からの除名だ。クロードはすでに王族としての地位をはく奪されている。ただの一般人となっても婚姻することを選ぶなら、好きにすればいいとね」

そうまでしても、婚姻を選んだということか。あのジルが、と思えば俄《にわ》かには信じがたいが、案外似合いの二人なのかもしれない。

「ジルがただの一般人となれば、この先彼がどのような罰を受けることになっても、君に被害が及ばない。そのためなら、あの二人の婚姻など安いものだ」

（ジークフリートがどんどん悪い子になっちゃって。一度は次代の神候補になっていたのが嘘みたいだねえ）

次代の神、か。

クライスと出会わなければ、ジークフリートがそうなっていた未来もあったということだ。そう考えると、ジークフリートのためには今の人生がよかったのかどうかよく分からない。

だが、クライスにとってはこれが最高のエンディングである。

この運命を引き寄せたのはクライスだ。

死の間際のクライスの願いを神である教授が聞き届けた時から、こうなる運命だったのかもしれない。

(違うよ?)

「え?」

(そういえば言い忘れてたね。僕が最初に君に「願いを叶《かな》えてもらいたい者がいる」と言ったのは、君のことじゃないよ?)

「はあ?」

「どうしたんだ、クライス」

(君を死に戻らせていたのは僕の力じゃなくて、ジークフリートの力。君が最初に死んだ時、ジークフリートは全ての魔力をかけてそれに抗ったんだ。クライスのいない世界は許さない、って。僕が叶えて欲しかったのは、ジークフリートの願い。ずっと君と一緒にいたいっていう、ジークフリートの命を懸けた願いだ)

「えええええええええええええ!?」

「クライス⁉　一体どうしたんだ？　教授、君はまた何かクライスにおかしなことを言ったのか？」

「いや、だって、え？　え、俺じゃなかったの？　ずっと、復讐《ふくしゅう》が願いだって思ってたのに、違ってたの⁉」

「クライス、落ち着きなさい。何があったんだ、教授のせいか？　教授のせいなんだな？」

（違うよ。僕のせいじゃなくて、ジークフリートのせい！）

「教授⁉」

教授は捕まえようとするジークフリートをさっと避《よ》けて、バルコニーからぴょんと飛んだ。

慌てて二人がバルコニーから身を乗り出すと、それを見た民達から歓声が湧き上がる。

「国王陛下万歳！」

「聖者様！　お助けいただき、ありがとうございます！」

その地響きのような歓声に、わわっと慌てて笑顔を作ると、ジークフリートが下で浮いている教授に向かって「悪い子だね」と笑った。

（神様の僕の心配をするなんて、数千年は早いね！）

そう言った教授がひらりと下に降りた場所には、子供達がいて。

「とうさまー！」

「ちちうえ！」

そのすぐそばではテオドールとルーカスとカリナが手を振っていて。

クライスとジークフリートは顔を見合わせて笑ってから、皆に向かって大きく手を振った。

彼らの幸せを守るのが、これからの俺達の仕事だ。

「もちろん、私達二人の幸せを守るのもね」

「ん？　ちょっと待て！　何で俺の心の声が聞こえてるんだ！」

（ふふ、僕だよ〜）

「教授！」

「こんなことができるなら、またぜひお願いしたいな」

「駄目！」

これからも騒がしい日々が続いていくのだろう。

もしかしたらまた、困難が待ち受けている可能性だってある。

でも大丈夫だ。二人一緒なら。

あとがき

皆様こんにちは、佐倉温《さくらはる》です。初めての方もお馴染《なじ》みの方もお久しぶりの方もいらっしゃると思いますが、今作は楽しんでいただけましたでしょうか？

初めての単行本ということで、文字数が多い分、文庫とはまた違うテイストのお話を楽しんでいただけるのではないか、と思いまして、今回はこのようなお話になりました。自分で言うのも何ですが、設定が複雑で二転三転するお話となっておりまして、無事に皆様に最後まで辿《たど》り着《つ》いていただけていればいいな、と願っております。

このお話が出てくるまでには長い道のりがあり、ようやくこのお話のプロットが出来た当初も、これは書くのがとても大変だぞ、と恐《おそ》れ戦《おのの》いたのですが、担当様に背中を押してもらって何とか舟をこぎ出しました。書く時は、単行本だしページ数がたくさんあるから大丈夫！　と思ったんですが、いざ書き始めるとあっという間で、物語の終着点に辿り着いた現在も、まだ書き切れていない部分があるのではないかと不安になるほど、大きな冒険をさせていただいたなと思っております。

この物語を書く上で最初に浮かんでいたのは、冒頭のシーンでした。クライスの慟哭《どうこく》を夢に見るほどで、そんな彼の物語を何とか無事に終わらせてあげることができてほっとしました。クライスという人は、自分がこれまで書いた中でも一番というぐらいに複雑な人です。それでも、彼の辿った道筋、ぶち当たった壁、後悔など、書けば書くほどに幸せにしたくなりました。

そして、一人で歯を食いしばって頑張るクライスにとっての光であるジークフリートは、書いている時の私の癒しでした。彼が持つ壊れた部分の大半は愛ゆえで、愛のために全てを擲《なげう》つ歪《いびつ》さが愛《いと》おしくもあります。

この物語には、そんな二人以外にも大勢のキャラが登場します。彼らを書くのは本当に楽しかったです。私の他の作品を読んでくださったことがある方は、読みながら苦笑していたかもしれませんが、実はこれでも改稿段階で削られたキャラがいます。脇役好きの悪癖は、どうにも治りません。

ちなみに今作の私のお気に入りは教授です。きっと皆様にはバレていたことでしょう(笑)。

今作では三廼《みつや》先生がイラストを描いてくださいました。まだ拝見していないのですが、素敵な二人を描いてくださっていることと思います。引き受けてくださって、本当にありがとうございました!

それから担当様。今回も本当に本当にお世話になりました。担当様がいなかったら、この作品を書こうとは思わなかったはずです。最後まで一緒に走ってくださってありがとうございました。この物語のエンドマークがつけられたのは、偏《ひとえ》に担当様のお陰です。

そして最後に、この物語と出会ってくださった皆様。手に取ってくださって、本当にありがとうございます。日々色んなことがあるのが人生ですが、この物語との出会いが、皆様の日々に少しでも楽しい時間をもたらすものとなってくれますように。

それでは、また次作でお会いできることを願っております。

二〇二三年　十一月　　　　　　　　佐倉　温

ウラ登場人物紹介

クライス

一度転生して舞い戻った主人公にして魔王の最愛。実はジークフリート×テオドールの短編を書いたことがあるのを黙っている。テオドールにはバレそうな今日この頃。

ジークフリート

ラスボス。魔王になった後、結界内を覗き見できるようになったがクライスには黙っている。バレないようにルブタン領にも結界を張りたい今日この頃。

Ruby collection

死《し》に戻《もど》ったモブは
ラスボスの最愛《さいあい》でした

2023年12月28日　初版発行

著者　佐倉 温
©Haru Sakura 2023

発行者　山下直久

発行　株式会社KADOKAWA
〒102-8177
東京都千代田区富士見2-13-3
電話：0570-002-301（ナビダイヤル）
https://www.kadokawa.co.jp/

印刷所　株式会社暁印刷

製本所　本間製本株式会社

デザインフォーマット　内川たくや（UCHIKAWADESIGN Inc.）

イラスト　三廼

本書は書き下ろしです。

●お問い合わせ
https://www.kadokawa.co.jp/（「商品お問い合わせ」へお進みください）
※内容によっては、お答えできない場合があります。
※サポートは日本国内のみとさせていただきます。
※Japanese text only

ISBN 978-4-04-114493-0　C0093　　Printed in Japan